LEON LISSNER:

FREEMAN

DYSTOPISCHER ROMAN

PRONG PRESS

Impressum

Originaltext: Leon Lissner
Lektorat: Rolf Bächi
Korrektorat: PRONG PRESS
Cover: Anaëlle Clot, Lausanne
Zeichnung: Elena Kotikova-Muck
Layout: Rolf Bächi, Embrach
Druck: Medico Druck, Embrach
ISBN: 978-3-906815-58-9
1. Auflage, September 2024

Intro

Eines Tages wachst du auf und dann stellst du fest:

Hmmm … es ist ja alles im Arsch?!?!? Und zwar nicht nur ein bisschen im Arsch. Nein, es ist wirklich alles komplett hinüber. Aber weißt du was? Es gibt auch gute Nachrichten:

Erstens: Zum Glück haben wir diesen Teil bereits hinter uns …

Zweitens: Ich habe Stift und Papier aufgetrieben, um alles zu dokumentieren.

Freemans Logbuch: 1 (Spätherbst)

Im Arsch! Ein Donnerschlag riss mich unsanft aus diesem Gedanken und aus dem Halbschlaf. Der Gedanke fasste meine Situation ziemlich gut zusammen. Ich hatte unruhig geschlafen. Das war an sich zwar nichts Neues, aber wenigstens konnte ich für ein paar Stunden die Augen zumachen. Heute würde ich sterben. Das war so sicher wie das Amen in der Kirche. Das Licht eines Blitzes zuckte zwischen den Lamellen des Rollladens hindurch und wieder donnerte es. Der Raum war in diffuses Licht getaucht. Nur langsam gewöhnten sich meine Augen daran. Regen setzte ein. Langsam quälten sich die Erinnerungen in die bewusste Welt: Ich war in einem alten Farmhaus abgestiegen. Der Regen hatte gedreht und prasselte nun ans Fenster. Es wäre der perfekte Tag zum Ausschlafen gewesen. Verdient hätte ich es. Ich streckte mich kräftig aus. Sämtliche Gelenke schmerzten. Am liebsten würde ich mich einfach auf die andere Seite drehen und die ganze Sache als bösen Traum abtun. Zwei Minuten gönnte ich mir noch, dann wurde ich zu nervös. Über mir hing ein alter, metallener Kronleuchter von der Decke, in dem statt der alten Wachskerzen von vor einhundert Jahren, moderne Energiesparlampen eingelassen waren. Das Ding war etwas verstaubt. Ein paar Bücherregale standen an den Wänden. Verschiedene Jagdtrophäen der hiesigen Fauna waren unter der Zimmerdecke über dem Bett angebracht. Der Anblick des Wildschweins machte mich verdammt hungrig! Trotzdem stellte ich mir die Frage, welche Gattung Mensch schon gerne beim Anblick von geköpften Tieren aufwacht. Da fiel mir noch dieser verrückte Forscher aus England ein. Neunzehntes Jahrhundert. Der wollte alle heimischen Tiere erforschen und hielt sie zum Schrecken seiner Frau in seinem Garten. Da war wirklich alles dabei.

Sogar Raubkatzen! Naja, auf jeden Fall war eins der Testverfahren des Profs, die heimische Fauna auch zu verköstigen. Der gemeine britische Maulwurf hatte demnach den widerwärtigsten Geschmack … den würde ich dann auf jeden Fall meiden!

In den Bücherregalen war auf den ersten Blick nichts Interessantes dabei. Später, bei näherer Betrachtung blieb ich bei dieser Einschätzung. Nichts, was mir weitergeholfen hätte. Die Wände des Zimmers waren bis zur Hälfte vom Boden aus mit dunklem Kastanienholz verkleidet. Das musste eine Stange Geld gekostet haben. Der Boden war aus alten Holzdielen gezimmert, auf denen schon viele Generationen gewandelt sein mussten.

Mit einem Ruck schwang ich mich ungelenk aus dem Bett und zog meine Stiefel an. Das Licht brach sich im umherwirbelnden Staub, den die Zudecke aufgewirbelt hatte. Ich ging zum Fenster und blickte durch die Schlitze des geschlossenen Rollladens. Es regnete in Strömen. Unten stand ein Geräteschuppen. Der Feldweg vor der Tür führte zur Hauptstraße, auf der ich auf Umwegen hergekommen war. Alles war ruhig. Bis auf den Regen. Auf dem Weg nach unten blieb ich an der Treppe stehen und betätigte verschlafen den Lichtschalter. Keine Reaktion. Ich schlug mir mit der flachen Hand auf die Stirn. Es gab keinen Strom mehr! Alte Gewohnheiten legte man so schnell nicht ab. Und anscheinend war ich von der richtig langsamen Sorte. Die Treppe, die zum Wohnzimmer führte, wurde ins morgendliche Zwielicht getaucht. Das Holz ächzte unter meinen Schritten. Unten angekommen, besorgte ich mir widerwillig den letzten Schluck Wasser aus einer Gießkanne, die dort unter einem Fensterrahmen, in einer kleinen Kommode verstaut war. Ein ekelhafter Nachgeschmack des Wassers blieb in meinem Mund zurück. Wie haltet ihr Fische das nur den ganzen Tag aus? Deswegen trieb uns die Evolution bestimmt an Land. Urschleim muss noch viel, viel schlimmer schmecken. Aber naja, mit etwas gutem Willen blieb es dort, wo ich es haben wollte. Um meine Reserven zu schonen, musste jede Gelegenheit gut genug sein. Auf eine zweite Runde konnte ich allerdings gut verzichten. Auf der Couch lag eine Wolldecke, die ich mir über die Schultern warf. Damit ging ich nach draußen, auf die Veranda. Die Veranda erinnerte mich an das Haus, in dem ich groß geworden war. Das Farmhaus war fast doppelt so groß, wie das Haus meiner Eltern.

Ich lehnte mich an einen der beiden Pfosten, die das Verandadach stützten und betrachtete die Umgebung. Nichts als Felder. Der Wind blies mir eisig den Sturm ins Gesicht. Unter dem Dach war ich wenigstens vor der Nässe geschützt. Der Regen trommelte sein Solo besonders laut auf ein Stück des Daches, das jemand notdürftig mit Wellblech repariert hatte. Nach einer Weile hatte ich genug davon und ging wieder ins Haus. Wieso hatte ich eigentlich nicht einfach etwas Regenwasser gesammelt? Wäre bestimmt besser als die Nummer mit der Gießkanne gewesen. Wieder was dazugelernt …

Mein Magen unterbrach mich rüpelhaft und zitierte mich zu meinem mega einhundertzwanzig Liter Rucksack, der am anderen Couchende auf mich wartete, und mich unterwürfig auf sich zukriechen ließ. Ein Riesenteil! Hatte ihn letzte Woche aus einem Laden für Militärausrüstung genommen. Mein erstes Verbrechen. Aber entschieden besser als das, was ich davor hatte! Das war nämlich sowas von unprofessionell: bin nämlich mit einem stark reflektierenden, silbernen, total verbeulten Reisekoffer durch die Gegend gezuckelt. Da waren überall Aufkleber drauf, aus verschiedenen Ländern und ein zwinkernder gelber Smiley, der aus jeder Rast fast eine „Ausrast" gemacht hatte. Da er zu sagen schien: „Zieh mich doch mal schneller, du lahmer Esel", oder „kannste nich' mehr? Kannste nich' mehr?". Ich nannte ihn irgendwann Mr. Wilson, wie aus dem Film. Ich weiß auch nicht, welcher Teufel mich da geritten hatte ... Die Sache mit dem Rucksack hätte übrigens fast in einer Schlägerei geendet, konnte aber schneller rennen als mein Gegner. Wenn's mich mit vollem Rucksack irgendwann mal langschlagen sollte, würde ich wohl wie ein verfluchter Maikäfer mit allen Vieren um mich schlagen und nie wieder aufstehen können. Aber zum Glück war er nicht randvoll. Hatte gezwungenermaßen nur das Nötigste dabei. Alles, was jetzt noch fehlte, musste ich erst noch finden. PS: Maikäfer haben übrigens auch zwei Beine mehr. Das erklärt alles.

Bereits zwei Tage dauerte mein Aufenthalt im Farmhaus. Die Nervosität stieg. Hatte eigentlich nicht vor, so lange zu bleiben. An den Luxus eines Bettes hatte ich mich viel zu schnell und viel zu einfach gewöhnt. Aber heute wollte ich unbedingt weiter. Kurz vor meiner Abreise ging ich noch einmal durchs Haus und suchte nach Sachen, die ich gebrauchen konnte. Die Wolldecke und ein Hammer aus dem Keller waren solche Fundstücke: äusserst wertvoll. Neben dem Hammer lagen ein paar Nägel in einer rostigen Dose, die auch gleich in meinen Rucksack wanderten. Vor etwa sechs Tagen musste ich die Heringe meines Zeltes zurücklassen. Die gefundenen Nägel wollte ich mit dem Hammer etwas krumm hämmern. Das sollte vorerst reichen. Nachdem ich alles gut verstaut hatte, zog ich meinen Parka an, schnappte mir meinen Rucksack und das *Remington 580*, mein treues, aber unbenutztes Gewehr, und zwängte mich mit den Sachen durch die Verandatür. Reiseziel: *Chicago*. Hatte mir bereits den Weg auf der Karte gut überlegt und eingezeichnet. Die Karte hatte irgendwo verstaubt in einer Tankstelle herumgelegen. Seitdem es GPS gab, kaufte sich praktisch niemand mehr eine Straßenkarte. Und wer machte sich noch die Mühe, sie zu lesen? *Georgetown, Eddyville, Brighton, Washington (IA), Davenport* und danach *Chicago*. So der Plan. Dumm, dass auf meiner Karte nur *Iowa* eingezeichnet war. Das waren alles in allem etwas mehr als dreihundert Meilen. Ein Fahrzeug wollte ich nicht benutzen. Alle Autos, die ich auf Fahrtauglichkeit getestet hatte, funktionierten nicht mehr. Nicht mal mehr die alten Rostlauben. Das Gleiche galt übrigens für Radio und Funk. Alles tot.

Ich schulterte meine Sachen, zog die Kapuze über und machte mich auf den Weg. Draußen, in der Einfahrt, schaute ich mich noch einmal um, blickte noch einmal durch den Regen Richtung Haus, und bedankte mich in aller Stille für die Gastfreundschaft und das gute Bett. Und vor allem für die winddichte Toilette mit ihren vier Wänden! Auch wenn Blut und Knochensplitter vom Vorbesitzer noch in Form einer schönen Paste an der Wand über dem Fernseher im Wohnzimmer klebten. Dass ich das mal so abgestumpft hinnehmen würde, hätte ich nie gedacht. Nur für die Akten, ich hatte ihn nicht umgebracht! Wie dem auch sei, die Stelle des Hauses markierte ich auf meiner Karte. Orte wie diesen merkte man sich besser. Man wusste ja nie, ob man sie noch einmal aufsuchen musste. Eventuell könnte ich mit der Information auch Handel treiben. Ich lief ein Stück neben der Straße und beobachtete abwechselnd die Bäume und die Straße vor mir, zog den Reißverschluss höher und atmete die frische Regenluft und den Geruch des Laubs ein. Der Herbstwind hatte es über die

Straße geweht. Die Temperatur fiel etwas ab. Mein Atem erzeugte kleine Wölkchen. Es war später Herbst. Wenigstens funktionierte das Wetter noch …

Eine ganze Weile passierte nichts, nur, dass der Regen etwas nachgelassen hatte. Aber gute Nachrichten waren gute Nachrichten. Also blieb nur die Straße und ich. An das viele Laufen hatte ich mich noch immer nicht gewöhnt. Wenigstens waren die Stiefel nun eingelaufen und die Anzahl der Blasen und Entzündungen hielt sich in Grenzen. Das erinnerte mich daran, dringend mehr Pflaster zu suchen, die ich auf (mögliche) Problemstellen an den Füßen und dahin, wo die Sonne nicht scheint, kleben konnte. Etwas später fiel vor mir die Straße ab. In guten dreißig Yards Entfernung sah ich etwas mitten auf der Straße liegen. In der Hocke verharrend starrte ich auf den Flecken. Nahm mir Zeit, die Stelle genau zu beobachten. Ein schwarzer Haufen lag dort. Er bewegte sich nicht. Alles war still. Nur das Rascheln der feurigen Herbstblätter im Wind war zu hören und der leichte Regen, der darauf schlug. Auf jeden Fall lag das Ding mitten im Weg. Ich musste daran vorbei. Näherte mich geduckt und bereit auf das Unbekannte zu reagieren. Bereit auf das Unbekannte zu reagieren??? Absoluter Quatsch! In Wahrheit war ich damals noch weit, weit, weit entfernt davon, auf irgendwas angemessen zu reagieren. Aber eins konnte ich wirklich gut, und auch ausdauernd: Panik! Mein *Remington 580* war im Anschlag. Ein braunes Gewehr mit Holzgriff für die Jagd. Es lag mir ganz gut in den Händen. Ein Zielfernrohr war obendrauf montiert. Für so Schuss-Nieten wie mich war das sehr wichtig. Hatte es aus dem gleichen Laden wie den Rucksack entwendet. Und ein paar Packungen Munition gleich mit. Jaja, ich hatte es getestet: Die Munition war die richtige. Wer mich kennt, würde diese Frage stellen.

Mit jedem Schritt wurden die Konturen klarer. Der Mann lag mit dem Gesicht auf der Straße. Mit einem kräftigen Tritt drehte ich ihn einmal herum. »Sorry, Kumpel.« Die Fratze sah fürchterlich aus. Mal von den vielen fehlenden und abgebrochenen Zähnen abgesehen, stand das rechte Auge offen. Das linke war blutunterlaufen und halb herausgedrückt, und da, wo der Tränenkanal war, befand sich ein großes Loch. Vom Anblick wie gelähmt, überlegte ich, was als nächstes zu machen sei. Wägte ab, ob ich ihn durchsuchen sollte. Plötzlich zuckte es im Gesicht des Mannes. Ich erschrak und ging einen Schritt zurück. Etwas schob sich unter der Haut des halb herausgequetschten Auges entlang und beulte die Haut des Gesichtes aus. So, als ob jemand mit dem Daumen von innen dagegen drückte. Ich machte einen weiteren Schritt zurück. Aus dem Loch wand sich ein raupenähnliches Objekt. Es wand sich sehr organisch hin und her. Schwarzer Dampf quoll aus dem Loch hervor und löste sich an der Luft sofort auf. Ein sehr bizarrer Anblick. So etwas hatte ich noch nie gesehen. Als sich die Raupe herauswand, zog sie Gewebefäden aus dem Loch unter dem Auge hinter sich her. Dabei drückte sie immer wieder gegen das blutunterlaufene Auge. Es bewegte sich zur Seite und drohte komplett herausgequetscht zu werden. Ekelhaft. Die Raupe war etwa einen Daumen breit und zirka vier Inches lang. Mit einem klickenden Geräusch fiel sie zu Boden. Aus dem Loch entwich nun eine weitere kleine schwarze Rauchsäule, die mir eine stinkende Brise in die Nase wehte, aber gleich vom nächsten Windstoß in alle Richtungen verteilt wurde. Was zur Hölle war das denn? Als sie über den Boden klickte, dampfte sie etwas mehr von diesem schwarzen Zeugs ab und zog es hinter sich her. Der schwarze Dampf schien direkt von ihrer schwarzen Oberfläche abzugehen. Das ganze Objekt verschwamm etwas durch die feine Dampfwolke. Hin und wieder zuckten winzige kleine Punkte auf, die der Raupe ein aufblitzendes glitzerndes Gewand verliehen.

Und da denkste, du hast alles gesehen. Es faszinierte mich. Dieses Exemplar hatte ihre Bestimmung erfüllt und machte sich auf den Rückweg. Einfach faszinierend, wie sie in aller Ruhe zurückkroch. Sie machte keine Anstalten mich zu verfolgen oder sonst wie anzufallen. Die Raupe hatte sich wahrscheinlich von den Rosskastanien am Straßenrand herunterfallen lassen. Ich gewährte ihr den Rückzug aus sicherer Distanz und blickte ihr so lange nach, bis sie hinter dem Straßenrand in einer Senke verschwunden war. Nachdem dieses Ding abgezogen war, widmete ich meine Aufmerksamkeit wieder dem Mann. Vorher stellte ich noch mehr schlecht als recht sicher, dass der Mann nicht von noch mehr Raupen befallen war. Er tat mir zwar leid, hatte aber noch Glück gehabt. Es hätten auch mehrere dieser kleinen Scheißteile auf ihn fallen können, die sich dann durch andere, nicht sofort tödliche Stellen hätten bohren können … Ihm blieb also ein noch qualvollerer Tod erspart. Auf jeden Fall hatte er einen Scheißtag. Ich durchwühlte seine Taschen und fand sein Portemonnaie. Norberto Guzmán. Siebenundvierzig Jahre alt, aus Florida. Einundzwanzig Dollar wechselten den Besitzer. Jaja, ich weiß, ich weiß. Das sah nach Leichenfledderei aus. Aber was sollte der Kerl damit noch anfangen? Ob ich sie wirklich für irgendwas gebrauchen konnte? Keine Ahnung. Im Notfall zum Feuer machen. Oder einundzwanzig Sachen aus einem Ein-Dollar-Laden kaufen! Seine Jacke war komplett zerschlissen, die Hose und der Pullover durchlöchert. Und mehr hatte er sowieso nicht dabei. Nicht mal Schuhe. Seine Fußnägel waren eingerissen und der kleine Fußzeh des rechten Fußes fehlte komplett. Er musste sprichwörtlich durch die Hölle gegangen sein, bevor er hier elend verreckt war. Ich ließ ihn liegen und machte mich auf den Weg. Immer weiter die Straße entlang.

Die ersten Häuser einer Ortschaft tauchten vor mir auf. Halleluja! Wieder hatte leichter Regen eingesetzt und der Wind nahm erneut Fahrt auf. Das Ortsschild war teilweise abgerissen. Ein älterer, blauer Ford Pick-Up Truck hatte das Schild mit dem Ortsnamen gerammt und halbiert. „SSEL" konnte man noch lesen. Der war bestimmt auch mehrmals durch die Fahrprüfung gerasselt. Später wollte ich auf der Karte nachsehen. Der Rest des Schildes lag zertrümmert in der Gegend verteilt. Die Fahrertür stand offen, der Airbag hatte ausgelöst. Niemand da. Es war ein kleines, überschaubares Städtchen. Mein Weg in die Stadt führte an typischen amerikanischen Vorstadthäusschen vorbei. Überall gepflegte Gärten, schöne Häuser, gelegentlich weißgestrichene Stadtvillen, Leichen. Ja richtig, Leichen! Auf den zweiten Blick waren die Türen fast überall aufgebrochen und Scheiben eingeworfen. Möbel, die man als Barrikade zwischen Tür und Angel stehengelassen hatte. Umgekippte Mülltonnen, die ihren Inhalt über die Straße ergossen, kaputte Briefkästen, sowie Schrott, der überall herumlag. Schon am Ortseingang sah ich umgeknickte Strommasten, Verkehrsschilder und Ampeln. In der Stadtmitte wollte ich mich umsehen und eine Übernachtungsmöglichkeit auskundschaften. In einem Straßenzug waren die Häuser recht konsequent zur Hälfte eingerissen. Irgendetwas war dort mit enormer Kraft durchgepflügt. Je näher ich dem Zentrum kam, desto dreckiger wurde es. Alles war immer stärker zerstört. Überall Papier und Plastiktüten. Verpackungen von Fastfood und Konserven und vieles anderes Zeug. Der Müll hing sogar in den Bäumen. Alles flatterte herum. Dosen, zerstörte Fahrräder. Die

Liste ließe sich noch endlos verlängern. Die Schaufenster der Geschäfte waren allesamt eingeschlagen. Und viele Gebäude waren entweder dem Erdboden gleich gemacht oder zumindest ausgebrannt. Eines der Geschäfte hatte große Neonlettern, mit dem Firmennamen auf dem Dach. Die Buchstaben waren teilweise abgerissen. Harry'_ Big _ass n' Fish Shop and Accessoires. Ein großer Barsch aus Plastik war auf dem Dach, dem man den Arsch weggeschossen hatte. Ich las es laut vor und musste heftig lachen, hatte große Mühe, nicht lauthals loszuprusten und zur Zielscheibe zu werden. Also stopfte ich mir schnell den Jackenärmel in den Mund. Manchmal hatte das Schicksal einen vortrefflichen Sinn für das Tragikomische.

Egal, wo ich vorbeikam, überall lagen Teile der Inneneinrichtung und Waren herum. Lauter nutzloses Zeug. Ein paar Mal stolperte ich unachtsam über irgendwelche Holzlatten. Dabei wäre ich fast in einen Nagel getreten. Zum Glück war nichts passiert. Ich sag' ja immer: die Axt im Haus erspart den Zimmermann … Kaputte Autos, Einkaufswagen, umgestoßene Motorräder und noch viel mehr Tote. Ein kleiner Lieferwagen parkte im Schaufenster eines Lebensmittelädchens. Am Geruch unverkennbar: Öl tropfte sich langsam den Weg in die Freiheit. Die vorderen Reifen waren platt. Der Fahrer hing teilweise auf der Motorhaube, und teilweise auf den Pedalen. Eine riesige Schnittwunde zog sich quer über sein Gesicht. Verbreiterte sein strahlendes Lächeln zu einer entstellten, aufgedunsenen Fratze. Wer brauchte noch Botox, wenn man auch mit siebzig Sachen in einen Lebensmittelladen krachen konnte und anschließend ein paar Wochen herumlag, um dann, als letzter Feinschliff, aufzuquellen? Um es kurz zu fassen: Der Unfall hatte ihn zweigeteilt. Und Mann, es stank nach Verwesung. Hätte es nicht geregnet, würde es hier noch brutaler nach Abfall, Exkrementen und Verrottendem riechen. Der Gestank war bestialisch und kaum auszuhalten. Fliegen surrten in Scharen umher und stoben gelegentlich zu Wolken auf. Eine Schneise der Verwüstung zog sich durch das Städtchen.

Genau vor mir ging es etwa zwanzig Inches abwärts: Eine Senke, die sich wie ein vertrockneter See gut fünfzig Fuß vor mir ausbreitete. Die genaue Form konnte ich nicht erkennen, hatte aber etwas rechteckiges und überall fuhren riesige Risse an den Rändern entlang und entfernten sich von der Senke. Innerhalb dieses trockenen Sees gab es kleine rechteckige Inselchen. Von denen verliefen ebenfalls Risse über den Boden. Es gab mehrere dieser Senken. Sie zeichneten einen Weg der Verwüstung. Alles in der Nähe war kaputt. Die Ursache war mir unbekannt. Und im besten Fall würde das auch so bleiben. Ich sprang in die Senke und besah sie von innen. Ging ein paar Schritte, bückte mich und berührte den Boden. Ganz normaler Boden. Wer hätte das gedacht? Die Erde war feucht und kalt vom Regen. Es roch gut. So lebendig. Mich faszinierte der Anblick und immer wieder die gleiche Frage: Was hatte den Abdruck hier hinterlassen? Mein Gedankengang wurde unterbrochen. Hundegebell. Ganz in der Nähe. Wo kamen die auf einmal her? Aber das passierte gerade in den Städten hin und wieder. Wie viele waren es wohl? Konnte ich einen von ihnen erlegen? Das Gebell wurde lauter, also kam das Rudel näher. Ich warf mich sofort auf den Boden und kauerte mich an die Schräge der Senke. Hatte mein Gewehr in Anschlag und zielte über den Rand hinweg. Als Hundefutter wollte ich nicht enden. Mit jedem Dezibel, dass das Gebell zulegte, fing mein Puls im gleichen Tempo mit meinem Herzen an, um die Wette zu rasen. Das Getrappel wurde immer lauter. Ich zog den Kopf ein. Ließ nur den Gewehrlauf oben etwas aufliegen, so, dass ich ihn jederzeit herunterziehen und vor mich bringen konnte. Ein paar der Vierbeiner zogen an mir vorbei. Einer nicht. Sein Kopf schoss über den Rand der Senke und schnupperte. Bei großen Hunden hatte ich schon immer ein mulmiges Gefühl. Braaaaaves Hündchen … Braaaaaves Hündchen. Es wollte mir nicht gelingen die Worte laut auszusprechen. Wirre Gedanken blockierten sinniges Handeln: Wird die Töle mir jetzt gleich in den Kopf beißen? Beim nächsten Bissen, ein Stück aus meiner Backe herausreißen, es wie Kaugummi gut durchkauen und sich den abgemagerten Wanst damit vollschlagen? Sich zu guter Letzt in meinen Kopf vergraben und nicht mehr loslassen? Am Ende würde ich wie ein abgerissenes Hundespielzeug am Straßenrand liegen und qualvoll verrecken. Ich war halb krank vor Angst. Und da waren ja noch mehr von den Viechern.

Nervös befummelte ich mein *Remington 580*. Meine Waffe gab mir etwas Zuversicht zurück. Mit der anderen Hand spürte ich den kalten, nassen Matschboden zwischen meinen vor Kälte erstarrten Fingern. Jetzt bloß keine schnellen, Kotelett-artigen Bewegungen … Das war schon Mal ein guter Ansatz … Die anderen Köter blieben zum Glück oben. Gehechel und Gekratze am Fell und das Klappern von Ketten und Halsbändern erzeugten bei mir zusätzlichen Stress. Leicht knurrend kam das Vieh auf mich zu. Sekunden später hatte ich ein nass-kaltes Hecheln im Nacken. Er schnupperte und schnupperte. Sein kurzes, raues Fell schrapte erst an meiner Wange, dann an meiner Backe entlang. Jetzt war es so weit. Und wie das Vieh stank. Der Arme trug ein Halsband. Es hatte seinen Nacken aufgescheuert. Hoffentlich ließ mich der Vierbeiner in Ruhe. Hoffentlich scheuerte er nicht *meinen* Nacken auf … Ich wollte nicht schreien, vielleicht würde er erschrecken und zum Zubeißen ermutigt, der Blutgeruch die anderen anziehen. Das Tier drehte sich ein paar Mal im Kreis. Immer um die gleiche Stelle. Plötzlich pinkelte es auf ein paar Wurzeln neben mir. Dann zog es ab. Einfach so. Ich gab wohl ein miserables Kotelett ab. Hatte auch schon lange nicht mehr geduscht … Erleichtert blieb ich noch eine Weile liegen, bis ich sicher war, dass die Rotte verschwunden war. Dann fasste ich mir ein Herz, stand auf, klopfte mir mit mäßigem Erfolg den Dreck und Staub aus Hose und Jacke. Meine Hände zitterten vor Kälte und noch mehr vom Schrecken, dem ich gerade entronnen war. Nachdem meine Hände nicht mehr ganz so steif gefroren waren, fummelte ich in meinem Rucksack herum, trank einen Schluck Wasser. Mehr um meine Hände gegen die Nervosität zu beschäftigen als gegen den Durst. Scheiße, so viel Glück hatte man nicht alle Tage.

Erleichtert krabbelte ich aus der Senke heraus. Kein Wunder, dass mich die Kläffer in Ruhe gelassen haben. Sie hatten an einer Leiche genagt, die ein paar Yards weiter entfernt herumlag. Für Tiere nichts Außergewöhnliches, aber erzähl das mal jemand meiner Psyche … Der Himmel hielt nicht damit hinter dem Berg, dass sich schon bald die Nacht wie ein schwarzes Laken über das Städtchen legen würde. Es gab immer noch ein Problem zu bewältigen: Eine Übernachtungsmöglichkeit musste gefunden werden. Die Schneise konnte auch noch bis morgen auf mich warten. Die Sonne ging unter. Quartiersuche: Ein paar Wohnhäuser standen noch. Zwei Stockwerke hoch. Mein Ziel. Von außen sahen sie intakt aus. In der Umgebung war nichts zu sehen. Dennoch ließ ich etwas Zeit verstreichen und beobachtete weiter. Weisheit des Tages: Nur die Vorsichtigen überleben lange. Etwas surrte leise in der Ferne. Weiter vorne war eine Hauswand, an der eine Steintreppe mit hölzernem Geländer abging. Dort versteckte ich mich als nächstes. Das Summen wurde lauter. Der einzige Ausweg war die Treppe rauf ins Gebäude. Die Geräuschquelle konnte ich nicht ausmachen, aber geheuer war es mir nicht. Meine Schläfen fingen an zu pochen. Und das kurz vor Feierabend … Ich musste nur noch nach drinnen. Vielleicht konnte ich die Situation aussitzen, oder aber, es würde sich eine gute Gelegenheit ergeben, diese Treppe zu überwinden und in die Wohnung zu gelangen.

In unmittelbarer Umgebung gab es nichts Brauchbares. Außer vielleicht der Mülldeckel des Mülleimers vor mir. Was soll's. Es war einen Versuch wert und ich hielt ihn über mich. Ich sah ja schließlich fast so schäbig aus wie der Inhalt des Mülleimers. Also bestand hier akute Verwechslungsgefahr. Die fast perfekte Tarnung. Ich schielte über den Deckel hinweg und sah etwas. Ein kleiner schwarzer Punkt am Himmel. Er stand da und surrte vor sich hin. Kaum hörbar. Der Fleck dampfte und verschwamm an den Rändern, dünnte sich aus. Man musste sich wirklich anstrengen, dieses Ding überhaupt zu sehen. Sobald sich die Augen an die hereinbrechende Dunkelheit und den schemenhaften Fleck gewöhnt hatten, sah man hin und wieder dunkelblaue und orange glühende Streifen auf dem Ding entlangblitzen. Am besten konnte man es mit einer Drohne vergleichen, die gerade auf Schatzsuche war. Sie schien mich hinter meinem Mülldeckel nicht zu sehen. Zumindest bildete ich mir das ein. Es stank bestialisch aus dem Eimer. Ein kleiner Schwarm Fliegen ergriff die Chance, stob nach oben aus dem Eimer heraus, löste sich auf und legte den Blick auf unzählige Maden frei, die an den Wänden der Tonne nach oben krabbelten. Das Fluggerät ließ sich von den Fliegen, Käfern und Maden nicht weiter beeindrucken, im Gegensatz zu mir. Es hing einfach nur in der Luft und wartete. Auf was? Dass ich hinter meinem Mülldeckel herauskommen würde? Fehlanzeige!! Wer als Erster blinzelte, hatte verloren! Aber von einer Sache war ich überzeugt: Zu glauben, dass der Mülldeckel es aufhalten könnte, war absurd. Was nun? Wir starrten uns an. Nichts passierte. Ich harrte eine ganze Weile neben dem stinkenden Mülleimer aus. Es wurde kalt und mein Magen beschwerte sich über die ausbleibende Fütterung. Die Hoffnung auf einen Platz zwischen vier Wänden war fast geschwunden, da ruckte dieses Mistding endlich an und entfernte sich.

Verdammt, ja! Den kläffenden Hunden hinterher? Egal wohin, das war meine Chance. Ich wartete kurz, bis ich es nicht mehr sehen konnte, zählte innerlich bis fünf, ließ mit einem Scheppern den Deckel zu Boden fallen und sprintete im Anschluss, wie von der Tarantel gestochen, mindestens genauso unprofessionell um mein Leben. Es war auch mein erstes Mal, dass ich mich vor so einem Fluggerät verstecken musste. Ich flog geradezu um das Treppengeländer herum, die kleine Treppe rauf und auf die Haustür zu. Das Holzgeländer war geborsten. Die Tür ließ sich einfach aufdrücken. Ohne mich vorher umzuschauen, betrat ich das Gebäude und machte die Tür von innen zu. Meine Taktik war stark verbesserungswürdig, keine Frage. Im Flur stand ein kleiner Holzschrank, mit dem ich die Tür von innen blockierte. Mit dem Rücken lehnte ich mich kurzerhand an der Flurwand an und ließ mich herabgleiten. Saß einfach nur so da und atmete tief durch. Allmählich kam ich wieder runter. Es wurde Zeit für eine Begehung. Hoffentlich wohnte hier niemand mehr. Was dafür sprach, war, dass nicht abgeschlossen war. Vielleicht hatte man das Haus in Eile verlassen.

Die Wände des Flurs waren mit hellbraunen Tapeten tapeziert worden, auf denen stilisierte rote Blumen in blauen Vasen abgedruckt waren. Eingerahmt, in von oben nach unten verlaufenden, dünnen, schwarzen Ovalen. Neben mir stand eine Kommode auf dem dunkelroten Teppichfußboden. Ein Körbchen mit Schlüsseln stand darauf und diverse Notizzettel lagen verteilt herum. Ein Bild lag auf dem Boden neben der Kommode. Beinahe wäre ich draufgetreten. Es hatte kleine Risse. Es zeigte ein paar spielende Kinder, einen Mann und eine Frau. Der Mann trug einen Anzug, die Frau ein Kleid. Beide lächelten in die Kamera. Sie befanden sich in einer Gartenanlage. Im Hintergrund war eine Kirche zu sehen. Sie hatten schönes Wetter. Es war im Sommer. In welchem? Ein Hochzeitsfoto. Sie waren wohl Gäste. Schöne Erinnerungen. Die Tür zum Wohnzimmer stand offen. Noch immer war alles ruhig. Langsam und leise ging ich auf die offenstehende Wohnzimmertür zu und blieb stehen. Lauschte wieder und streckte mein Gewehr voran, meinen Kopf vorsichtig durch die Tür. Nichts. Trotz der Unordnung überall, sah es so aus, als ob die Familie nur kurz zum Einkaufen gefahren wäre und gleich wieder zurückkommen würde.

Es war alles ruhig. Ich atmete tief durch und fing an, mich etwas zu entspannen. Eine Treppe führte aufwärts. Die Stufen knarzten beim Emporgehen und vorbei war es mit der Entspannung. Erschrocken zuckte ich zusammen. Falls hier doch noch jemand war, war spätestens jetzt klar, dass er oder sie Besuch hatte. Und zwar mich! Oben angekommen. Links und rechts war der Flur frei. Alles ruhig. Es sei denn, jemand hatte sich irgendwo im Schrank versteckt. Es gab zwei Kinderzimmer und ein Bad. Ich durchsuchte alles. In den anderen Zimmern war ebenfalls niemand mehr. Auch nicht in den Schränken. Aber ich fand etwas sehr Interessantes auf dem Spielteppich in einem der Kinderzimmer. Eine kleine Spielzeugdrohne mit Fernbedienung!!! Mann, die Dinger wurden ja immer kleiner! Daneben lagen ein paar extra Akkus, umzingelt von Spielzeugautos und Bauklötzen. Das Kind, ich schätzte ein Junge, hatte einfach nur so damit gespielt, ohne sie richtig fliegen zu können.

Die Kinder hätte ich bestimmt sofort gehört, war das Ergebnis meiner Hausdurchsuchung. Mein Adrenalinspiegel sank auf normal. In der Küche suchte ich als erstes eine Art Plastikbox, um meine kleine Drohne sicher darin verwahren können, damit sie im Rucksack nicht kaputt ging. Nun nahm ich mir den Kühlschrank vor. Im gleichen Moment, als ich die Kühlschranktür öffnete, bereute ich meine Entscheidung: Ein Todeskampf zwischen Nase und stinkig verschimmelt riechender Wolke entbrannte. Und dann war auch noch die Ausbeute mickrig: Die Milch stank. Das Tomatenmark nahm ich mit. Endlich mal wieder ein anderer Geschmack. Verschimmelte Butter. Darauf konnte ich verzichten. Eine Flasche Wasser. Natürlich mittlerweile Zimmertemperatur, aber immer noch nicht schal. Ich trank sie halb leer und stellte den Rest auf den Kühlschrank. Die andere Hälfte wollte ich für später aufheben. Die Wüste in meiner Kehle verschwand.

Ansonsten war nichts Brauchbares darin. Freeman, wärst du doch nur zwei Wochen früher losgegangen … denn, den Letzten beißen die verdammten Hunde. Von der Eingangstür aus gesehen befand sich geradeaus das Wohnzimmer und rechts das Schlafzimmer der Eltern. Weil es im Schlafzimmer zwei Fenster zur Straße hin gab, und ich als Bonus auch noch die Treppe zum Eingang einsehen konnte, wollte ich mich hier für die Nacht einquartieren.

Eine Jalousie ließ ich herunter, die andere war bereits geschlossen. Vielleicht ein weiterer Hinweis, auf eine eilige Flucht? Irgendwie wurde ich meine Skepsis nicht los. Versteckte sich hier wirklich niemand? Mein *Remington* stellte ich in die Ecke zwischen Bett und Wand. Griffbereit. Wenn da nicht nur meine miesen Schussqualitäten wären. Aber mit einem Messer zu einer Schießerei gehen, wollte ich nun auch wieder nicht …

Zu guter Letzt zog ich meinen Rucksack ab und warf meinen Parka darauf. Auf der Straße war keine Menschenseele zusehen. Nur das übliche Chaos der letzten Tage. Alles im Eimer, alles für die Katz'. Ich setzte mich aufs Bett, lauschte eine Weile der Stille … und verfiel sofort in tiefen Schlaf. Sogar die Albträume blieben aus.

Freemans Logbuch: 2

Eine Explosion riss mich aus dem Schlaf. Sie wurde nicht von dem üblichen Knall und dem darauffolgenden weißen Rauschen begleitet, das der Schutt verursachte, wenn er wieder auf die Erde rieselte. Eher von dem, was direkt nach einer Explosion kam. Das ganze Bett wackelte, die Deckenlampe zitterte und der Putz rieselte mir ins Gesicht. Vor Schreck schrie ich kurz. Ich bin sowas von im Arsch, verflucht nochmal! Es ist schwer, dieses Gefühl, des absoluten Ausgeliefert Seins, zu beschreiben. Oder schreiend aufzuwachen. Oder beides zusammen. Konnte man sich an so einen Mist gewöhnen? Wahrscheinlich, aber nicht ohne bleibenden Schaden. Für mich schloss ich es trotzdem aus. Mit so einem Start in den Tag, da war ich mir verdammt sicher, würde ich heute den verdammten Abgang machen.

Die Fensterscheiben barsten. Splitter schossen wie kleine Projektile durch das ganze Zimmer und zerkratzten mein Gesicht. Ich hörte jemanden Schreien. Benommen sprang ich auf und eilte ans Fenster. Die Scherben knarzten unter meinen Schritten. Ich knickte die Jalousie weg, um auf die Straße zu blicken. Blinzelte die Sonne weg. Dort lag eine Frau auf der anderen Straßenseite in ihrer Blutlache. Was hatte sie hier zu suchen? Wahrscheinlich das gleiche wie ich. Überall Staub. Das eine Bein lag neben ihr. Es war abgerissen. Das andere war surreal um sich selbst gedreht. Die Sehnen waren bis zum Knie hoch aufgerollt. Ein weißer Turnschuh stand zwischen mir und der Frau, mitten auf der Straße. Er war noch zugebunden und auf den ersten Blick unversehrt. Dass die Frau überhaupt noch bei Bewusstsein war, grenzte an ein Wunder. In Windeseile zog ich mir den Parka an, warf mir den Rucksack über, griff mein Gewehr und die Bettdecke und rannte zur Eingangstür. Auf der Türschwelle hielt ich kurz inne und sah mich um. Die Straße war frei. Sie schrie noch immer, als ich sie erreichte. Nur Unverständliches und Schmerzenslaute, war aber bei Bewusstsein. »Miss, ich helfe Ihnen. Aber seien Sie ruhig!« Als ob sie auf mich hören würde. Es sah schlimm aus: Haut- und Fleischfetzen waren in der Gegend verteilt. Lagen im Dreck neben ihr und sogen den zerbröselten Zement auf. Alles färbte sich rot. Ich konnte ihr Blut riechen. Es sickerte in den dreckigen Boden. Mir wurde kurz schwindelig. Den Asphalt hatte die Explosion zerrissen. Abgelenkt vom umliegenden Chaos, fummelte ich mein Armeemesser heraus und schnitt das Bettlaken in Streifen. »Ich werde Ihnen die Bettlaken um die Beine wickeln und bringe Sie ins Haus. Halten Sie durch.« So schnell ich konnte, entfernte ich die Decke aus dem Laken und warf sie auf die Straße. Auf der Decke wollte ich sie anschließend ins Haus ziehen. Konnte so schneller loslassen und abhauen, falls mich jemand als Zielscheibe missbrauchen wollte. Die Bettlaken verdrehte ich zu zwei Seilen und wickelte sie so fest ich konnte um den Stumpf, machte einen Knoten und zog erneut mit aller Kraft daran. Beim zweiten Bein war es schon schwieriger. Es hing noch teilweise an den Muskeln und Sehnen. Wie zuvor band ich das Bein ab. Die Laken färbten sich sofort rot. Meine Hände auch. Alles war voll Blut. Mir wurde schlecht. Das würde nie reichen. Ich war mir sicher, dass sie es nicht schaffen würde. Sie schrie die ganze Zeit. Mit einem weiteren, kleineren Stück Stoff, knebelte ich sie behelfsmäßig. Wir durften unter gar keinen Umständen entdeckt werden. Das wäre das Aus für uns beide. Von der Explosion aufgewirbelter Staub und Schutt rieselte anhaltend von den umliegenden Gebäuden auf uns nieder. Er drang mir in den

Rachen ein, knirschte widerlich zwischen meinen Zähnen und legte sich auf die Wunden der Frau. Ihr schönes Gesicht war von Staub und Tränen ganz verschmiert.

Ich sah die Straße in beide Richtungen hinunter. Es gab nur uns beide. Die Schreie der Frau wirkten wie ein Schwert, das die Stille mit aller Gewalt zerhackte. Trotz des Knebels. Alle Scheiben waren von der Erschütterung zerborsten. Das Glas lag überall verteilt auf der Straße. Die Splitter glitzerten in der aufgehenden Sonne. Ich nahm die Decke und brachte sie hinter der Frau an. Unter ihre Arme greifend, hob ich sie mit einem Ruck hoch, und setzte sie auf die Decke. Mir lief der Schweiß in Strömen über das Gesicht und in die Augen. Ich konnte nicht mehr richtig sehen. Alles brannte. Die Welt brannte. Ich musste ständig den Schweiß wegwischen. Die Frau stieß einen schrillen Schmerzensschrei aus. Mit aller Kraft schleifte ich sie zurück in meine Unterkunft. An den Stufen angekommen, packte ich sie erneut unter den Armen und hievte den kläglichen Rest ihres Körpers die Treppen hoch, in den Flur. Erschöpft fiel ich mit ihr auf den Teppichboden. Sie zog zwei rote Blutspuren hinter sich her. Der Stumpf und das schwer verwundete Bein, waren mittlerweile völlig von Staub und Schmutz verdreckt und hatten das Laken nun vollständig rot eingefärbt. Ich drückte den Knebel etwas herunter, so dass sie sprechen konnte. »Miss, wie heißen Sie?« Statt zu antworten, fiel die Frau in Ohnmacht. Ich konnte nichts mehr für sie tun. Mein Erster Hilfekurs lag Jahre zurück. Und das hier kam da garantiert nicht vor.

Ein paar Minuten später wachte sie auf. Sie ächzte, was mich an ihre Qualen erinnerte. Es musste hier einfach einen Verbandskasten oder irgendetwas Brauchbares geben, womit ich sie verarzten konnte. Dann fiel mir die Wasserflasche wieder ein, die ich auf den Kühlschrank gestellt hatte. Behutsam legte ich die Verwundete auf dem Boden ab, stand auf und brachte ihr die Flasche Wasser aus der Küche ans improvisierte Krankenbett. Sie war zu schwach, um selbst zu trinken. Als ich sie so liegen sah, mit ihren blut- und dreckverschmierten Beinen, wurde mir flau im Magen. Gooott, ich wünschte, ich hätte meinen Erste Hilfekurs erneuert. Freeman, du hast versagt! Ich kniete mich zu ihr nieder und drückte ihren Mund auf. Sie atmete schwer. Die Arme tat mir sehr leid. Ich wünschte, ich könnte mit den Fingern schnippen und sie retten. »Ich habe Wasser dabei. Trinken Sie.« Sie reagierte mit einem Hustenanfall, als ich die Flasche wieder absetzte und erbrach etwas Blut. Ich musste ihren Kopf auf die Seite drehen. Verschwendeter Tropfen, dachte ich noch im gleichen Moment. Sofort schämte ich mich für den Gedanken. Den nächsten Sonnenaufgang würde sie trotzdem nicht erleben. Ich ging nach oben in die Kinderzimmer, nahm die Bettlaken und schnitt sie, wie zuvor, in Streifen. Die Bandagen mussten gewechselt werden. Vielleicht lag irgendwo starkes Klebeband herum. Damit könnte ich versuchen, die Blutungen zu stoppen.

Ihre Augen flackerten. Sie waren vor Schmerz verdreht. So behutsam wie ich konnte, versuchte ich die blutgetränkten Stofffetzen aus den Wunden zu entfernen. Sie klebten aneinander und an den Wunden. Sie mussten dringend herausgezogen werden, bevor es zu einer Blutvergiftung kommen konnte. Falls sie es tatsächlich schaffen sollte. Mit jedem Mal Ziehen, schrie sie auf und bewegte sich mit überraschend viel Kraft hin und her. Den Knebel hatte ich ihr vorher wieder richtig angelegt. So leid es mir für sie tat. Ich wollte hier nicht mit ihr zusammen sterben. Mittlerweile war ich schweißgebadet. Ich kam mir vor wie ein

Chirurg mit äußerst mangelhafter Ausbildung, der sie nun aber irgendwie zusammenflicken musste. Nach einer Weile hatte ich es geschafft. Die alten Laken warf ich auf einen Haufen auf die Seite, wickelte die neuen auf die gleiche Art drumherum und zog sie §wieder an. Voilà. Klebeband hatte ich keins gefunden. Dazu müsste ich die ganze Wohnung auf den Kopf stellen, wofür ich jedoch keine Zeit hatte. Ich gab ihr noch einen Schluck Wasser und stopfte die restlichen sauberen Laken und Decken unter ihren Kopf und Rücken. Sie sollte wenigstens so angenehm wie möglich sterben. Der Gedanke an Arzneimittel ließ mich abrupt aufstehen und ins Bad eilen. *Jackpot!* Der Pillenschrank. Schmerzmittel. Wieso war das Zeug überhaupt noch da? Dann blickte ich im Spiegel an mir herunter. Eine Dreckkruste. Im Bad reinigte ich mich vom Gröbsten, so gut es ging. Feuchttücher von den Kindern lagen im Schränkchen. Bei der Gelegenheit ließ ich die restlichen Packungen im Rucksack verschwinden. Bei einem weiteren Blick in den Spiegel fiel mir ein, dass Alkohol desinfiziert und, dass ich ziemlich mitgenommen aussah. Die Hausbar musste hier irgendwo sein. Ein Mittelklasseamerikaner musste einfach eine Hausbar haben. Und Scheiße, ich hatte recht. In einem Schrank im Wohnzimmer wurde ich fündig. Auf meine Leute war verlass. Eine dreiviertel volle Flasche Haselnuss-Schnaps und vier Gläser waren darin. Genau mein Geschmack. Ich nahm die Flasche und ging zurück zur Frau. Normalerweise würde ich ja sagen, Ladies first, aber: Eine Mundvoll Schnaps rauschte meine Kehle hinunter. Okay, okay … erwischt. Ich nahm großzügig noch einen zweiten Schluck.

Krankenbesuch: Ich beförderte die Frau in eine sitzende Position, setzte ihr die Wasserflasche aus der Küche an die vertrockneten, rissigen Lippen und zwang sie den

Inhalt und die Tabletten zu sich zu nehmen. Ihr Gesamtzustand war nur noch ein groteskes Abbild ihres alten Aussehens. Sie musste einmal sehr hübsch gewesen sein. Ich tippte darauf, dass sie in einer Bank gearbeitet hatte. Wären die Umstände, nicht wie sie sind, hätte ich definitiv zwei Schnapsgläser aus dem Wohnzimmer geholt und sie zu einem Drink eingeladen … Insgesamt verabreichte ich ihr acht halbe Vicodin-Tabletten. Ein paar behielt ich für später. Es war gar nicht so einfach, sie zum Herunterschlucken zu bewegen. Denn: Viel Wasser war nicht mehr in der Flasche. Zu guter Letzt kippte ich den Rest des Schnapses über ihre Wunden, beziehungsweise die Laken, in der Hoffnung, dass hier irgendwas desinfiziert wurde. Sie fuhr wie der Blitz hoch und schrie wie am Spieß. So, als ob sie hier und jetzt gleich, diesen Planeten für immer verlassen würde. Eine Reaktion, ist eine Reaktion … Kurz danach sank sie zurück auf die Decken und wimmerte kläglich. Ansonsten machte sie keine Anstalten. Ich stand auf und schob die Kommode wieder hinter die Tür, wie schon tags zuvor. Nur diesmal durch die Blutspur hindurch und an den blutigen, staubigen Laken vorbei. Dieser Anblick löste einen Übelkeitsanfall aus. Ich beeilte mich ins Bad zu kommen, um mir die Seele aus dem Leib zu kotzen, bis nichts mehr kam. Schade um den Haselnuss-Schnaps. Auf meinem Rückweg zur Frau griff ich mir einen Stuhl aus der Küche, stellte ihn in den Flur zu ihr und ließ mich darauf nieder. Sie schlief bereits, oder war ohnmächtig. Ab und zu redete ich ihr gut zu. Und wohl auch mir …

Freemans Logbuch: 3

Sonnenlicht. Erster Gedanke des Tages: Im Arsch, im Arsch, im Arsch. Heute war wirklich mein allerletzter Tag auf diesem Scheißplaneten! Ich wußte es, du weißt es und wir alle wissen es! Ihrer war's mit Sicherheit. Die Frau lag reglos in ihrer Blutlache. Sie hatte aufgehört zu Atmen. In der Nacht tauschte ich ein paar Mal die Bandagen aus und gab ihr den letzten Rest Wasser. Ihr Kopf lag noch so da, wie ich ihn zuvor abgelegt hatte. Die schwarzen Haare klebten von Blut und Schweiß zusammen, ihre Augen waren geschlossen. Dieses Bild direkt aus der Hölle wurde von Gestank und Dreck eingerahmt. Sie hatte sich eingenässt. Aber das war jetzt auch egal. Was machte ich hier eigentlich? Ich war kein Arzt, ich konnte niemandem helfen. Ich brach in Tränen aus und beruhigte mich erst einige Minuten später. Ich konnte nichts mehr für sie tun. Hoffentlich hatte sie ein gutes Leben gehabt hat. Mit einem der Laken deckte ich sie vollständig zu. Es war ein innerlicher Kampf, meine Gedanken zu ordnen. Was nichts an der Tatsache änderte, dass es höchste Zeit wurde, zu verschwinden. Alles, was ich hatte, trug ich praktisch am Leib. Mein Rucksack stand neben der Eingangstür. Ich kramte meine Karte hervor und fing an sie zu studieren. Schon mal eine Karte gelesen, ohne zu wissen, wo man sich befindet? Das machte richtig Spaß! Niedergeschlagen, aufs Äußerste entnervt, entfaltete ich meine Karte und begab ich mich auf die Suche nach meinem Standort. Auf dem halbierten Ortsschild stand „SSEL“. Suchte also auf der Karte nach einem Ortsnamen, der auf „SSEL“ endete und wurde irgendwann fündig. Ich war in *Russel*. Genauer, in der *Prairie Street*. Das umgeknickte Straßenschild lag vor der verdammten Haustür. Von hier aus wollte ich nach Nordosten. Mein nächstes Ziel war *Georgetown*. Das hier war *Iowa*. Es gab überall Farmhäuser. Über das Wort „gab“, musste ich nachdenken. Aber sie konnten ja nicht alle zerstört sein, oder?

Zu allem Überfluss meldete sich auch noch mein Magen. Könnte man Stress essen, wäre ich jetzt pappsatt ... Stress mit Salz. Das schreit doch geradezu nach einem Gericht von *Le Chef Freémans widerlichen Selbstkreationen.* In den letzten paar Tagen gab es nur Corned Beef. Eine halbe Büchse morgens, eine abends, dann wieder eine morgens und ja, eine Abends ... Das reichte bei weitem nicht. Ich musste mehr zu Essen auftreiben. Und vor allem, etwas anderes. Die Kotzerei vom Vortag war auch nicht gerade hilfreich, was den anhaltenden Hunger betraf. Nachdem ich die Kommode zur Seite geschoben hatte, öffnete ich langsam die Tür und blickte nach draußen auf die Straße. Auf der Türschwelle machte ich wie immer halt und sah mich um. War eine meiner neuesten Angewohnheiten. Hoffte, mir dadurch etwas Lebenszeit zu erkaufen ... Ein Blick auf meinen Kompass verriet mir den Weg. Von den Löchern in der Erde, die ich gestern gefunden hatte, wollte ich jetzt nichts mehr wissen. Abstand gewinnen war die Devise. Strategie des Tages: An Hauswänden entlangdrücken, in jeder Häuserlücke in Deckung gehen und diesen Ort für immer hinter mir lassen.

Klock, klock, klock! Ich stoppte abrupt. Ein blechernes Geräusch ließ mich die Luft anhalten. In einer Häuserlücke ging ich in Deckung und beobachtete die Straße. Ein leichter Wind kam auf. Klock, klock, klock! Da war es wieder! Nichts zu sehen. Klock, klock, klock! Mein Puls stieg an. Meine Nerven drohten schlapp zu machen. Der Wind blies stärker und noch immer nichts zu sehen. Klock, klock, klock!

Wie aus dem Nichts kullerte eine Limodose rotzfrech vor mir über die Straße. Vom Wind angetrieben … Die Anspannung fiel sofort von mir ab. Meine Torheit ließ mich auflachen. Die letzten Tage waren alles andere als Urlaub am Sandstrand gewesen. Jetzt machte mich sogar schon eine lächerliche Limodose, die auf hinterhältige Art und Weise mit dem Wind kooperierte, verrückt. Mein weiterer Weg führte stadtauswärts. Als ich mich wieder sicher fühlte, betrat die Frau erneut die Bühne meines Gedankenkonzerts. Was genau war ihr zugestoßen? Wie dem auch sei. Jetzt musste ich mich wieder auf die Umgebung konzentrieren. Auf zwölf Meilen setzte ich mein Tagesziel fest. Eine Schlafstätte musste dann auch noch her und die verfluchte Nacht musste ich auch noch hinter mich bringen. Am liebsten wieder in einem Haus. Nein, am liebsten in einem Hotel mit Zimmerservice! Hauptsache war, dass ich meinem Ziel immer näherkam. Dazu musste ich nur immer weiter, diese gottverdammte Straße entlang.

Freemans Logbuch: 3 (abends)

Ich stand vor einem Farmhaus, das etwas abseits von der Straße lag. Davon gab es in dieser Gegend verdammt viele. Es lag hinter einem kleinen Hügel. Eine Allee führte dorthin. Parallel verlief eine Stromleitung. Strom war da mit Sicherheit keiner mehr drauf. Das hatte ich bereits mehrmals ausführlich getestet … An einer Stelle flachte der Hügel ab. Von dort aus führte ein Schotterweg zum Farmhaus. Ein Teil des Daches war eingestürzt. Kein Problem für einen alten Gossenhasen wie mich. Immer noch besser, als auf der Straße zu übernachten. Meine Füße schmerzten, meine Beine schmerzten, mein Schultern schmerzten und mein Rücken schmerzte. Sogar meine Schmerzen schmerzten! Deswegen: Scheiß auf das verdammte Dach. Die Straße bis zum Haus war von Kratern übersäht und mit Schlieren durchzogen. So, als hätte jemand einem riesigen Presslufthammer freien Lauf gelassen. Der Weg war schwierig, dafür strahlten mir die letzten Sonnenstrahlen des Tages warm auf den Rücken. Ich ging zur Tür und klopfte an … Keine Reaktion. Als wenn ich etwas anderes erwartet hätte. Wenigstens schoss niemand auf mich … Ich wollte mein Glück versuchen und hineingehen.

Drinnen war niemand. Im Wohnzimmer stank es infernalisch. Dort lag ein älteres Ehepaar. Ihre Verwesung war deutlich fortgeschritten. Konnte ich sie hier rausschaffen, ohne dass sie auseinanderfielen, wenn ich sie berührte? Ich wollte sie wirklich nicht anfassen. Die Frage blieb vorerst unbeantwortet. »Meine Güte«, flüsterte ich den beiden fassungslos zu. »Das … Mann, ihr seht ja mitgenommen aus. Shit, das tut mir aufrichtig leid.« Die beiden sahen so aus, als ob sie quer durch den Raum geschleudert worden waren. Der Mann lag zusammengesackt, der Länge nach am unteren Ende der Zimmerwand. Neben dem Kamin. Teilweise auf gestapelten Holzscheiten. Die Frau lag fast genau gegenüber auf der anderen Seite des Zimmers. Ihr rechtes Bein hing auf der Couch. Der Rest ihres Körpers hing darüber hinweg. Ab dem Torso lag der Rest auf dem Boden. Zustände wie diese, lockten leider auch immer wieder Fliegen und Maden an … Ich ging etwas weiter ins Zimmer hinein, hielt mir den Jackenärmel vor Mund und Nase. Das Wohnzimmer hatte eine große Fensterfront zu den Feldern hin. Eigentlich ein sehr schöner Ausblick. Die Abendsonne fiel wunderbar herein und durchflutete warm das gesamte Zimmer. Der Holzboden war verkratzt und hatte riesige Löcher. Ich erschrak. Vor Schreck stieß ich mir den Jackenärmel kräftig ins Gesicht. Die beiden hatten einen Hund. Hatten! Die hintere Hälfte war abgerissen und nirgends zu sehen. Die Innereien quollen aus ihm heraus. Fellfetzen und Fleisch lagen um den Rest des Hundes verteilt. Das Blut war bereits in den Holzboden gelaufen und getrocknet. Fliegen und Maden krabbelten über das arme Kerlchen hinweg. Als die Fliegen aufstoben, konnte ich sein Halsband sehen. *Piper* war dort in weißer Schreibschrift auf dem hellblauen Halsband abgedruckt. Mit seinen Pfoten musste er bestimmt den Boden so zerkratzt haben. Das war zu viel: Mit einem Satz eilte ich zum Kamin und übergab mich. Armes Tier. Arme Leute. Dieses Zimmer wollte ich ab jetzt nicht mehr betreten. Ich ging hinaus und warf die Tür hinter mir zu. Der Gestank und die Bilder begleiteten mich nach draußen. Eine Treppe führte nach oben. In diesem Horrorhaus wollte ich eigentlich nicht übernachten, aber ich musste. Der Zufall trieb mich zuerst in das Zimmer im oberen Stockwerk, dessen Dachteil zerstört war. Auch kein guter Ort zum Übernachten, befand der Hobby-Statiker in mir. Also ging ich den

Flur entlang, ins Nachbarzimmer. An den Wänden im Flur hingen Bilder und Auszeichnungen für eine Rebsorte des Dreiergespanns. Die Gegend war bekannt für Weinbau. Die Bilder zeigten die beiden Alten und *Piper.* Kinder waren keine zu sehen. Der Mann präsentierte Stolz die Weintrauben, die Frau das gewonnene Zertifikat. Es war die Sorte, die die Auszeichnung gewonnen hatte. Das Haus war im Hintergrund zu sehen. Sie standen an einem grauen Tag, in einem der Felder vor der Fensterfront des Wohnzimmers. Das Bild wurde von einer Anhöhe aus geknipst. Fabelhafte Aussicht. Das war bestimmt ihr Lieblingsplatz gewesen. Eine Schande wie alles gekommen war. Es tat mir aufrichtig leid. Meine Stimmung trübte sich wie das Wetter im Bild.

In der Nacht wachte ich auf und konnte nicht mehr schlafen. Noch etwas Schlaftrunken friemelte ich Zettel und Stift aus meinem Rucksack und fing an, mir Notizen für diesen Bericht zu machen, wie ich es früher immer getan hatte, als ich an einer Story arbeitete. Die Worte sprudelten nur so aus mir heraus. Nach etwa einer Stunde des Schreibens, hörte ich wie vom Blitz getroffen auf und sprang mit schmerzender Hand in einem Satz auf. »Nähzeug!«, rief ich etwas zu laut zu mir selbst. Ich eilte nach unten und hielt die Luft an. Eigentlich wollte ich dieses Zimmer nicht mehr betreten, aber meine Idee war zu gut. Ich öffnete die Tür zum Wohnzimmer und ging mit gesenktem Blick hinein. Eine Gute-Nacht Schauergeschichte brauchte ich heute wirklich nicht mehr. Neben der Couch mit der Frau stand ein Sessel. Neben dem Sessel ein kleiner Beistelltisch. Dort glaubte ich heute Mittag Nähzeug gesehen zu haben. Und ich sollte recht behalten. Für mein Unterfangen war ein weißes Stück Stoff notwendig, dass ich oben rechteckig zuschneiden würde. Nachdem ich alles beisammenhatte, ging ich wieder nach oben. Dort war auch das Arbeitszimmer. Filzstift und Schere fand ich in einer der Schubladen und auf dem Tisch. In meinem Nachtquartier angekommen, nahm ich meinen Parka zur Hand und setzte mich auf den Boden. Gleich unter das Fenster. Der Mond schien silbrig auf den Boden und wurde so zu meinem Nachtlicht. Die Arbeit an meinem Meisterwerk begann: Den weißen Stoff schnitt ich zurecht und nähte ihn auf den Rücken meines Parkas. Mit dem schwarzen Filzstift kritzelte ich ein Paar Buchstaben auf den weißen Stoff. Nach zirka dreißig Minuten und nur zwei Mal in den Finger stechen war ich fertig. Ich betrachtete meine Arbeit und musste meine Leistung selbstanerkennend mit einem Lächeln und folgenden Worten quittieren: »Yeah, Baby, yeah!«

Ich hatte auf meinen Aufnäher, in großen schwarzen Buchstaben, das Wort *PRESS* geschrieben. Auf die Vorderseite, direkt über den Reisverschluss noch einmal das gleiche Wort, nur etwas kleiner. Jetzt konnte ich beruhigt schlafen gehen. Meine Berufskleidung war komplett. Für eine Sekunde fühlte ich mich ganz wie der Alte. Ja okay, der Aufnäher auf dem Rücken hing etwas schief. Aber hey, ich hatte ja nur das Mondlicht zur Verfügung. Und außerdem konnte ich gar nicht richtig Nähen. Nadel und Faden wanderten in den Rucksack.

Freemans Logbuch: 4

Am nächsten Morgen blickte ich als aller erstes aus dem Fenster. So sieht also mein Todestag aus … WOW! Welch eine mir angenehme Wende! Das war ein Start in den (Todes)Tag! Vier Tage überlebt. Hatte wieder von der Frau geträumt. Ihren Namen hatte ich nie erfahren. Dort draußen war ein goldener Herbsttag. Keine Wolke am Himmel. Die Sonne ließ es heute früh so richtig krachen und schien in vollen Zügen. Ich konnte die Wärme der Sonnenstrahlen durch das Fenster fühlen und harrte für einen Moment aus, regungslos. Die Stille wurde von meinem tiefen, fast schon innerlich reinigenden Ausatmen konnotiert. Unten im Hof stand eine amerikanische Buche. Ihre Blätter lagen in einem ausgedehnten Kreis um den Stamm herum verteilt und ließen den Boden in allen Herbstfarben aufleuchten. Aber von Rot hatte ich zugegebenermaßen genug … Todestag, auf deine Bekanntschaft konnte ich zwar gut verichten, mein alter Freund, wir kannten uns ja jetzt schon eine kleine Weile. Aber heute hast du dich selbst übertroffen …

Ich stand am Fenster. Blau gestrichener Rahmen. Er war rissig, dass Holz spröde. Ich fuhr mit meinem Finger darüber hinweg. Es hatte sich etwas Staub angesammelt. An einer Stelle, wo das Holz abstand, zog ich meine Hand abrupt zurück. Akute Splittergefahr. Das Fenster war noch in Ordnung. Durch das Astwerk der Buche hinweg schimmerte weiter hinten ein kleiner See friedlich vor sich hin, wie er es schon immer getan haben musste. Diese Konstante ließ mich glauben, dass es dort sicher sei, und ich wollte wieder mal mich selbst und meine Klamotten waschen. Vorher musste ich mir den Baum aus der Nähe ansehen, der war einfach zu gut. In den letzten Tagen hatte ich so viel Schutt, Staub, Chaos, Tod und Verwüstung gesehen, dass dieser Baum das Zeug zu meinem neuen Schrein hatte. Das erinnerte mich an den Schrein, den ich während eines Berichts in einem Jazzclub entdeckt hatte. Der Typ hatte eine Ecke voll mit Elvis-Sachen gestopft, und bevor die Jazzband zu spielen anfangen durfte, musste der Gastgeber erst ein kleines Ritual durchführen. Der King lebt! Wahrscheinlich bei denen da oben … Auch wenn dieser Erinnerungsfetzen recht amüsant ist, musste ich gleich wieder an das alte Ehepaar und *Piper* denken. Sie hatten sich ein wunderbares Zuhause geschaffen. Auf dem Weg zur Buche kam ich an einem Blumenbeet vorbei. Tulpen. Alles voller Tulpen. Sie wuchsen einfach weiter, während die Leute, die sie eingepflanzt hatten, nur noch das Zeug zum Dünger hatten. Im Kontrast dazu meldete sich mein Magen. Dabei fiel mir ein, dass eine Inventur fällig war und sich das Haus nicht von allein durchsuchen würde. Viel zu schnell griff die Realität erneut zu. Ich hatte doch gerade erst mit dem Träumen begonnen.

Mein Blick wanderte an der Buche vorbei und blieb plötzlich am Horizont kleben. »Ach du heilige Scheiße! Da laus' mich doch der verdammte Scheißaffe … Ich bin sowas von IM ARSCH!« Mein Mund stand sperrangelweit offen. Zum Glück gab es hier keinen Spiegel, in dem ich mich selbst hätte sehen können. »Was … zum … Teufel …? Ich glaube, ich halluziniere.«

Ich nahm meine sieben Sachen und rannte nach unten. Ich wünschte, ich hätte eine Kamera gehabt. Danach wollte ich ab jetzt Ausschau halten. Auf der Veranda kam ich zum Stehen und blickte in Richtung Horizont. In vielen Meilen Entfernung war ein gigantischer, schwarzer Koloss unterwegs. So etwas hatte ich noch nie gesehen. Ich erstarrte augenblicklich und war sofort handlungsunfähig. Eine gewaltige Maschine bewegte sich majestätisch in der Ferne. Sie dampfte bis weit in den Himmel hinauf. Schwarze Wolken bildeten sich und lösten sich in Zeitlupe wieder auf. Alles schaukelte. Der Koloss wurde umschwirrt von einer Wolke kleiner Trabant-Maschinen. Er schob sich immer weiter nach Süden. Und somit von mir weg. Das war gut. Verschiedene Lichter blinkten auf. Meistens aber zuckten dunkelblaue Punkte und Streifen über die gesamte Oberfläche hinweg. Als ob er mir verführerisch zuzwinkerte. Und ich war sehr angetan. Was ging da bloß vor sich? Ich war so fasziniert, dass ich keinen klaren Gedanken fassen konnte. Außer: Wer war da drin? Dieser Koloss war in etwa eine dreiviertel Meile hoch. Ein wandelnder Turm, der allen physikalischen Gesetzen zu trotzen schien. Aber offensichtlich funktionierte es. Jedes Mal, wenn er eines seiner massigen Füße auf den Boden setzte, vibrierte die Erde. Donner grollte zu mir hinüber. Das Spiel wiederholte sich konsequent, ein ums andere Mal.

Die Füße wuchsen mit jedem Schritt, den das Ungetüm tat, von neuem aus dem Koloss heraus. So bekam er eine nahezu fließende, fast schon rollende Bewegung. Komplett verrückt. Meistens waren zwischen drei und fünf solcher Füße herausgewachsen. Manchmal auch mehr, oder weniger. Es war schwer, sie zuverlässig zu zählen. Sobald sie nicht mehr gebraucht wurden, wurden sie in atemberaubender Geschwindigkeit demontiert und wuchsen an einer anderen Stelle wieder aus dem Koloss heraus. Eben da, wo sie gerade gebraucht wurden. Wie musste es sein, direkt unter einem dieser Kolosse zu stehen? Ich würde auf nicht so gut tippen … Zum Glück zog der Koloss nicht in meine Richtung. Durch die Entfernung konnte ich keine genauen Details erkennen. Nur, dass er asymmetrisch konstruiert war. Wie ein aus Klötzen gebauter Turm, dessen einzelne Elemente versetzt übereinandergestapelt waren. Dabei kam es wohl nicht darauf an, sie schön, oder gar nach unseren Maßstäben statisch sinnvoll übereinander zu bauen. Aber offensichtlich war das alles kein Problem. Mir fiel auf, dass er nicht aus wenigen großen, sondern aus vielen, vielen Kuben, verschiedener Größen bestand. Viele der kleineren Kuben füllten die Größeren kaskadenhaft aus. Die Kuben verschoben sich ständig und formten sich neu.

Mein Reporterhirn sagte mir, dass ich unbedingt näher heran musste. Ich wusste nur nicht, wie nah war zu nah? Oder war es ohnehin schon zu spät fürs Versteckspielen? Die Sache hatte noch einen anderen Haken: Der Koloss bewegte sich auf seinen riesigen Beinen viel zu schnell, als dass ich ihn mit meinen Ministummeln hätte einholen können (in Relation, natürlich). Das konnte ich also vergessen. Also beobachtete ich ihn, solange ich konnte, bevor er aus meiner Sicht verschwand. Was für ein Start in den Tag! Wieviel Zeit war vergangen? Sollte ich auf meinen *Chicago*-Plan pfeifen und den Spuren des Kolosses folgen? Mein Gedankengang wurde von einem Windspiel unterbrochen, das genau neben mir seine totnervige Melodie klimperte. Ich riss es vom Verandadach und legte es auf den Tisch. Das Grollen der Maschine war immer noch zu hören. Zwischen zwei Bässen meldete sich ein Grollen anderer Art. Mein Magen. Ich traf eine Entscheidung: Heute würde ich keine Verfolgung aufnehmen. Mann, hatte der Koloss ein Glück, meinem gefürchteten rechten Haken zu entkommen!!! Ein paar Fragen hatte ich dennoch: Aus was war dieses Ding gebaut? Wie funktionierte es? Wer steuerte es? Wie sah es da drinnen aus? Würde ich die Antworten je erfahren? Und, durfte ich auch mal damit fahren? Ich musste es einfach wissen. Nach einer ganzen Weile und mit immer noch weichen Knien ging ich ins Haus. Mir war ziemlich mulmig zumute. Ich befand mich im Dialog mit mir selbst: Wie würde die Army, falls es sie noch gab, eine so gewaltige, wandelnde Festung aufhalten können? Ich schloss eine Wette darauf ab, dass der Präsident als einziger in einem Bunker unter der Erde kauerte, Däumchen drehte, Chips in sich hineinstopfte, während er *Space Invaders* spielte, und der Rest von uns elendig vor die verfluchten Hunde ging. Nahm hier jemand meine Wette an? Darüber dachte ich nach, während ich im Flur auf und ab ging. Diesen Koloss musste man doch am besten direkt mit einer Fat Man wegpusten, oder wie auch immer die Atombomben noch gleich hießen. Oder am besten, mit etwas noch Stärkerem, wie Dijon-Senf … Ich verwarf den Gedanken gleich wieder. Es gab Sachen, die waren einfach nicht für mich gemacht … Außerdem würde sich die Strahlung einer A-Bombe eher negativ auf das Umland auswirken … Das Thema Senf hingegen beschäftigte mich noch einmal ganz kurz: Vielleicht wurde Dijon-Senf unter Kernspaltung hergestellt. Demnach müsste es Dijon235U, oder so ähnlich, heißen. Den nächsten Atomphysiker, der mir über den Weg liefe, würde ich unbedingt danach fragen.

So weit, so gut: Das eigentliche Problem hatte sich sowieso für heute von selbst erledigt. Der Koloss war fort, wohin auch immer. Vielleicht war so einer durch *Russe*l gezogen. In Gedanken zeigte ich ihm den Mittelfinger. Dann tat ich es auch in echt. Das war der Schlussstrich unter diesem Thema. Der eigentliche Plan war herausfordernd genug, stellte ich bescheiden fest. Zeit für die Inventur. Routine war alles! Ich leerte den Inhalt meines Rucksacks vor mir aus. Da hätten wir: einen Notizblock mit meinem treuen Freund, Mr. Pen, der Stift. Ein kleines Zelt. Wolldecke. Hammer und Nägel. Ach ja! Die Heringe wollte ich noch krumm hämmern. Drei Dosen Corned Beef. Eine Thermoskanne, mit etwas Wasser. Sie war mittlerweile fast leer. Verdammt, ich brauchte dringend Wasser. Vier Packungen Feuchttücher aus dem Haus in Russel. Und zehn Pillen Vicodin. Könnte ich im Notfall die Feuchttücher auswringen und das Wasser trinken? Bestimmt … Inständig hoffte ich, dass es nicht zu einem Feldversuch kommen würde. Lieber würde ich es als hoch luxuriöses Toilettenpapier verwenden wollen. Denn damit konnte ich endlich mal wieder etwas mit Stil machen … Und zu guter Letzt zog ich meinen Kompass aus einer Seitentasche des Rucksacks. Eine kleine metallene Kette war daran befestigt. Damit befestigte ich den Kompass an einer Gürtelschlaufe meiner Hose. Ich verstaute den Rest im Rucksack und hämmerte die Nägel krumm. Anschließend durchsuchte ich das Haus nach Brauchbarem. Im Bad sah ich mich zum ersten Mal seit langem richtig im Spiegel. Hui … Oh Schreck lass nach. Dem Ärmsten da hatte man ja übel mitgespielt. Meine Haare wurden immer länger und waren so fettig und verfilzt, als ob das Wetter da draußen selbst fettig wäre. Da musste ein guter Exorzist mit Schere ran. Auf der Pro-Seite: Langsam, aber sicher entwickelten sich die drei Barthaare zu einem ausgewachsenen Vollbart, der sich sehen lassen konnte! Ich fand, er stand mir und wollte ihn unter dem Vorwand, dass der Winter vor der Tür stand, behalten. Und da ich schon mal dabei war … Meine Klamotten standen auch, und zwar vor Dreck. Gut, dass da draußen gleich ein See war. Am besten versenkte ich mich darin gleich so, wie ich war. Waschmittel? Das würde ich dann beim Sprung in den See festhalten, wie der Pirat die Eisenkugel, bevor er im Meer versenkt wird und nur noch aufs

Beste hoffen kann. Nein, nein, natürlich nicht. Hatte ja weder Augenklappe, Holzbein, noch Hakenhand ... nicht mal einen Papagei!

Die Kellertreppe befand sich gleich bei der Eingangstür. Die Treppe in den ersten Stock verlief über dem Kellereingang. Auf dem Weg hinunter, stolperte ich und rutschte auf einer Stufe aus. Konnte mich mit den Händen gerade noch an der Wand abfangen. Heute Morgen sollte ich nicht ungespitzt in den Boden gerammt werden! Dafür hatte ich unten gleich doppeltes Glück. In der Vorratskammer stand noch eine Plastikflasche mit Wasser und Waschmittel. Beide Flaschen waren völlig verstaubt. Ich machte sie sauber und packte sie gleich in meinen Rucksack. Auf dem Weg nach oben in die Küche, wäre ich im Dunklen fast die Treppe wieder rauf gestolpert. Was ich abwärts konnte, konnte ich eben auch aufwärts. Entweder stimmte etwas mit dieser Treppe nicht, oder mit mir! Mich beschlich der Verdacht, dass hier schon vor mir jemand gewesen sein musste, da der Keller ziemlich leer war. Ich dachte immer, dass alte Leute alles horten. Vielleicht lag ich da auch völlig daneben. Das wäre nicht das erste Mal und bestimmt auch nicht das letzte Mal! Nachdem ich die Schubladen in der Küche durchwühlt hatte, fand ich tatsächlich ein Feuerzeug. Das ließ ich auch gleich im Rucksack verschwinden. In Häusern übernachten machte sich durchaus bezahlt. Allerdings hatten diese Idee auch andere. Die Angst schwang permanent mit. Das machte so eine Übernachtung nicht gerade stressfrei. Kurz darauf spielte ich mit der Mikrowellentür herum. Das ging so: Auf, zu. Auf, zu. Auf und zu. Die Tür klickte jedes Mal beim Schließen. Dann setzte die Langweile ein und ich erinnerte mich an meine eigentliche Aufgabe. Und Aufgeben war keine Option! Also war als nächstes das Schlafzimmer an der Reihe.

Ich brauchte dringend ein paar neue Klamotten und ein Handtuch, denn heute war Badetag am See! Ich fand eine Jeans, Gürtel, ein Hemd und sogar Socken! Die Sachen waren mir etwas zu groß. Machte aber nichts. Wollte schon immer mal wie Charlie Chaplin herumlaufen. Dafür waren sie, im Vergleich zu meinen, strahlend sauber.

Es war noch früh am Morgen und das Wetter war erste Sahne. Meine Stimmung war gut, trotz des gewaltigen Problems in Form eines Kolosses. Er sollte mich noch für die nächsten Tage beschäftigen. Man, zum Glück war das Ding in eine andere Richtung unterwegs. Ich bin eigentlich nicht abergläubisch, hoffte aber, mein Glück damit noch nicht aufgebraucht zu haben. Gemütlich schlenderte ich Richtung See, an der wunderbaren Buche vorbei. Dort angekommen fasste ich einen Entschluss, der mich einige Stunden beschäftigen sollte: Die beiden Hausbesitzer und der Hund verdienten eine gute Beerdigung. Das war ich ihnen irgendwie schuldig. Nach diesem Entschluss waren meine Sorgen für einen kurzen Moment wie weggeblasen. Doch zuerst wollte ich meine alten Klamotten waschen, da sie Zeit zum Trocknen brauchten. Bei dem Dreck, schwerste Handarbeit. Gleich danach aber würde es losgehen, das Zwei Personen-ein-Haustier-Grab auszuheben. Die Sachen dafür fand ich im Geräteschuppen.

Es kam der große Moment. Klamotten aus! Währenddessen überlegte ich mir eine gute Taktik, mit der Kälte des Wassers klarzukommen und performte den Sprung mehrmals im Kopf. Tja, aber blöd wie ich war, bröckelte in der Praxis ein Stück Erde am Rand des kleinen Sees ab. Mit dem Gesicht voran klatschte ich ins eiskalte Wasser. Heilige Scheiße! Das war zwar auch eine Taktik, aber keine sehr gute. Ich glaube, irgendetwas ist an diesem Tag in mir gestorben … Ich rettete was zu retten war und wusch mich eiligst und gründlichst, zum ersten Mal seit langem. Mit Shampoo. Aus dem Badezimmer!! Woher auch sonst? Trotz des kalten Wassers, absolut einmalig. So als ob ein schwerer Panzer aus Dreck und Schweiß von mir abfiel. Immer positiv bleiben, belebend, war das richtige Wort! Ordentlich durchgefroren, trocknete ich mich ab und zog mich wieder an, packte alles zusammen und ging ins Haus. Die Rollläden funktionierten noch, also ließ ich sie überall herunter. Dazu war ich gestern fahrlässigerweise noch gar nicht gekommen. Das holte ich nun nach. Riskierte ich mein Leben, um meine Klamotten zu trocknen? Wahrscheinlich! Aber wer's hat, der hat's!! Es war später Nachmittag. Die Uhrzeit konnte ich schon lange nicht mehr bestimmen. Mein Smartphone hatte ich gleich am Anfang irgendwo verloren. War sowieso zu nichts mehr zu gebrauchen. Außer die Bilder darauf.

Meine Klamotten waren sauber und am Trocknen, das Grab ausgehoben. Mit einer Schubkarre half ich den Dreien bei ihrem letzten Gang und wünschte ihnen viel Glück auf ihrer Reise und bedankte mich für die Gastfreundschaft in andächtiger Stille. Der Rest des Tages zog sich ohne weitere Vorkommnisse dahin. Ich nahm mir ein Buch aus dem Regal, legte mich in meinem Quartier im ersten Stock auf das Bett. Dazu stellte ich mir eine Tasse Tee vor. Wem machte ich hier was vor? Eine Flasche Bier stellte ich mir selbstverständlich vor! Ich las etwas über Weinanbau in Frankreich. Daraufhin ging ich nochmal in den Keller. Da mussten doch irgendwo ein paar Weinflaschen sein? Bingo! Wein aus der Flasche, dazu das Buch. Da dauerte es gar nicht lange bis ich zum ersten Mal seit langem tief und fest schlief.

Freemans Logbuch: 5

Endlich eine Nacht ohne Explosionen, Schreie, Blut und Kolosse, die die Erde, auf der sie wandelten, umgruben. Dafür einen leichten Kater. Ich fühlte so etwas wie Erleichterung. Man könnte sagen, ich war erholt! Das Haus und die gesamte Lage hatten es mir wirklich angetan. Ich würde mich nur schwer nach nur so kurzer Zeit wieder lösen können. Auch diesen Ort vermerkte ich auf meiner Karte. Ich wollte hier ja niemandem die Stimmung vermiesen, aber: Ich war überzeugt davon, da nicht gestern so geschehen, heute mein letztes Stündlein schlagen würde. Das Beste, was ich dagegen machen konnte, war, mir das Gegenteil zu beweisen. So einfach war das. Die Farm ließ mich an Ferien auf dem Ponyhof denken. Nur ohne Strom. Und ohne fließend Wasser. Und leeren Kühlschrank. Und ohne … Ach, leck mich doch einfach. Es war Klasse! Wer das Gegenteil behauptet, ist ein Trottel … Auch heute galt es wieder viele Probleme zu lösen. Aber eins nach dem anderen. Wasser abkochen im Freien war zurzeit keine Option, da mich die Rauchentwicklung zur Zielscheibe machen würde. Denn, ich hatte keinen Campingkocher oder Ähnliches, den man drinnen verwenden konnte. Dazu musste ich mir etwas überlegen. Eine gute Stelle vielleicht, an der ich unbehelligt Wasser abkochen konnte. Wie eine Tiefgarage. Das wäre auf jeden Fall einen Versuch wert. Bevor ich mich auf und davon machte, wollte ich noch meine Flaschen am See auffüllen. Nach dem Frühstück packte ich sofort alles zusammen. Ziemlich gut gelaunt, begab ich mich nach draußen. Erst zum See, über den Schotterweg zur Straße und immer geradeaus. Mein nächstes Ziel, laut Karte, war *Albia*. Der Ausblick war eine ganze Weile immer der Gleiche. Felder links. Felder rechts. Stromleitung rechts. Gräser, ein paar Bäume. Und so weiter.

»Hey da! Hey, Mann, warte doch mal für 'ne Sekunde!«, rief es wie aus dem nichts. Ich zuckte zusammen. War wie vom Blitz getroffen. Mich umsehend griff ich langsam nach meinem 580er, das ich stets umhängen hatte. »Hier auf der Mauer, hinter der Hecke«, sagte die Stimme. Wir waren von Feldern umgeben. »Ich kann dich sehen und vor allem hören, Mann. Nimm mal schön die Finger vom Gewehr. Ich ziele gerade auf dich. Das kannst du dir also sparen. Komm' einfach langsam her, Mann.« Die Stimme, männlich, aber nicht wirklich aggressiv. Ich tat also, was sie verlangte. »Hallo, Dan hier«, sagte der Mann eher fröhlich und zeigte mit dem Daumen seiner freien Hand auf sich selbst. In der anderen hielt er eine Pistole. Er lächelte die ganze Zeit. Ich trat um die Hecke und konnte ihn sehen. Sah ganz schön zerfleddert aus. Schwarze Dreadlocks. So fettig, dass man damit eingerostete Türscharniere einfetten konnte. Er hatte seine Haare zum Pferdeschwanz nach hinten gebunden. Die bekam er ohne Heckenschere mit Sicherheit nie wieder auseinander. Er war nicht der Größte. Einen Kopf kleiner als ich, sollte ich etwas später herausfinden. Seltsame Gedanken, zum denkbar falschen Zeitpunkt rasten mir durch den Kopf. Immerhin hielt dieser Dan eine Waffe auf mich gerichtet. Wenn die Pistole so gut geölt war, wie seine Haare fettig, schlussfolgerte ich, sollte sie in bestem Zustand sein. Die Mauer bestand aus etwa fußballgroßen, grauen übereinander gestapelten naturbelassenen Steinen, die fahrlässig mit irgendeinem Gemisch zusammengezimmert worden war, so, wie man sie aus England kannte. Nichts gegen die englische Baukunst! Links und rechts waren Büsche. »Hallo Dan. Mann, hab' ich mich erschreckt«, sagte ich. »Sorry, dass wollte ich nich'.« - »Ich bin nur froh, dass du nicht gleich drauflos geballert hast.« - »Muss dein Glückstag sein, Mann. Muss Munition sparen. Und auf Menschen und Tiere schieß' ich sowieso nich' so gern.« Dan zielte nun nicht mehr auf mich. Dass er so schnell seine Waffe senkte, überraschte mich. Vielleicht hasste er die Dinger wirklich. »Dann sind wir uns ja einig«, teilte ich ihm erleichtert mit. Auch ich schob mein Gewehr zur Seite. »Was dagegen, wenn ich mich setze? Wollte sowieso gerade eine Pause einlegen.« - »Klar, Mann! Wenn du mir vorher noch deinen Namen verrätst.« - »Freeman.« - »Angenehm. Daniel Pasternack, aber nenn mich Dan.« Smalltalk. Für eine ganze Weile.

Er griff in seine Tasche und zog eine recht große blecherne Büchse heraus. Sie war ziemlich verbeult. Sein Rucksack stand unter ihm vor der Mauer. Er öffnete den Deckel, griff in die Büchse und zog langes Zigarettenpapier heraus. Jetzt wusste ich auch, warum der Kerl die ganze Zeit mit seinen roten Augen so blöd am Grinsen war. Auf der Mauer sitzend, seine Pistole neben sich liegend, drehte er mit nur einer Hand, ganz genüsslich, einen feinen Marihuanadocht zusammen. Das erforderte höchste Präzision und Geschick. Er war ziemlich flink und hatte es auch gleich geschafft. Dann zündete er das Teil an und wollte es mir reichen. Ich lehnte dankend ab und verwies auf die möglichen Gefahren in unmittelbarer Nähe, zählte zusätzlich noch ein paar Arten zu sterben auf, so wie den enorm weiten Weg, den ich noch zurücklegen wollte. Ich sagte ja bereits, dass ich manchmal ein ziemlicher Party-Killer bin. Aber sobald ich da wäre, beschwichtigte ich, würde ich dankend annehmen. Falls dann überhaupt noch etwas von dem Ganjakraut übrig war. Da hatte ich starke Zweifel. An Dan ging das alles völlig vorbei. Er quittierte meine Rede lediglich mit einem einzigen kurzen Achselzucken und steckte den Docht in seine Zahnlücke. Ein Schneidezahn fehlte ihm. Für mich, ein merkwürdiger Anblick, für ihn, ein ganz plausibler Vorgang …

Wir tratschten noch eine ganze Weile über den Angriff, die Besatzer und zu guter Letzt über Musik und wo er den besten Shit herbekam. Irgendwann bekam Dan Heißhunger und ließ eine Dose Bohnen, sowie ein paar Cracker springen. Er hatte sogar Sprühkäse aus der Dose dabei. Ohne zu zögern, steuerte ich eine Büchse Corned Beef bei. Ich konnte das Zeug zwar langsam nicht mehr sehen, aber was anderes hatte ich leider nicht dabei, kam aber zu der Einsicht, dass ich einfach mehr von Dans Sachen essen würde. Viel mehr. Ich glaubte schon längst nicht mehr, dass Dan mich ausrauben oder umnieten würde. An diesem Punkt waren wir spätestens seit dem Sprühkäse vorbei. Zu meiner Freude warf Dan noch eine Dose eingelegte Ananas aus der Dose obendrauf. Und fertig war ein absolut bombastisches Mittagessen. Er ließ mich sogar den Saft aus der Dose saugen. Und wie ich mir gierig den Saft reinzog. Da verging sogar dem Rotauge kurz das Grinsen. Dan sah mich komisch an, wahrscheinlich weil er ziemlich bekifft war. Das musste richtig starkes Kraut sein. Vielleicht mit Alienhaaren gestreckt.

Nachdem ich mir den Mund abgewischt hatte, erzählte mir Dan seine Geschichte. Er hatte ziemlich lange damit gewartet. Er kam aus *Knoxville.* Arbeitete in einem Supermarkt, im Lager. Zweiunddreißig Jahre alt. Keine Frau, keine Kinder. Dafür 'ne Menge Gras. Seine Eltern lebten in der gleichen Straße. Er ging nach der High School ab. Über das Wort High School, musste ich in diesem Zusammenhang kurz nachdenken. Soweit die Zusammenfassung. Bis jetzt war er äußerst freundlich und zuvorkommend. Es gab keinen Grund, ihm zu misstrauen. Die Unterhaltung floss nur so dahin. Wahrscheinlich hätten wir wochenlang Quatschen können. Es war gut, endlich mit jemanden eine normale Unterhaltung führen zu können. Das Beste! Nach all der Zeit in Quasi-Isolation und im Zwiegespräch mit mir selbst. »Dan, es tut mir leid, aber ich muss dich einfach fragen. Bist du, seitdem das hier alles losging, in diesen Latschen da unterwegs? Den Sandalen da …?« - »Klar, Mann. Hatte keine anderen da. Und von den Toten wollte ich nichts nehmen. Voll eklig und keine Ehre, Mann.« - »Anständig«, sagte ich. Und ein bisschen dämlich, dachte ich mir. »In welche Richtung gehst'n eigentlich, Mann?«, wollte Dan wissen. »Richtung *Chicago*«, antwortete ich. »Was dagegen, wenn ich ein Stückchen mitkomme?« - »Ganz im Gegenteil, Dan. Ich hatte schon lang' niemanden mehr zum Quatschen. Wo willst du eigentlich hin? Und sag mal, weißt du eigentlich welcher Tag und welches Dat…«

Wubbwubbwubbwubbwubb. Etwas knallte. Sofort folgte ein hohes Pfeifen. Es wurde immer tiefer. Ein tiefes, bissiges Wummern übernahm die zweite Stimme. So, wie wenn man pfeift und gleichzeitig mit der Stimme aushaucht. Ich sah an mir herab. Überall war Blut. Ich war zu geschockt, um zu schreien. Das würde sich in Kürze ändern. Hatte mich etwas getroffen? Was zum Teufel war passiert? Ein spiralförmiger, weißer Streifen hing in der Luft und löste sich langsam auf, wie die Kondensstreifen eines Flugzeugs. Da ist was langgezischt, dachte ich noch. Dans Kopf war explodiert. Ungläubig und vom Schock gelähmt starrte ich auf die Überreste. Ein kleiner Teil seines Kopfes hing an einem fleischigen Fetzen, der eben gerade noch auf seinem Hals saß. Sein Körper sackte langsam nach vorne und drohte auf den Boden zu stürzen. Es knallte zum zweiten Mal. Wubbwubbwubbwubbwubb. Der zweite Schuss schlug durch seine rechte Schulter hindurch riss ein paar Finger seiner rechten Hand ab. Die Wucht schleuderte den ganzen Körper nach vorne und katapultierte ihn von der Mauer. Es sah aus, als ob jemand eine Puppe durch die Luft schleuderte. Er schlug auf und blieb reglos liegen. Dan war schon nach dem ersten Schuss tot. Es wurde schlagartig ruhig. Beide Schüsse kamen innerhalb einer Sekunde. Ich ließ mich sofort hinter die Mauer fallen, suchte mich am Boden liegend selbst ab. Musste herausfinden, ob mich etwas getroffen hatte. Nichts. Erleichterung für eine Sekunde. Aber die Liste der Alpträume wurde um eine Story erweitert. Mein Glück war, nicht wie Dan auf dieser verdammten Mauer gesessen zu haben. Deswegen musste er sterben und ich konnte leben. »Dan! Oh mein Gott, Dan!«.

Ich sah zu dem Toten hinüber. Über mir machte sich der spiralförmige Streifen breit. Er zog seine Bahn über die Mauer und blieb in der Luft hängen, war aber gerade dabei sich aufzulösen. Was für eine Scheiße hatte uns da beschossen? Der Streifen endete im Boden, ein paar Yards vor mir. Dort waren nun zwei, zirka fünf Inches große Löcher, aus denen es schwarz dampfte. Und Fleischfetzen. Ich robbte zu Dan. Überall war Blut. Mauer, Pflanzen und Steine in unmittelbarer Umgebung waren unter einem roten Sprühschleier begraben. Zwischen ihnen lugten Fleischfetzen und Haare hervor. An einer Stelle lagen Zähne und ein Fleischklumpen mit Knochen, der sein Kiefer gewesen sein musste. Ich musste einen heftigen Brechreiz bekämpfen. Und ich musste sofort die Flucht ergreifen! War viel zu nah dran. Ich war zwar Reporter, aber kein Kriegsreporter, verdammt! Schien mir ein unfreiwilliger Karrierewechsel bevorzustehen? Der Schock ließ mich wie Espenlaub zittern. Ich musste einen Blick über diese verdammte Mauer werfen. Musste ich wirklich? Rückblickend eine Schwachsinnsidee. Dreimal tief Luft holend riskierte ich einen Blick. In der Eile war nichts zu sehen. Mein Kopf verschwand sofort wieder hinter der Mauer. Dann knallte es zum dritten Mal. Wubbwubbwubbwubbwubb. Der nächste Schuss schlug in die Mauer zu meiner rechten. Das Projektil durchlöcherte sie glatt. Steine und Staub trafen mich überall. Ich kniff die Augen zu, hatte aber ansonsten nur ein paar Kratzer abbekommen.

»Verfluchte Scheiße!« Über den Boden, an der Mauer entlang robbend, trat ich die Flucht an. Mann, war ich außer Form. Auf der anderen Straßenseite war ein Waldstück. Das Gelände fiel ab. Ich streckte mich aus und ließ mich von der Mauer wegkullern, den Hang hinunter, auf die Straße zu. In der Hoffnung, dass sich der Schütze nicht auf mich zubewegte. Im gleichen Moment schlugen hinter mir immer wieder Geschosse Löcher in die Mauer und Boden, zerfetzten beides fast vollständig. Die Frequenz der Schüsse nahm mit jedem Yard, den ich mich dem Wald näherte, zu. Schwarzer Dampf übertrumpfte grünes Gras. Ein weiteres Stück brach aus der Mauer heraus und fiel zu Boden. Der Lärm war ohrenbetäubend. Mein Mauerabschnitt war vollständig zerstört. Endlich war ich am Ende des Abhangs angekommen. Mit einem Mal sprang ich auf und rannte wie vom Teufel besessen über die Straße, in das Wäldchen hinein. Dabei wäre ich fast der Länge nach hingeschlagen, weil mir von dem Gekullere schwindlig war. Im Wäldchen versteckte ich mich hinter einem Baum und sah in Richtung Straße, versuchte, den Hang hinauf einen Blick zu erhaschen. Die Blätter raschelten und Äste wogen sich sanft im Wind. Genau das Gegenteil von dem, was ich machte. Bei meiner Flucht in den Wald, hatte ich mir die Beine an Dornen aufgerissen. Die Dinger hatten so nach mir gehakt, als versuchten sie mich aufzuhalten. Ich kramte in Windeseile meinen Kompass hervor. Er hing noch an seinem Platz und hatte die Aktion unbeschadet überstanden. Da ich keine Bewegung ausmachen konnte, fing ich an, Zickzack Richtung Osten zu laufen, mich durch den Wald zu schlagen, im Schutze der Bäume, bis sich der Baumbestand ausdünnte und der Waldrand vor mir auftauchte. Ich schätzte, dass ich mindestens eine halbe Meile durch den Wald zurückgelegt haben musste. Vor mir lag eine Straße. Sie führte nach Norden und Süden. Richtung Süden! Das war meine Route. Aufgeschüttete Steine markierten ein Gleisbett. Ich setzte mich in Bewegung, bis zu einer Kreuzung, bog nach Osten ab, war wieder auf Kurs und keine Verfolger in Sicht! Yeah Baby!

Dann blickte ich mich noch einmal um, nahm meine Beine in die Hand und machte mich aus dem Staub. Immer weiter diese gottverlassene Straße entlang. Ich fing an sie zu hassen. Mit dem Sensenmann auf den Fersen, läuft es sich gleich viel schneller, war meine Erkenntnis des Tages. Eine Meile folgte der anderen, bis ich nicht mehr weiterkonnte und sicher war, dass ich nicht verfolgt wurde. Fernab der Straße zeltete ich in einem Waldstück. Nur für den Fall, dass mir doch jemand, oder etwas, auf den Fersen war. Am nächsten Morgen wollte ich in eines der Farmhäuser hier, um Nahrungsmittel zu suchen. Als das Zelt endlich stand, hatte ich aber nicht Mal mehr Kraft, etwas zu Essen.

Freemans Logbuch: 6

Oh Mann, die Nacht war hart. Wortwörtlich. Hatte auf einer Wurzel geschlafen. Als erstes, streckte ich meinen Kopf aus dem Zelt. Meine geschätzte Sterberate für den heutigen Tag lag bei neunundneunzig Prozent. Gestern war sie kurz eine Nuance höher gewesen, aber der Tag heute, hatte ja auch gerade erst begonnen. Die Luft im Zelt war (noch) rein. Ich musste dringend schiffen und außerdem eine Nummer Zwei im Wald absetzen. Also hob ich ein Loch aus, um das letzte bisschen Zivilisation zu wahren.

Freemans Logbuch: 6 (45 Minuten später)

Das war ausführlich, werte Damen, Herren und alle Interessierten. Nachdem das Geschäftliche erledigt war, überfiel mich der Hunger erneut und heftiger als zuvor. Im Rucksack waren noch zwei Dosen Corned Beef. Eine für heute, eine für morgen. Schlechte Nachrichten verbreiten sich am schnellsten: Es gab keine Nahrungsmittel im Farmhaus. Diesbezüglich war eine Änderung meiner Taktik nötig. Ich musste dort suchen, wo Mitarbeiter von, zum Beispiel, Lebensmittelläden, das Zeug verstecken würden. Die offensichtlichen Orte, waren alle geplündert oder verwüstet. Mist! Es war Zeit zu Packen und mich auf den Weg zu machen. Felder, Bäume, Farmen, hier und da ein See und wieder von vorne. Leichen statt Gänseblümchen. Am Ende zelten. Apropos zelten: verdammte Heringe. Hatte wieder einen verloren … Beim leisesten Lüftchen hob es mir das Zelt an. Meine leisen Lüftchen mit eingeschlossen … Auf den Feldern gab es auch nichts Essbares. So was Blödes.

Freemans Logbuch: 7

Hatte ich es schon erwähnt? Ich war sowas von im Arsch. Ich schmatzte gerade die letzte Dose Corned Beef in mich hinein. Die, mit Verlaub gesagt, alle meine Sinne gleichzeitig beleidigte. Das Wasser aus der Thermoskanne war zwar noch okay, aber nun auch aufgebraucht. Mit anderen Worten, meine sauberen Wasser- und Nahrungsmittelvorräte waren vollständig erschöpft. Es blieb das dreckige, bakterien- und virenverseuchte Seewasser. Und außerdem war ich mir verdammt sicher, dass ich heute den Weg ins Jenseits antreten würde. Da konnte ich mir das Seewasser auch gleich sparen … Oder mich aber auch gleich damit vergiften …

Freemans Logbuch: 7 (abends)

Hatte eines der Feuchttücher über meinem Mund ausgewrungen. Für die Akten, es funktionierte. Es tröpfelte zwar nur, aber besser als nichts. Und es waren noch ein paar Packungen übrig …

Freemans Logbuch: 8

Ich war fix und fertig. War den ganzen Tag gelaufen. Außerdem hatte ich einen Ohrwurm, der sich über den gesamten Marsch erstreckt hatte. Und ich übertreibe nicht. Ich spielte früher jede freie Minute Gitarre und wollte jetzt unbedingt eine finden. Das sollte mir dabei helfen, mein Oberstübchen in Schuss zu halten und nicht total auszuflippen! Zurück zum Ohrwurm: Mir gingen die Akkorde von *Bad Moon Rising* durch den Kopf. Die Melodie war zwar die Gleiche, mein Text aber improvisiert. Hier ein Auszug:

D-Dur	A-Dur	G-Dur	D-Dur
My feet	have a ton of		blisters
D-Dur	A-Dur	G-Dur	D-Dur
And I	walk slower than		a snail
D-Dur	A-Dur	G-Dur	D-Dur
A snail	is something		I would like to eat yet
D-Dur	A-Dur	G-Dur	D-Dur
French Style	but mixed with		Corned Beef

Gar nicht mal so schlecht für den Anfang. Es gab wirklich ganz viele Sachen, die man mit Corned Beef mischen konnte. Am Ende überzeugte mich aber der Originaltext, denn der passte ziemlich gut zu meiner leidigen Gesamtsituation, die mich dazu gezwungen hatte, eine Packung Feuchttücher zu konsumieren … Und Mann, war das ekelhaft. Eine Downphase, die irgendwann danach folgte, trieb mich zur Verzweiflung. Die letzte Mahlzeit hatte ich vor zwei Tagen gehabt. Ich hatte angefangen, Corned Beef zu hassen, würde aber zu einer einzigen weiteren Dose nicht nein sagen. Deprimiert machte ich Feierabend.

Freemans Logbuch: 9

Endlich! Die Erlösung! Ich hatte *Eddyville* erreicht und war noch am Leben. Die meisten Häuser waren – positiv ausgedrückt – Ruinen. Aber eine Sache stimmte mich doch optimistisch. Kurz vor Eddyville lag eine riesige Fabrik. Da es hier so viele Felder gab, standen die Chancen gar nicht mal so schlecht, dass dort irgendwas Essbares produziert wurde. Auf einem der Felder lagen ein paar tote, aufgedunsene Rinder. Ich musste gar nicht erst näher heran gehen, um zu wissen, dass Fliegen und Maden darin und darauf hausten. Vielleicht sollte ich einfach ein paar Maden … Nein. Noch nicht. Zuerst wollte ich mir den Ort ansehen. Bei dem Gedanken an Maden schüttelte es mich. Maden beinhalten zwar viele Proteine, aber wenn ich es noch etwas hinauszögern konnte, sah ich es als meine heilige Pflicht an. Und sie krabbelten auf toten Rindern herum! Nein danke. Sowas wurde doch bestimmt zum Problem …

Des Weiteren: Würde das Internet noch funktionieren, würde ich jetzt nachschlagen, wie es zu dem merkwürdigen Ortsnamen kam … Und, ob es hier ein exzellentes Steakhaus gab. Dann würde ich mir den besten Tisch reservieren, ein kühles Bier … Ich sabberte etwas und zwang mich zum Aufhören. Meine Hauptsorge lag nun bei den Vorräten. Ich musste wirklich schleunigst Nahrungsmittel auftreiben. Es lagen viele Maisfelder auf dem Weg nach Eddyville. Große Teile waren abgebrannt. Der unversehrte Teil war geplündert worden. Wo waren die Plünderer jetzt? Falls ich in dem kleinen Örtchen nichts anderes finden würde, wollte ich mich tief in die Felder schlagen und hoffen, dass dort noch etwas zu finden sein würde. Das war aber nur meine letzte Option, weil sehr zeitaufwendig. Jetzt hatte ich einige Möglichkeiten, die ich durchgehen konnte. Das gab mir Hoffnung und Kraft, weiterzumachen.

Auf meinem Weg in den kleinen Ort, zeigte sich das übliche Bild: Leichen. Überall Leichen und Dreck. Der Müll türmte sich an jeder Ecke und hing, wie auch schon zuvor in Russel, in den Büschen und Bäumen, an Zäunen. Der Müll war wirklich sehr kreativ, was seinen Verweilort betraf. Er flog zuhauf auf der Straße herum. Außerdem stank es so stark, dass einem Hören und Sehen vergingen. Die Kanalisation trumpfte hier gewaltig auf. Am Ortseingang standen ein paar Silos, die vielleicht sogar noch voll waren. Falls sie überhaupt Getreide oder Mais oder irgendetwas anderes Essbares lagerten. Sie waren für Silos ziemlich klein, vielleicht fünfzehn Fuß hoch. Deswegen war ich etwas skeptisch. Mein Wissen über Silos tänzelte irgendwo so um Null herum. Aufgrund eines Aushilfsjobs auf der Hendersons Farm, den ich vor ein paar Jahren gemacht hatte, hatte ich etwas über Getreide aufgeschnappt: Rohes Getreide sollte man nur in kleinen Mengen konsumieren. Es musste außerdem frisch sein. Es war dennoch einen Versuch wert. Mein eigentlicher Aufgabenbereich war Musik und Kultur. Bevor alles dem Erdboden gleichgemacht wurde, arbeitete ich als Quereinsteiger als Musikjournalist und trieb mich die meiste Zeit auf Konzertveranstaltungen herum. Das Leben war gut! Nur manchmal wurde ich entweder aufgrund der Situation, weil ich nah dran war, oder, weil meine Kollegen schon belegt waren, auch in andere Sparten geschickt. Wie das halt so lief.

In zwei Reihen standen sieben Silos. In der vorderen Reihe zur Straße hin, drei große, dahinter vier kleine. Kletterpflanzen krochen an zweien der vorderen empor. Ich ging an das erste große Silo rechts und versuchte mein Glück. Eine Umrundung später stand dort eine befestigte Metallleiter. Oben angekommen hatte man einen ausgezeichneten Blick über *Eddyville* und Umgebung. Je länger ich dort oben stand, desto flauer wurde mein Gefühl in der Magengegend. Hier oben gab ich eine prima Zielscheibe ab. Von hier oben aus wäre es töricht meine Drohne zu starten. Es stellte sich übrigens heraus, dass die Drohne gar kein Billigspielzeug war, sondern ein richtig gutes Teil. Die Kinder hatten damit wohl nur gespielt und sie dann im Kinderzimmer liegen lassen, als sie das Interesse daran verloren hatten. Wahrscheinlich hatten die Eltern nichts davon gewusst. Ein kurzer Rundumblick musste also genügen. Auffälliges war nicht zu sehen, mal vom Grad der Zerstörung abgesehen. Unglücklicherweise hing ein Vorhängeschloss an der Luke. Eine Brechstange hatte ich nicht. Bei den anderen Silos das gleiche Spiel. Damit waren sie vorerst raus. Es blieb als Option vermerkt, falls wirklich nichts in diesem Kaff zu finden war. Etwas weiter im Ort lagen wieder ein paar Leichen. Teilweise fürchterlich bis zur Unkenntlichkeit entstellt: FUBAR. Mir dämmerte es schon vorher, dass hier irgendwas faul sein musste … Mit der Zeit entwickelte man eine Nase dafür. Ist ja gut, ich hör ja schon auf …

Es ging weiter, von Haus zu Haus. Schatzsuche. Der ganze Schutt machte es einem nicht gerade leicht. Meine Hände waren nach ein paar Stunden ziemlich zerkratzt und mit kleinen Schnitten übersäht. Nichts Ernstes, für so einen harten Schweinehund wie mich ... Doch die harte Arbeit war von Erfolg gekrönt: Ein Glas Artischocken, eine Packung Paprika-Chips, Orangensaft, ein Glas Erdnussbutter, Katzenfutter. Katzenfutter …? Dann doch lieber Corned Beef. Und jawoll: SPAM, SPAM, SPAM! Zwei

Dosen Corned Beef fand ich im vorletzten Haus. So langsam glaubte ich, ein Fluch laste auf mir. Beziehungsweise, dass ich ein Corned Beef-Magnet war. *CB-MAGNET*, guter Bandname. Aß man in diesem Land nichts Anderes? Eine halbvolle Flasche Cola. Der Inhalt war zwar abgestanden, war mir aber so ziemlich egal. Ich trank alles in einem Zug. Koffein und Zucker taten ihr übriges. Davon musste ich kurz, aber heftig husten, dann rülpsen. Die Flasche behielt ich. Den ganzen Müll hier in der Gegend musste man erstmal von den kostbaren Dingen unterscheiden lernen. Gegenläufig zu meiner Aussage, wanderte das Katzenfutter ebenso schnell in meinen Rucksack, wie das Wasser. Ich redete mir ein, dass ich es nur aus Versehen eingepackt hatte, und jetzt wo es schon Mal drin war … Bei der nächsten Zeltübernachtung wollte ich mir eine Vorrichtung basteln, um Kondenswasser zu sammeln. Da ich nirgends Wasser finden konnte und aus der Leitung, wie überall, nichts kam, ging ich zur Toilette. Und siehe da, dort stand noch etwas Wasser. Aus der Küche holte ich ein Glas und füllte meine Flasche drei Viertel voll. Die Arbeit hatte sich gelohnt. Ich entspannte mich etwas. Auch wenn mich der Ausblick auf Toilettenwasser nicht gerade in Begeisterung ausbrechen ließ. Da wurden meine Kindheitsalbträume wahr …

Ich wollte gerade das Glas mit Artischocken öffnen, um etwas gegen den ärgsten Hunger und Durst unternehmen, als wie zum Trotz auf mein Gelingen, eine ohrenbetäubende Explosion die Stille zerriss. Für eine Sekunde war ich wie gelähmt, sammelte mich gleich wieder und sprintete hastig auf die Straße. Rannte Richtung Osten. Von dort kam auch die Explosion. Was war passiert? Vielleicht benötigte jemand meine Hilfe. Vor einer Kirche kam ich schwer atmend und schweißüberströmt zum Stehen.

Ein Backsteingebäude mit Vordach, das von vier weißen Säulen gehalten wurde. Eine weiße Doppeltür versperrte den Eintritt in die Kirche. Auf dem Schild vor dem Gebäude stand *Eddyville United Methodist Church.* Ich rüttelte an der Tür. Sie ging tatsächlich auf. Thank you, baby Jesus! Am Ende des Saals hing ein großes, hölzernes Kreuz an der Wand, eingerahmte Bilder, die Jesus darstellten. Nichts für mich. Bei der gegenwärtigen Situation fragte ich mich ohnehin schon, wo der alte Mann wohl steckte.

Am linken und rechten Ende des Saals befanden sich Türen. Die rechte führte in den Ostraum. Jemand hatte vergessen, auch diese Tür abzusperren. Hinter einem Fenster nahm ich Platz und ging in Deckung. Mit einem Mal brach die Hölle los. Eine zweite Explosion begrub die Stille des vorangeschrittenen Nachmittags unter einer enormen Lärmglocke. Tiefes Grollen folgte der Explosion, das nicht aufzuhören schien. Unter der Fensterbank kauernd, verfolgte ich eine Gruppe Menschen, die schreiend aus dem Waldstück gegenüber stürzte und panisch auf die Kirche zulief. Sie konnten natürlich nicht wissen, dass dies mein Versteck war. Geht bloß woanders hin!! Die Bäume hinter der Gruppe knickten wie dünne, trockene Ästchen um. Irgendwas verfolgte sie. Starr vor Angst, beobachtete ich die Szene. Mein Puls ging durch die Decke. Ich vergaß zu Atmen, bis ich gezwungenermaßen wieder musste. Auf der Seite des Waldstücks, befand sich ein weiteres Gebäude. Vielleicht wohnte dort der hiesige Pfarrer. Ein Teil der Gruppe versuchte verzweifelt in das Gebäude einzudringen. Sie schlugen die Scheiben mit ihren bloßen Händen ein. Dabei zogen sie sich schlimme Schnittwunden zu. Ein geringer Preis fürs Leben. Das Grollen wurde immer lauter und etwas schummrig Blaues, umgeben von schwarzem Dampf, leuchtete aus den Schatten zwischen den

Bäumen hervor. »Gottverdammte Scheiße! Jetzt bin ich im Arsch!!« Jaja, ich weiß. Fluchen in einer Kirche. Blasphemie! Diese Kirche hatte nicht mal einen Turm, zu meiner Verteidigung, die ich nicht notwendig hatte …

Auf einmal brach das Ding endgültig aus dem Wald. Es hatte die Form einer flach auf den Boden gelegten Klopapierrolle, mit unscharfen Umrissen. Schwarzer Dampf verschmierte es. Ein besserer Vergleich fiel mir leider in der Hast nicht ein. Sie bewegte sich rollend vorwärts. Bäume überrollte sie spielend. Sie hielt auf die Gruppe zu. Wie ein Nudelholz vielleicht, nur ohne Handgriffe an den Seiten. Sie war aus irgendeinem schwarzen, metallartigen Material, das ledrig geriffelt war, fast wie Schlangenhaut. Sie bestand aus vielen deformierten Kuben. Manche so klein, dass dieses schlangenledrige Muster entstand. Ich erkannte es, als die Walze kurz stoppte und der Rauch sie noch nicht komplett verschleierte. Die Walze bestand aus drei Elementen: Die Hauptwalze in der Mitte, war der längste Teil. Links und rechts sah man jeweils noch eine schmalere Walze, die beide am Hauptelement hingen, getrennt nur von einer schmalen, blau leuchtenden Linie. Links und rechts ragte mittig der Klopapierrolle, so nannte ich sie jetzt, an den Rändern eine Art Gestänge heraus. Wohl technische Anbauten. Vielleicht Antennen oder so etwas. Weiß der Geier. Alles in allem zirka fünfzehn bis neunzehn Fuß lang und acht Fuß hoch. Sie wirkte so, als ob sie sich normalerweise ganz anders fortbewegen würde. Vielleicht machten ihr die hiesigen Gravitationsbedingungen einen Strich durch die Rechnung bzw. mangelnde Erfahrung des Piloten damit. Das würde darauf hindeuten, dass dieses Ding, nicht von einer Maschine gesteuert wurde. Zu hohe Fehlerquote oder nicht für die Erde gemacht. Die Walze schlug mit einer unglaublichen Kraft in das Gebäude ein und zerquetschte zwei der Menschen, die versuchten in das Haus hineinzugelangen. Ob das Walzen die eigentliche Funktion der Maschine war, wusste ich nicht. Vielleicht machte es den Insassen des Vehikels einfach nur Spaß, alles platt zu machen. Makabre Schweine. In Kriegszeiten war alles möglich. Vielleicht musste hier wie bei allem anderen umgedacht werden. Mit einem lauten Krachen barst das Holz und Stein wurde zermalmt. Fetzen flogen. Steine und Holz gleichermaßen. Schutt und Dreck spritzten in einer riesigen Flut durch die Gegend. Nach jeder Drehung der Walze, konnte man die Überreste der beiden Leute an der Walze kleben sehen. Wie in einem Zeichentrickfilm.

Ein Wunder, dass das Haus nicht sofort einstürzte. Es stand gerade noch, auch wenn ein Großteil des Wohnzimmers fehlte. Ein Metallrohr traf einen Mann und schlug ihn im Rennen zu Boden. Er war am Leben. Schrie aber in schierer Panik und Entsetzen. Der Walze war das egal, sie setzte unbeirrt ihren Weg fort. Immer geradeaus. Und wie ich mit Bedauern feststellen musste, genau auf mich zu! »GOTT VERDAMMTE SCHEISSE!«, schrie ich der Walze mit aufgerissenen Augen entgegen. Mit vier großen Schritten Anlauf sprang ich auf die andere Seite des Raums. Und keine Sekunde zu früh. Die Walze schlug durch die Wand und riss hinter mir alles ein. Der gute Teil des Raumes war komplett ruiniert, der Rest jetzt mit Sicherheit schwer baufällig. Ich war wie benebelt und musste sofort hier raus. Der Gurt meines Gewehres hatte sich bei meiner Punktlandung um meine Beine gewickelt. Kleinere Steinchen rieselten mir auf den Kopf. Ein Teil der Decke stürzte mit einem lauten Krachen genau vor mir auf den Boden. Staub schlug mir um die Ohren. Schutt trieb mir Tränen in die Augen. Ein faustgroßer Stein traf mich an der linken Schulter. Ein paar Schritte in die andere Richtung und ich wäre jetzt begraben. Zuerst überfiel mich eine Hustenattacke, dann keuchte ich schwer. Mit Mühe konnte ich mich vom Gurt befreien und das Gewehr Schultern. Durch den ganzen Staub konnte ich nichts mehr sehen. Meine Schulter pochte. Ich hatte Schwierigkeiten sie zu bewegen. Mit einem Kraftakt stemmte ich mich aufrecht, wischte mir mit der unverletzten Seite die Sicht frei, kletterte über den verdammten Schuttberg vor mir und krabbelte nach draußen in die Freiheit. Das man für die Freiheit immer gleich so unerbittlich kämpfen musste! Und Mann, meine Klamotten hatte ich doch gerade erst gewaschen! In Handarbeit!!

Das Kirchengebäude war halb weggerissen und drohte jeden Moment zu kollabieren. Ich hatte unglaubliches Glück gehabt. Der schreiende Mann konnte das nicht von sich behaupten. Nach kurzer Suche fand ich ihn. Die Kirche war außer meiner Reichweite, falls sie zusammenbrach. Es krachte im Hintergrund und das Kirchengebäude war ein ehemaliges Kirchengebäude. Der Mann sah mitgenommen aus. Ein Metallrohr ragte aus seiner Seite. Zementstaub haftete daran. »Wie schlimm ist es? Können wir es herausziehen?«, fragte er mich umgehend und halb benommen, dafür aber noch erstaunlich bei der Sache. Ich öffnete seine Jacke. Das Rohr ging durch alle Schichten seiner Klamotten und durchbohrte seine linke Flanke. Es schien nichts Lebenswichtiges getroffen zu haben, ich als Amateur konnte aber keinen genauen Befund abliefern. »Lieber nicht. Es stoppt die Blutung. Besser, wir lassen es stecken. Kannst du aufstehen?« Ich fummelte mein Messer heraus, entfernte sein Hemd um die Wunde herum. »Ja, ich denke schon. Aber was ist mit dem Ding? Ist es weg?« Der Mann sprach nur stockend. Er rang nach Atem. Schweiß lief ihm in Strömen über die Stirn. Die Bauchwunde tränkte seine

Klamotten stetig mit Blut. »Ich weiß es nicht. Im Moment ist es ruhig. Aber wir sollten hier schleunigst verschwinden. Wie heißt du?« - »Mark. Mark Lloyd«, brachte er unter Anstrengung hervor. »Okay Mark, dann steh mal auf. Moment, ich helfe dir.« Zuerst wollte er sich allein hochhieven, schaffte es aber nicht. Daraufhin packte ich ihn unter den Armen und versuchte ihn nach oben zu ziehen. Er schrie vor Schmerzen. »STOP! STOP! Es geht nicht!« Er hing fest. »Shit.«

Ich versuchte das Problem zu lokalisieren. Marks schwarze Lederjacke verdeckte die Wunde. Beim Heraufkrempeln fiel sie etwas auf den Boden. Das Gras und die Erde in unmittelbarer Nähe der Verletzung waren ganz leicht mit Blut besprüht. Es tröpfelte am Rücken etwas heraus. Um die Wunde besser sehen zu können, mussten kleine Ästchen und Gras darum herum entfernt werden. Mark wollte mir dabei helfen, ich hinderte ihn aber am Versuch. Der erste Versuch Mark anzuheben, scheiterte. Die Jacke fiel zurück über die Wunde. »Mark, halt mal die verdammte Jacke fest.« Mit zittrigen, dreckigen Händen hielt er sie fest. Schweißperlen glänzten auf seiner Hand und funkelten in der Sonne. »Ich versuche dich jetzt nochmal anzuheben. Auf drei. Eins, zwei, LOOOS!!« Mark schrie. Es gelang mir nicht ihn hochzuheben. Stattdessen drehte ich ihn ein kleines bisschen auf die rechte Seite. Gerade weit genug. Dann dämmerte es mir: »Ich glaube, dass Rohr steckt zu tief im Boden.« »Fuck«, stieß Mark aus. Er spuckte Blut auf den Boden. »Scheiße. So kommen wir nicht weiter. Ich muss dich irgendwie freigraben. Gibt's hier irgendwo eine Schaufel?« - »Ich weiß es nicht, verdammt …«

Er kannte sich hier nicht aus. Mein Rucksack störte mich bei der Arbeit, aber absetzen wollte ich ihn nicht. Mit bloßen Händen und dem Messer fing ich an, die Erde abzutragen. Stück für Stück. Sie war leider ziemlich festgeklopft. Es krachte im Hintergrund und hallte durch die verwüsteten Straßenzüge. »Die Klorolle …«, flüsterte ich. »Scheiße, das Ding kommt zurück!«, stellte Mark fast zeitgleich fest. Ich hatte die Walze schon fast vergessen. Wie besessen fing ich an zu graben. Weiter hinten krachte sie auch schon durch ein Gebäude. Es war, als ob jemand mit einer Abrissbirne die Architektur des Ortes generalüberholte. Sie konnte jetzt nicht mehr weit weg sein. Inch für Inch wühlte ich mich durch den Dreck. Es dauerte zu lange. Es krachte erneut. »Schneller, mach schneller«, flehte Mark mich an. Er spukte wieder etwas Blut, bevor er von einem Hustenanfall unterbrochen wurde. »Ich mache so schnell ich kann!« Mit einem ohrenbetäubenden Geräusch, schlug die Walze in den Schuttberg, der bis vor wenigen Minuten noch ein Haus Gottes war. Sie blieb darin stecken und versuchte sich mit ruckartigen Bewegungen zu befreien. Wir gewannen etwas Zeit. Das spornte mich an. Ich mobilisierte meine letzten Reserven, buddelte mir die Finger blutig. »Scheiße, wie tief steckt dieses verdammte Rohr eigentlich im Boden?«, wollte Mark wissen. »Wir schaffen es nicht. Wir müssen die Radikalkur versuchen.« Lärm. Ein schneller Blick über die Schulter verriet mir, dass sich dieses Mistding befreit hatte. »JETZT ODER NIE!«, schrie ich Mark an.

Er hatte nicht mal den Hauch einer Chance mir seine Meinung zum Thema Radikalkur zu sagen. Ohne Rücksicht riss ich ihn einfach hoch. Das Rohr, dass vom Boden Richtung Himmel zeigte, wurde nach oben hin immer schmaler. Er schrie wie am Spieß. Ich hatte es fast geschafft. Ich riss und zog und riss und zog, mit aller Kraft, so gut ich konnte. Gesund war das bestimmt nicht. Mit einem widerlichen Kratzen glitt das Metallrohr aus der Wunde, die sofort zu bluten anfing. Seine Jacke diente als billige Kompresse, dessen Jackenärmel ich einmal um seinen Torso schlang. Völlig erschöpft fielen wir beide zu Boden. Mark lag reglos da. Alle Viere von sich gestreckt. Ich bezweifelte die Sinnhaftigkeit des Unterfangens, eine Alternative gab es dennoch nicht. Ein Problem nach dem anderen. Das Metallrohr stand nach wie vor, wie ein Mittelfinger gegen uns gerichtet, an Ort und Stelle. Es zischte und krachte im Hintergrund. Die Walze flog schwunghaft über den Schuttberg. Es krachte beim Aufschlag. Ich packte Mark unter den Armen. Er rutschte ab. Ich packte ihn am Kragen und zog ihn ein paar Schritte weit. Verlor den Halt an seiner Jacke und packte erneut zu. Die Walze nahm Fahrt auf. Ich versuchte es wieder unter den Armen. Mark sackte ab. Überall war Blut und alles war glitschig. »Scheiße, Scheiße, Scheiße!« Mark kam wieder zu Besinnung. Er schien nicht zu verstehen, was hier gerade passierte. Währenddem versuchte ich es mit einem Griff, den ich unter seinen Armen, und am Jackenkragen ansetzte. Das hielt für ein paar weitere Schritte. Als wenn es nicht schon schwierig genug war, schrie er wie verrückt und schlug um sich. Daraufhin rutschte er mir wieder ab. Dieser Narr.

Es blitzte in meinem Augenwinkel.

Wie von einem urzeitlichen Reflex fremdbestimmt, machte ich einen Riesensatz zur Seite, schlug hart auf und kullerte noch ein paar Umdrehungen weiter, bis ich schließlich im Dreck mit dem Gesicht nach unten liegenblieb. Ein Stromschlag durchfuhr meine kaputte Schulter. Mein Kopf dröhnte. Etwas lautes heulte auf. Es knackte entsetzlich. Die Walze raste einfach über Mark hinweg. Er jaulte schrill auf und wurde zerquetscht. Was blieb, war ein blutiges

Fleckchen Erde, gesäumt mit Haaren und Knochen, das wie eine entartete Begräbnisstätte hergerichtet war. Der Rest hing an der Walze. Ich hatte keine Zeit weiter darüber nachzudenken, denn die Walze leitete ein Wendemanöver ein. Die Fluchtrichtung interessierte mich nicht. Es gab keine Möglichkeit, sich in einem Gebäude zu verstecken. Nur unbemerkt hätte ich vielleicht eine Chance. Die Walze schob sich zwischen mich und *Eddyville*. Also blieb mir nur der Wald als Fluchtort. Vielleicht war es schwieriger, zwischen den Bäumen entdeckt zu werden. Fast wäre ich auf dem Rollsplit ausgerutscht, konnte mich aber gerade noch fangen und hielt weiterhin auf den Wald zu. Mir fiel ein, dass die Gruppe Menschen aus dem Wald gekommen war. War das die falsche Richtung? Egal. Erstens, ich rannte ja bereits, zweitens, hatte ich meine Entscheidung getroffen und drittens war mir die Walze auf den Fersen!!

Ich stolperte mit einem Affenzahn durch den Wald. Blieb an Wurzeln hängen, schrammte mich an Dornen auf. Äste peitschten mir das Gesicht striemig. Mein Gesicht brannte. Nach einigen hundert Yards Zickzack, kam ich an einem Wasserspeicher zum Stehen. Durchatmen. Den Turm erklimmen und mich oben verstecken? Wenn mich die Klorolle da oben finden würde, wäre es vorbei. Außer, bei einer sehr glücklichen Landung in den Baumkronen. Hatte es alles schon gegeben … Ich entschied mich dagegen. Das Risiko war zu groß. Am Waldrand standen die Bäume dicht beieinander. Beim Durchatmen verkroch ich mich hinter einer Kiefer, dabei zog eine helle Linie vor mir, meine Aufmerksamkeit auf sich. Eine Leitplanke schimmerte hindurch. Die Straße! Vier Fahrspuren, zwei in jede Richtung. Mit Verkehr war nicht zu rechnen. Wohl auch nicht in den nächsten Dekaden. Im Wald hinter mir knackte es. Die Klorolle fräste sich gerade hindurch. Ohne weitere Verzögerungen sprintete ich über die Straße, mit einem Satz über die Leitplanke. Über den Grünstreifen, der die Fahrbahnen trennte und über die gegenüberliegende Leitplanke. Auf der anderen Seite tauchte ich wieder im Wald ab. Hinter mir wurden Bäume gefällt. Der ganze Wald raschelte, knackte und krachte. Dickicht um mich herum. Es dauerte, bis ich eine Lichtung fand, völlig außer Atem. Ein Bach aus Schweiß ran an mir herunter. Meine Klamotten klebten an mir. Die Kratzer brannten. Meine vom Schutt getroffene Schulter machte einen Aufstand, den ich so noch nicht erlebt hatte. Drei Häuser standen genau vor mir. Zwei weiter vorne, eins mittig und einhundert Yards hinter den anderen Beiden. Eins davon hatte einen Swimming Pool. Da wollte ich abtauchen.

Das Wasser war nicht mehr als eine ekelhaft stinkende, mit Algen überschwemmte Dreckbrühe. Aber wer von einer riesigen Klorolle verfolgt wurde, durfte nicht wählerisch sein. Ich flog die kleine Leiter hoch und machte einen Satz ins kalte Wasser. Das war gut für meine Schulter und verschaffte etwas Milderung bei den ganzen Kratzern und Schrammen, die meinen Körper überzogen. Auch wenn alles im ersten Moment brannte. Einen Moment lang blickte ich noch über den Rand des Pools. Was tat die Klorolle? Sie war nirgends zusehen. Mit einem Schlag brach sie durch den Kiefernwald. Fetzen, Äste und Stämme flogen umher, in einer Wolke aus Dreck gehüllt. Die ganze Flora verteilte sich auf der Lichtung in großem Radius. Hier würde der örtliche Förster nochmal ranmüssen, falls es ihn noch gab. Diesen merkwürdigen Gedanken verdrängend, holte ich tief Luft und tauchte in der Entengrütze ab.

Zeit verging. Langsam ging mir die Luft aus. Musste aber durchhalten, bis das vom Wasser gedämpfte Knacken der

Bäume aufhörte. Utopisches Ziel. Schon nach kurzer Zeit musste ich vorzeitig nach Luft schnappen. Der Beckenrand war mein Sichtschutz, und keine Locke sollte darüber hinwegstehen! Während ich noch unter Wasser war, hatte ich nicht mitbekommen, dass die Walze auf der anderen Seite in den Wald fuhr. Stille um mich herum. Ich riskierte einen Blick über den Beckenrand. Nichts. Plötzlich dampfte etwas Schwarzes über den Baumkronen. Das Ding errichtete sich zu einem Turm. An dessen Seite einmal rundherum eine Art Krone, aus unzähligen, winzigen Kuben, feine schwarze, aber sehr lange Härchen herauswuchsen, die sich wie im Wind hin und her bewegten. Während der Konstruktionsphase stieß es ein hohes, kreischendes Geräusch aus, dass von zwei schnell aufeinander folgenden, stampfenden Schlägen unterbrochen wurde. Diese Klangsequenz wiederholte sich so lange, bis die Konstruktion beendet war. Es dauerte nur wenige Sekunden. Der Turm ragte nun einige Yards über das Haus hinaus.

Schwerer Beschuss setzte ein. Die beiden umstehenden Häuser wurden zuerst getroffen und wurden in kürzester Zeit zum schweren Versicherungsfall. Weitere Geschosse flogen mit einem ohrenbetäubenden Wubbwubbwubb umher und schlugen ein. Spiralförmiger, weißer Rauch blieb in der Luft hängen, markierte die Flugbahn des Projektils und verschwand kurze Zeit später. Das Gebäude, in das ich hineinwollte, wurde auch getroffen. Es war bizarr: Die Hauswand war zerstört. Der weiße, spiralförmige Rauch hing mitten im getroffenen Wohnzimmer und reichte bis in die Küche, wie ein extravagantes modernes Kunstwerk. Jetzt hatte ich wenigstens eine Ahnung von der eigentlichen Funktion der Walze. Die Frage blieb: Warum walzte sie trotzdem hier herum und machte alles platt, wenn es auch einfach von hoch oben alles kaputtschiessen konnte? Munitionsmangel? Die gestatteten sich doch einfach nur einen Spaß! Diese verdammten …

Das Sauteil saß einfach nur da. Starrte mich zornig mit seinem schwarzen Auge an. Wie eine Spinne im Netz und lauerte auf die Chance, mich in tausend Teile zu zerfetzen. Aber auch ich konnte warten – und wie! Ich wartete sogar noch eine ganze Weile, ehe ich überhaupt den Mumm dazu hatte, auf der Rückseite des Pools herauszuklettern, mich auf den Boden fallen zu lassen und zum Hintereingang zu kriechen! Im Pool treibend und wartend, nutzte ich die Zeit sinnvoll. Mir dämmerte, dass ich vom Weg abgekommen war. War ich noch in *Eddyville*? Die Walze war verdammt hartnäckig. Mein Zickzackkurs durch den Wald hatte mich mehr oder weniger orientierungslos gemacht. Post mit Anschrift sollte aber in den Häusern zu finden sein. Da sollte draufstehen, wo ich war. In Windeseile zog ich mich aus dem Pool heraus und ließ mich hart auf den Boden fallen. Meine Schulter ließ mich wissen, dass ich die Sache besser hätte regeln können. Die Hintertür zum Haus stand offen. Ein Fenster ebenso. Ich entschied mich für die Tür … Mit Turm im Garten oder nicht, es war Zeit kurz zu verschnaufen. Ich war bis auf die Knochen durchgefroren, zitterte vor Nässe und Kälte. Jäher Abbruch der Verschnaufpause, denn: Nach einer halben Minute packte mich bereits die Panik und übertrumpfte alles Andere. Ich musste dieses verdammte Horrorhaus sofort verlassen! Auf der Straße war alles ruhig. Von der anderen Straßenseite aus, warf ich einen Blick nach hinten. Die Härchen des Turms wimmelten über dem Hausdach. Etwas Abseits stand ein weiteres Haus. Mein Ziel. Da hinter mir nichts krachte und stampfte, war der Turm wohl noch Turm. Ich erreichte das Haus ohne meinen lästigen Verfolger. In der Einfahrt stand kein Auto. Die Vordertür war abgeschlossen. Die Hintertür ebenso. Ich versuchte es bei den Fenstern und hatte Glück. Eins ließ sich nach oben schieben. Zuerst guckte ich nach drinnen. Alles ruhig. Meinen Rucksack warf ich als erstes durch. Und schon stand ich mitten im Wohnzimmer. Das Fenster schloss ich hinter mir. An den übrigen Fenstern ließ ich die Rollläden herunter. Durchatmen, nur für einen Moment.

Die Realität holte mich postwendend ein. Ich musste aus meinen nassen Klamotten heraus und meine Ersatzklamotten anziehen. Im Anschluss packte ich mein Notizblock in eine der Außentaschen, damit ich meine durchnässten Klamotten in den Rucksack packen konnte und ließ mich gleich danach auf die Couch fallen. Endlich eine Verschnaufpause. Mein Magen nutzte die Pause ebenfalls, um gegen die Nahrungsmittelkrise zu rebellieren. Ich suchte im Rucksack rasch nach etwas Essbarem. Corned Beef … Um den Geschmack von Corned Beef abzuändern, setzte ich ein Gedankenexperiment in die Realität um: Corned Beef mit Erdnussbutter. Jetzt konnte man das Zeug essen! Mit dem Rest Orangensaft spülte ich den Kram herunter. Im Nu war die Dose leer. Eine hatte ich noch übrig. Wenn das hier vorbei ist, mache ich meine eigene Kette auf.

Ich war auf der Couch mit meinem Rucksack auf dem Bauch eingeschlafen. Trotz der Nähe zum Turm hatte ich es irgendwie bewerkstelligt, einzuschlafen. Als ich aufwachte, setzte gerade die Dämmerung ein. Aber lange konnte ich nicht geschlafen haben. Am Fenster schob ich die Sonnenblenden auseinander, um nach draußen zu sehen. Nichts Besonderes. Nur eine leere Straße. Dann fiel mir der Brief ein. Hatte ihn ganz vergessen! Ich fand einen auf einem der beiden Tische bei der Tür im Flur liegen. Neben einem Stapel alter Zeitungen und Werbung: *Eddyville.*

Ich war noch in *Eddyville*. Ich schleppte mich zur Couch und sackte darauf zusammen. Meine Gedanken kreisten um meine Familie und Freunde. Wo waren sie? Lebten sie? Wie konnte ich sie finden? Ich hatte Schwierigkeiten einzuschlafen, also kramte ich die Drohne hervor. Damit konnte man gut die Nachbarschaft auskundschaften.

Nach etwas Übung im Garten hinter dem Haus, hatte ich den Dreh ganz gut heraus und wollte damit zum Turm fliegen. Ich steuerte die Drohne über mein Haus hinweg und ließ sie steigen, bis das Nachbarshaus in Sichtweite kam. Kurz darauf schob sich die weiß lackierte Holzverkleidung des Nachbarhauses vor die Kamera und wenige Sekunden darauf war die gesamte Vorderseite sichtbar. Die ersten Kubushaare tauchten vor meiner Linse auf. Die Zoomfunktion offenbarte ein paar wenige Details, die man trotz des schwarzen Dampfes am äußersten Rand der Härchen sehen konnte. Doch dazu blieb keine Zeit.

Im gleichen Moment blitzte gleißend helles Licht auf und blendete mich durch den eingebauten Bildschirm des Controllers. Auf der anderen Straßenseite krachte es heftig. Eine Statusanzeige im Display zeigte an, dass die Drohne am Stürzen war. Drohne und Kamera unternahm Anstrengungen sich zu justieren. Es gab einen Knopf zum Stabilisieren der Drohne. Den drückte ich wie besessen. Die Drohne fing sich und das Bild wurde klar. Sie war auf metrisches System eingestellt und zeigte an, dass sie sich zweimeterdreiundsechzig über der Straße befand. Der Turm hatte das Feuer eröffnet. Wäre das Hausdach nicht gewesen, hätte es meine Drohne in alle Himmelsrichtungen verteilt. Jetzt klaffte ein Riesenloch im Hausdach. Ende des Übungsfluges.
Wieder zurück auf der Couch im Wohnzimmer, beschäf-

tigte ich mich mit dem Kontrollmenü im Controller der Drohne. Aufgrund meiner vorangegangenen Flugversuche wusste ich, dass die Aufnahmefunktion bei jedem Flug mitläuft. Der Controller hatte einen eingebauten Speicher von einhundert Terabytes und konnte per Kabel oder Internet angezapft werden. Das war Standard. Damit konnten die Benutzer ganze Flugshows drehen. Ich griff ein Kissen neben mir und legte mich quer über die Couch. Gott, war das bequem. Ich fand wonach ich suchte und spielte das Video ab.

Die Show konnte beginnen: Die Kubushärchen hatten keine glatte Außenhaut. Sie bestand aus vielen kleinen deformierten Kuben und waren dadurch kantig. Auf den Würfelchen selbst, befanden sich weitere, kleinere Würfelchen. Je weiter man hineinzoomte, desto kleinere Würfel konnte man entdecken, die immer in der gleichen Struktur angeordnet waren. Wie bei Fraktalen. Aus der Distanz blickend, sah man nur unförmige Strukturen, die keinerlei Prinzipien zu folgen schien. Meine Kamera zeigte mir die Grenzen auf. Ab einem gewissen Punkt wurde das Bild unscharf. Ich zoomte noch weiter ins Bild hinein, auf einen der blauen Punkte zu: Zuerst wurde es immer heller und heller. Bei maximaler Zoomstufe entdeckte ich ein ganz feines, hellgelbes Muster. Es sah aus wie das Wirrwarr aus Ästen in einer Baumkrone. Daraufhin zoomte ich in alle anderen blauen Punkte hinein, die nicht vom Dampf verschwommen waren. Es waren verschiedenste Baumkronenmuster zu sehen, die auch leicht im Farbton variierten. Ich ließ nichts aus. Zoomte in den Dampf hinein, an verschiedenen Stellen. Aber da gab die Kamera nicht viel her. Es war einfach nur ein schwarzer Haufen Pixel auf dem Display. Das alles musste irgendeinen Sinn haben, nur welchen, erschloss sich mir beim besten Willen nicht.

Hundemüde. So sehr, dass ich in eine Art Wachkoma fiel, erschrak bei dem kleinsten Geräusch und dachte der Turm klopft ans Fenster. In Wirklichkeit war alles totenstill. Meine Nerven waren stark überreizt

Freemans Logbuch: 10

Die Nacht war vorbei. Am nächsten Morgen wachte ich lebend auf. Tot aufwachen wäre mal ein Ding! Trotzdem, ein guter Anfang bleibt ein guter Anfang. Und für mich die psychologische Kehrtwende. Ich würde leben! War der Klowalzenturm noch in Nachbars Garten und verscheuchte die Eichhörnchen? Hier war er jedenfalls nicht.

Eine Nacht auf der Couch war zu vergleichen mit einer Nacht in einem Fünf-Sterne Hotel. Und die Zudecke roch sogar noch etwas nach frisch gewaschenen Laken. Das Frühstück fügte den Grauton in dieses wunderbar gezeichnete Bild: Erdnussbutter Corned Beef à la Freeman, mit Hassliebe zubereitet. Menü Nummer Zwei auf der Karte von *Le Chef Freéman, der widerlichen Selbstkreationen.* Ich servierte es mir selbst, im Bett. Dabei klatschte etwas Erdnussbutter auf das frische Bettlaken. Doppelte Schande. Sollte ich die Verschwendung zulassen, oder die Erdnussbutter vom Laken zuzeln? Zuzeln! Verschwendung konnte ich mir nicht leisten! Wenigstens musste ich die Sauerei nicht wegmachen … Ich warf einen Blick in meinen Rucksack: Eine Dose Corned Beef. Wer hatte die nicht? Eine Packung Chips und Katzenfutter. Aus pragmatischen Gründen musste ich mir die Frage einfach stellen: Würde es zum Verzehr des Letzteren kommen? Meine Erfahrungen mit den Feuchttüchern auf das Katzenfutter übertragen, hieße das … Scheiße, ja. Immerhin hatte ich jetzt Zeit, mich mental auf diesen Augenblick vorzubereiten. Wasser hatte ich noch etwas übrig. Damit wäre das Katzenfutter bestimmt phänomenal im Abgang. Ich hatte davon gehört, dass sich die ärmeren Bevölkerungsschichten von Hundefutter ernährten. Aber das war nicht das Gleiche!

Nach eingehender Betrachtung meiner Karte, fand ich heraus, dass ich zu meiner Überraschung gar nicht vom Weg abgekommen war! Der Weg zur Hauptstraße war quasi um die Ecke. Und das ging so: Einfach die Einfahrt runter und nach rechts in die Straße einbiegen und schon war ich wieder auf Kurs. Kompass und Straßenschilder waren im Notfall auch noch da.

Es war an der Zeit weiterzugehen. Ich packte meine Sachen und machte mich auf den Weg. Wieder diese unendliche Straße entlang. Die unendliche Geschichte Teil Zehn. Und mittlerweile merkte ich die Tage auf der Straße in den Knochen. In wenigen hundert Yards Entfernung stand ein Schulgebäude. Die *Eddyville High School*. Dahinter lag ein Baseballplatz. Darauf wurde höchstens noch ein Trauerspiel gespielt … Das Schulgebäude war zum größten Teil zerstört, aber der Eingangsbereich war noch intakt. Vielleicht gab es noch ein üppiges Resteessen in der Kantine, das ich den Kakerlaken und Ratten streitig machen könnte. Die Tür war aus den Angeln gehoben. Das war kein Problem. Aber weit kam ich nicht. Ein paar Fuß den Gang hinunter, war alles eingestürzt. Es hatte keinen Sinn weiterzumachen. Damit riskierte ich nur von Trümmerteilen erschlagen zu werden. Das hätte den Weg nicht gelohnt. Lieber zurück zur Straße und an den Plan halten. Über die quadratischen, abgewetzten Betonplatten des Gehwegs schlenderte ich stadtauswärts. Die Gebäuderuinen auf beiden Seiten ließen mich über die Gewalt, die hier hereingebrochen war, nur staunen. Mein Kopf war leer und sog die Bilder auf.

Der ganze Tag war der reinste Dauermarsch. Zeit für das Nachtlager. An einem Waldflecken, der hinter einem See lag, fand ich eine gute Stelle. Heute würde *Le Chef Freé-*

man etwas ganz Besonderes zum Abendessen zaubern. Paprika-Chips mit Erdnussbutter. Wenn das meine Mutter wüsste … Ich hatte noch das Glas Artischocken. Das behielt ich für morgen früh. Artischocken zum Frühstück, auf Chips? Ein weiteres Element für *Le Chef Freémans widerliche Selbstkreationen*.

Freemans Logbuch: 10/11 (nachts)

Ich schreckte hoch. Irgendetwas knisterte da draußen. Es klang wie das Brechen von Zweigen. Hatten sie mich gefunden? Innerlich bereitete ich mich auf das schlimmste vor und schwankte zwischen Panik und Beherrschung. Automatisch befreite ich mich aus meinem Schlafsack und griff das *Remington*, krabbelte weiter zur Zeltöffnung, wo ich am Reißverschluss zog und hinaus in die Dunkelheit krabbelte. Im dunklen Wald leuchtete es rot. Alles flackerte. Die Schatten der Bäume ließen die Umgebung zittern. Mit einer Hand griff ich blind nach meinem Rucksack. Ich hatte ihn immer direkt am Eingang. Für eine schnelle Flucht. Kaum war ich draußen, stieg mir beißender Rauch in die Nase. FEUER! Scheiße, wieso brannte es? Für die Antwort hatte ich keine Zeit.

Mit einem Mal schlug mir Hitze entgegen. Ich musste einen kühlen Kopf bewahren. Zum See! Ich behielt keinen kühlen Kopf und geriet sofort in Panik, rannte blindlings drauf los. Vom Feuer weg. Wie ein von Todesangst getriebenes Karnickel. Mein Zelt musste zurückbleiben. Ich rannte und rannte und rannte. Stolperte über Wurzeln und Äste. Hatte die Orientierung verloren. Irgendwo brachen Bäume und fielen mit lautem Getöse zu Boden. Es knirschte und knackte um mich herum. Der Wald brannte lichterloh. Überall beißender Rauch, der mir die Sicht versperrte und in meinen Augen brannte. Geduckt schlug ich mich vorwärts, versuchte dabei, unter der Rauchdecke zu bleiben, musste dabei stark husten, aber es funktionierte. Ich stolperte über jeden gottverdammten Stein, der in diesem Wald herumlag. Nach einer Weile, die sich für mich wie Stunden anfühlte, erreichte ich versengt den Waldrand. Meine Haare waren teilweise abgefackelt. Ein paar

Härchen konnte ich noch retten, da ich mich mit meinen Armen abschirmte. Meine Jackenärmel hatte das Feuer versengt. Da waren jetzt überall Löcher. Manche gingen durch, bis auf die Haut.

Ein paar hundert Yards entfernt kam ich zum Stillstand. Mein eigener Gestank drang mir in die Nase. Die Hauptkomponenten waren verbrannte Haare und Rauch. Meine Kopfhaut brannte. Falls mich jemand danach fragen würde: Das war nur ein ganz gewöhnlicher Sonnenbrand … Mir wurde schlecht und im Wechsel zwischen Husten und Kotzen, spuckte ich mein Abendessen aus. Immerhin, meinen Rucksack hatte ich gerettet. Um mich blickend stellte ich fest, dass ich mich verirrt hatte. Wo war ich? Mitten auf einem Feld. So viel konnte ich sehen. Ein paar Schritte vom Wald entfernt befand sich eine Kuhle. Sie war am Rand mit hohem Gras bewachsen. Das gab zusätzlichen Sichtschutz. Perfekt. Ich hatte schon vorzeitig mein eigenes Grab gefunden … Dort harrte ich bis zum Tagesanbruch aus.

Freemans Logbuch: 11

Die Sonne ging auf. Ich war am Leben, aber STANK bis nach Europa. Ich sah wie der wildeste Landstreicher überhaupt aus. Mein versengter Parka und die Hosen trugen einen guten Teil dazu bei. Der Feind würde mich bestimmt an meinem Odeur lokalisieren können. Meine Fresse. Ich war sowas von im Arsch! Ich blickte aus meinem Grab empor. Die frische Morgenluft blies darüber hinweg. Langsam setzten ein paar Sinne wieder ein. Die Erde war nass und leicht gefroren. Das erklärte meinen zu einhundert Prozent verspannten Rücken und Schultern. Eine Untersuchung ergab, dass ich keine ernsthaften Verletzungen davontrug. Nur kleinere Brandwunden und eine stark gereizte Kopfhaut. Ein paar Narben würden bleiben. Kälte, Nässe und Schmerzen überall, gehörten mittlerweile zum Standardrepertoire. Trotz des Rückschlags raffte ich mich und meinen flambierten Hintern wieder auf. Ich musste diese gottverdammte Straße finden. Und zwar Pronto. Irgendwo musste sie ja schließlich sein!

Zeit einen Blick auf den Kompass zu werfen: Da ich zum See nördlich der Straße abgebogen war, musste die Straße südlich von mir liegen. Logisch, oder? Ich hielt mich an den Feldweg, der nach Süden führte. Gute Entscheidung. Dort angekommen blickte ich ins Wasser einer Pfütze. Was ich sah, war kaum in Worte zu fassen: Meine Haare waren komplett versengt und sahen wie ein zusammengeschmolzener Plastikklumpen aus, dessen Fransen in alle Richtungen abstanden. Meine Kopfhaut war Lobster-Rot und brannte ziemlich. Ab jetzt nur noch mit Mütze in die Sonne. Außer an den Stellen, an denen ich gar keine Haare mehr hatte. Das … Das würde ich alles abschneiden müssen. Alles. Mein, zu einem mittlerweile kleinen Vollbart gewachsener Bart, hatte die Aktion wie durch ein Wunder unbeschadet überstanden. Immerhin! Dafür fehlte mir die linke Augenbraue. Ich war der hässlichste Hund in ganz Iowa. Es half nichts. Mit meinem Armeemesser versuchte ich zu retten, was zu retten war, den Schaden so gut es ging zu regulieren. Mit Pfützenwasser und einem bisschen Waschmittel, das ich noch hatte, rasierte ich mir die letzten Natursträhnen ab. Perfektion sah anders aus … Überflüssigerweise hackte ich mir dabei ein paar Mal in die Kopfhaut. Jetzt hatte ich mehrere Rottöne da oben. Und sobald ich mit der Rasur fertig war, musste ich mich auch nicht mehr selbst ansehen. Frisch gestylt machte ich mich auf den Weg. Nach gut einer Viertelmeile ging der Feldweg in einen Schotterweg über. Endlich konnte ich die Straße sehen. Richtung Osten, *Chicago,* Baby, ich komme … Aber langsam …

Freemans Logbuch: 11 (mittags)

Nach einer Weile kam ich an einem kleinen Dorf vorbei. Der Ort war formschön eingestampft. Überall standen ausgebrannte Fahrzeugwracks eines riesigen Militärkonvois herum. Explodierte Panzer und Artilleriesysteme fand ich auch. Bei einem der Panzer war der Geschützturm weggesprengt worden. Er lag ein paar Yards entfernt, auf die Seite gekippt. Jemand hatte ein grinsendes, rotes Maul mit Haifischzähnen bestückt, drauf gemalt. Die Ketten des Fahrzeugs waren an einer Stelle abgesprengt. Sie hingen lose über den Antriebsrädern. Ich machte mir nicht mal mehr die Mühe, die zerstörten Gebäude nach Vorräten abzusuchen. Bedauerlicherweise brachte mich das dem gefürchteten Katzenfutter immer näher. Ich weigerte mich, die auf der Packung angegebenen Inhaltsstoffe zu lesen. Schon bei dem Gedanken an das Wort Knorpel, lief es mir sauer im Mund zusammen. Und ich hatte noch mehr schlechte Nachrichten für mich: Ich hatte kein Wasser mehr. Der Boden war überall verbrannt und der rauchige Geruch reizte meine Kehle. Nirgends mehr wuchs Gras oder standen Bäume. Die Felder waren durch das Gefecht abgebrannt. Weiter hinten ragte das Teil eines abgeschossenen Helikopters wie ein toter Elefant empor. Das Wrack war komplett ausgebrannt. Das Heck fehlte vollständig. Es war klar, wer hier verloren hatte. Ich bedauerte nicht, das Gefecht verpasst zu haben.

Die Straße verlief schnurstracks geradeaus. Sie führte an einem Wald vorbei, der komplett niedergebrannt war. Überall lagen umgestürzte, verbrannte Bäume und angekokelte Baumstümpfe herum. Die Gase brannten mir in den Augen. Vielleicht war es die Strategie der Besatzer: Keine Wälder, keine Verstecke, kein Widerstand. Seitdem ich dem Waldbrand entkommen war, hatte ich nicht ein intaktes Gebäude mehr gesehen. Das erinnerte mich an mein Zelt, dass den Flammen zum Opfer gefallen war. Shit. Mit jeder Meile sagte ich mir, nur noch eine halbe Meile weiter. Machte mir selbst Mut, dass ich irgendwo Unterschlupf finden würde.

Es wurde Nachmittag. Da stand das Ortsschild: *Richland*. Klang verheißungsvoll. Das war meine einzige Möglichkeit, nicht im Freien übernachten zu müssen. Der Marsch war stramm. Dieser Tag, die letzten Tage und die letzten Wochen nagten mir an den Knochen. Gut, die Tage, an denen ich nicht mitten in Waldbränden aufwachte, von Schreien oder von Explosionen geweckt wurde, waren für gewöhnlich sehr viel entspannter und weniger auslaugend. Aber manchmal hatte man einfach einen Scheißtag erwischt. Und wenn du einen Scheißtag erwischt hast, scheiß drauf. Geh nach Hause. Lass es einfach. Versuche es morgen wieder. Nicht jeder beschissene Tag, kann ein guter Tag werden … Uhh, das war Philosophie auf höchstem Niveau. Hatte ich das gerade geträumt? Musste im Laufen eingeschlafen sein … Trotzdem gefiel mir Gedanke: nach Hause. Naja, nichts für Ungut. Auf jeden Fall wurde mir das Scheiß-Tag-Konzept in den letzten zwei Monaten nur all zu klar. Da gab es nämlich reichlich davon. Und je länger man in einer solchen Situation lebte, desto mehr gewöhnte man sich daran. Der Mensch war ein extrem anpassungsfähiges Tier.

Ein Getränkeautomat! Er befand sich auf einem ehemaligen Firmengelände, gleich am Ortseingang. Die Firma war bis auf die Grundmauern abgebrannt. Aber dieser verdammte Getränkeautomat hatte es irgendwie geschafft, verschont zu bleiben. Fünfzig Yards dahinter standen drei ausgebrannte Pickup Trucks und vier Anhänger. Der vierte war umgekippt. Er lag zehn Yards entfernt auf dem Boden und war total zerstört. Meine Gedanken überflogen den möglichen Inhalt des Automaten und resümierten, dass er verführerisch war. Denn, für die mögliche Beute würde ich mich ohne Umschweife ins verfluchte Nirvana sprengen. Um zu überprüfen, ob ich noch die nötigen Skills hatte, das Ding zu bedienen und, um hauptsächlich etwas Zeit totzuschlagen, steckte ich einen von meinen einundzwanzig Dollar in den Automaten. Selbstverständlich nahm der Automat es nicht an, da er keinen Strom hatte. Skilltechnisch war es übrigens ein Wahnsinnserfolg. Ich hatte es immer noch drauf … Der Automat hatte noch ein paar Dosen gelagert! Ich musste dieses Ding einfach knacken, oder bei dem Versuch draufgehen. Als nächstes tippte ich Eins-Null auf das Bedienfeld des Automaten. Ich hatte mit meinen Fingern schon lange auf nichts mehr herumgetippt, deswegen wiederholte ich die Aktion gleich ein paar weitere Male, mit anderen Zahlenkombinationen. Ein kleines, nostalgisches Feuerwerk. Abschließend hämmerte ich dem Ding mit der geballten Faust auf das Tastenfeld. Gib mir die Dosen, du Arsch! Das tat gut. Danach überprüfte ich das Ausgabefach, vielleicht lag etwas darin. Nichts. Mit meinen Armen versuchte ich eine der Dosen zu erreichen. Fehlanzeige. Man brauchte eben kleine Kinderhände, die an langen Spaghettiarmen baumelten. Ich rüttelte am Automaten herum. Darauf folgte noch ein Kunststückchen meinerseits: »Gib mir die verdammten Dosen, Mann!!!«

Nichts funktionierte. Das hatte zur Folge, dass sich der Automat ein paar weitere Dampfhammerschläge auf das Tastenfeld einfing. Es war einfach ein wirklich engstirniges, stures … SCHEISSTEIL!! Resigniert stand ich vor dem Automaten und betrachtete mein Spiegelbild in der Fensterscheibe. Hallo Schönheit. Die Dosen funkelten durch mein Spiegelbild hindurch und mich direkt an. Da stand das letzte bisschen Zivilisation genau vor mir und spuckte mir geradezu ins Gesicht. Ich sah es ein. Ein neuer Plan musste her, und zwar der, den ich unterschwellig von vorneherein gemacht hatte. Aber vorher verpasste ich dem Ding noch eine Links-Rechts-Kombination in die verdammten Blech-Nieren! Wie ein angriffslustiger Kampfgockel, ging ich um den Automaten herum. Dabei scharrte ich vermutlich ebenso mit den Hühnerfüßchen. Nach einer fast dreihundertsechzig Grad Kreisbewegung, fand ich, wonach ich suchte.

Showdown: Es krachte kurz und heftig. Die Scheibe? Ein Scherbenhaufen. Die Beute? Mein! Drei Dosen Limonade und zwei Dosen Cola. Ich stieß einen Triumpfschrei aus, obwohl die Ausbeute recht mager war. Der Automat wurde wohl nur unregelmäßig aufgefüllt, oder zu Stromzeiten von meinem Vorgänger geleert. Der Deckel der Limonadendose war nur ein sehr kleines Hindernis und war sofort beseitig. In einem Zug war die Dose leer. An Rationieren war überhaupt nicht zu denken, so durstig war ich. Und vor allem musste ich mich für die schweißtreibende, nervenaufreibende Arbeit belohnen. Verdient ist verdient, verdammt! Und das tat ich auch, mit einer Dose Cola. Mann, schmeckte das Zeug gut. Dann rülpste ich ziemlich laut und machte mich sofort aus dem Staub. Rülpsen wäre die absolut dümmste Art zu sterben …

Von wegen verheißungsvoll. *Richland* war die reinste Müllhalde … Ich musste dringend eine Übernachtungsmöglichkeit finden. Etwas weiter im Zentrum des verwüsteten Örtchens, hier zwischen unzähligen Trümmern, würde ich eventuell eine geeignete Stelle finden. Das war besser als nichts. Und die Zeit wurde knapp, wenn ich es vor Einbruch der Dunkelheit noch schaffen wollte. Es war später Nachmittag. Der Zeitpunkt, an dem ich mein Zelt verloren hatte, war denkbar ungünstig. Der Winter kam auf leisen Sohlen. Und ich musste endlich mein Wasserproblem lösen. Vielleicht fand ich hier genug Material, um meine Idee einer Wasserversorgung umzusetzen, eine Art Vorrichtung zu bauen, mit der sich Morgentau oder auch nächtlicher Nebel sammeln liesse. Dazu wollte ich die Trümmerfelder um mich herum nach Maschendraht oder Ähnlichem absuchen. Je engmaschiger, desto besser, dachte ich. Irgendwo musste einfach welcher sein. Darin sollte sich das Wasser verfangen, so die Idee.

Als ich durch die Trümmer schritt, fiel mir auf, dass gar keine Wracks oder wenigstens Wrackteile, der Vehikel der Besatzer herumlagen und ich bis jetzt auch noch gar keine gesehen hatte. War wirklich kein einziges Kriegsgerät des Angreifers zerstört worden oder bargen sie es gleich nach dem Gefecht, damit es uns, den Verteidigern, nicht in die Hände fiel? Wenn ich an den Koloss zurückdachte, waren deren Verluste wahrscheinlich bei Null …

Die Gebäude waren teilweise so zerstört, dass man nicht mal mehr erahnen konnte, was sie vorher für einen Zweck erfüllt hatten. Zwischen all dem Chaos war es gar nicht so einfach, einen guten Platz zum Schlafen zu finden. Es gab eine Stelle, an der etwas weniger Schrott, Metall, Schutt und Dreck herumlag. Dort räumte ich den Boden eine Manneslänge frei. Mein nächstes Grab. Ich sammelte Steine und verkohlte Holzreste, um sie zu einer kleinen Mauer aufzuschichten. Zusammengeschmolzene Metallverstrebungen verwendete ich als Grundgerüst, sowie diverse Holzbalken. Mein neues Eigenheim nahm Form an, stank aber wie die Hölle. Die Arbeit ging zügig voran. Meine Hände waren schwarz von der Holzkohle und mit Rissen übersäht, die Fingernägel eingerissen. Nur mit Hammer und Meißel würde man den Dreck darunter entfernen können. Unter anderem Werkzeuge, die ich nicht hatte, aber gut gebrauchen konnte. Gedanklich setzte ich die fehlenden Sachen auf meine Einkaufsliste. Die Wände sollten nicht zu hoch werden, da man sie sonst aus der Distanz sehen konnte. Ich hielt kurz inne und blickte in den Himmel. Die Sonne trat ihr Schichtende an. Viele kleine, punktförmige Lichtquellen zogen meine Aufmerksamkeit auf sich. Sie zuckten in der Ferne über den Abendhimmel und teilten sich plötzlich in aberhunderte, weitere, etwas kleinere Lichtpunkte auf. Verzögert grollte ein stakkato mäßiges Donnern ebenso vieler Explosionen heran. Es mussten hunderte gewesen sein. Das Grollen war ohrenbetäubend. Zeitgleich stoben die entstandenen, schwarzen Rauchwolken am Horizont langsam auseinander. Hoffentlich blieb es dort, wo es jetzt war. Ich musste die Nacht unbeschadet hinter mich bringen. Mein kleines, bescheidenes Tagesziel, das sich täglich wiederholte …

Nachdem die Rauchwolken vollständig verschwunden waren, ging ich noch einmal die Trümmerfelder im Mondlicht ab. Ich rechnete nicht mit einer Wiederholung, aber sicher konnte ich mir nicht sein. Dieses Mal erweiterte ich meine Kreise. Nach einer Weile entdeckte ich einen Fetzen blaue Bauplane. Sie war über und über mit Dreck verschmiert. Das war gut, weil es zur Tarnung beitrug. Aber auch schlecht. Weil ich sie dazu benutzen wollte, um darauf Kondenswasser über die Nacht zu sammeln. Der Draht ließ noch auf sich warten. Es passte keiner zu meinen Vorstellungen. Eine von den Dosen aus dem Getränkeautomaten, wollte ich vorsorglich zum Trichter umbauen, um mein Kondenswasser in die Flasche zu leiten. Ich spielte alle meine handwerklichen Finessen aus, um aus der Dose einen ordentlichen Trichter zu formen, der kein Wasser verlor.

Später am Abend drückte der ständige Hunger auf meine Moral. Ich hockte mich unter die Plane, öffnete das einzige Glas Artischocken, das ich noch besaß und spülte den Inhalt mit einer Dose Cola runter. Jetzt trennte mich nur noch ein halbes Glas Erdnussbutter vom Katzenfutter. Gut gemacht, Freeman, du verkackst es doch gerade … Einen weiteren Tag würde ich vielleicht noch hungern können, aber dann musste ich etwas essen.

Freemans Logbuch: 12

Ich war gerade im Kino, als die Sirenen im ganzen Land anfingen zu heulen. Einige Kinobesucher flüchteten in den Luftschutzbunker, der sich unter dem Kino befand. Explosionen erschütterten das Gebäude. Alles wackelte. Ich dachte, die Decke stürzt ein. Sie hielt, aber die Lampen schaukelten fast wie auf einem Schiff. Ein paar Menschen weinten, andere schrien, oder lagen sich wie betäubt in den Armen. Ein paar wenige saßen apathisch an die Wände gelehnt, auf dem Boden. Niemand wusste, was passiert war. Wir waren etwa einhundertzwanzig Kinobesucher, die sich im Bunker eingefunden hatten, nachdem uns die wenigen, gut ausgebildeten Angestellten dorthin gelotst hatten. Wir waren viel zu viele. Der Bunker war restlos überfüllt. Die im Kino arbeitenden Kids, hatten sich den Luftschutzbunker als zusätzlichen Pausenraum erschlossen. Eigentlich hatte es weniger mit guter Ausbildung, mehr mit jugendlichem Abenteuerdrang zu tun.

Wir warteten, bis die Explosionen aufhörten. Nach ein paar Stunden war alles ruhig. Wir trauten uns aber noch nicht, den Bunker zu verlassen. Wir wussten nicht, was die Explosionen verursacht hatte. Es musste eine der Fabriken sein. Oder mehrere. Oder alle. Da waren wir uns einig. Vielleicht ein Unfall. Die Rettungskräfte würden uns mit Sicherheit bergen. Da waren wir uns sicher. Sie würden bestimmt schon nach uns suchen und den Schutt mit schweren Maschinen entfernen. Stunden später hörten wir immer noch keine Maschinen graben. Wir hörten niemanden kommen. Wir saßen immer noch genauso fest wie vorher. Unsere Smartphones hatten im Bunker keinen Empfang. Der Computer im Bunker hatte auch keine Verbindung nach draußen. Nach anderthalb Tagen hatten wir es satt, zu warten. Uns würden die Vorräte sowieso bald ausgehen und die Luft war stickig. Die Stimmung drohte zu kippen. Wir wollten raus, bevor wir uns wegen Nahrungsmittelknappheit die Köpfe einschlugen. Ich hatte noch nie so viel Popcorn und Käse-Nachos gegessen wie zu diesen Bunkerzeiten.

Der Bunker hatte einen Notausgang. Einen zirka dreißig Yards langen Gang, der schlauchförmig angelegt war und im Garten auf das Anwesen, auf der gleichen Straßenseite endete. Man kam zwischen Bäumen und Sträuchern empor. Im Winter war er nur von blattlosen Sträuchern und ein paar Bäumen dicht umstellt. Aber damals lag Schnee obendrauf. Das Kino war in einem umgebauten Herrenhaus untergebracht. In diesem Jahr hatten wir schon früh Schnee. Dadurch war der Notausgang unsichtbar. Die versteckte Klappe war gut getarnt in einer Versenkung angelegt, so dass man wirklich nah heranmusste, um sie überhaupt sehen zu können. Man musste wissen, wo sie sich befand, und, dass sie überhaupt da war.

Wir versuchten es zuerst durch den Haupteingang, aber das war hoffnungslos. Es lag überall Schutt herum. Die Luft war staubig und rauchig. Beim Notausgang hatten wir Glück. Wir mussten zwar auch eine Menge Schutt und Dreck bewegen, aber am Ende, schafften wir es uns zu befreien. Wir dachten, dass wir von Polizei, Ärzten und vielleicht der Armee in Empfang genommen werden würden. Aber da war niemand. Wir konnten nicht glauben, was wir sahen. Es war alles weg. Die Stadt war zerstört. Es standen nur noch vereinzelt ein paar Gebäude herum, die nicht komplett eingestürzt waren. Das Ausmaß der Katastrophe war enorm. Was zum Teufel, war passiert? Diesen Grad der Zerstörung in dieser kurzen Zeit, kannte man sonst nur aus fernen Ländern, aus den Nachrichten. Jetzt standen wir mittendrin und hinterließen, wie Neil Armstrong auf dem Mond, unsere Schuhabdrücke im zermalmten Zement. Wir konnten es einfach nicht glauben. Das war der Moment, in dem ich losging. Meine Eltern waren mein erstes Anlaufziel, aber dort war niemand mehr. Das gleiche Ergebnis bei meinem Bruder. Ich versuchte es noch bei Freunden und Kollegen, aber auch dort war niemand mehr. Selbst hier draußen hatte mein Smartphone keinen Empfang, GPS funktionierte auch nicht. Die Orte, die ich besuchte, boten immer das gleiche Bild. Die nächste Stadt, das nächste Dorf. Meile um Meile. Überall der gleiche Anblick. Weiter draußen, weiter weg von den Städten, gab es gelegentlich intakte Gebäude, die begehbar waren. Auf diese Art und Weise streunte ich knapp zwei Wochen durch das Land und meine Gedanken ordneten sich langsam. Es war alles im Arsch, nein: Ich war sowas von im Arsch, aber am Leben … Zeit für einen Plan … Zeit für Plan B!

Ich bin sowas von im Arsch!, rückkoppelte der Gedanke noch aus der Traumwelt, während ich langsam aufwachte und die letzten Erinnerungen an meinen Traum vom Anfang der neuen Zeitrechnung nach und nach verblichen. Meine Schulter machte sich nach einer unglücklichen Drehung sofort bemerkbar. Sie schmerzte noch vom Treffer in der eingestürzten Kirche. Ich fror zwar und meine Zähne klapperten vor Kälte aufeinander, aber ich war noch immer am Leben! In der Nacht waren wieder Blitze zu sehen gewesen, die sich abermals teilten und auf Wogen des Donners zu mir herüberritten. Ich wachte ein paar Mal davon auf. Das Unglück kam nicht näher. Irgendetwas in der Ferne wurde für immer vom Erdboden getilgt.

Die Plane war vom Wind etwas verrutscht. Das offene Ende bewegte sich knisternd im wehenden Wind. So konnte ich den klaren Morgenhimmel sehen. Es war bereits so kalt, dass ich beim Ausatmen meinen Atem sehen konnte. Wie kalt ist es dann? So um den Gefrierpunkt? Ich wusste es nicht. Saukalt eben … Der Winter stand vor der Tür. Der Anblick des Morgenhimmels war friedlich und Ruhe breitete sich für einen kurzen Moment aus. Ich dachte kurz an den Bunker im Kino und an meine Familie. Zeit ist Leben, formulierte ich die altbekannte Phrase etwas um. Damals im Bunker gab es einen Geigerzähler. Es wäre gar nicht so schlecht, einen zu haben, hatte aber gar keine Ahnung, wo man einen finden konnte. Falls es irgendwo radioaktive Strahlung gab, wollte ich unbedingt davon wissen. Bevor ich dadurch selbst zum vieläugigen Fisch-Alien würde …

Ein kleines Rinnsal Wasser ran von der Plane und plätscherte genau auf meine Stirn. Tau hatte sich auf meiner Plane gesammelt und war zu einer Pfütze zusammengelaufen. Erfolg! In Anbetracht der Situation und der Menge an Dreck, die mich mittlerweile bedeckte, konnte man das schon fast als Dusche bezeichnen. Ich verdrehte meinen Kopf etwas und trank so lange, bis es aufhörte zu laufen. Schön, dass hier in dem Saftladen auch mal was funktioniert. Durch das Guckloch in meiner provisorischen Wand begutachtete ich die Gegend, es war alles ruhig. Daraufhin stand ich auf und klaubte die Plane vorsichtig wie einen Sack zusammen. Ich wollte nichts verschütten. Aus meinem Rucksack zog ich eine der Plastikflaschen, sowie meinen Trichter heraus. Nach etwas nervenaufreibender Fummelei hatte ich Trichter und Plane endlich in Position gebracht und füllte meine Kollekte in die Flasche. Es funktionierte! Aber die Ausbeute war nicht die größte, da ich davon bereits genascht hatte. Vielleicht noch ein paar hundert Milliliter. Nun trank ich alles auf einmal aus. Ich musste dringend an meiner Selbstdisziplin arbeiten, nicht immer alles gleich auszutrinken. Der Durst war ein mächtiger Gegner. Der Schmutz knirschte zwischen meinen Zähnen. Beim nächsten Mal würde ich es filtern. Vielleicht mit einem sauberen Stofftuch, falls ich nichts Besseres auftreiben konnte. Wahrscheinlich würden mich in den nächsten Tagen Magenschmerzen oder Schlimmeres plagen. Wobei ich glaubte, einigermaßen abgehärtet zu sein. Ich sollte mich noch mehrmals irren …

Feuer wollte ich auf keinen Fall machen. Nicht an der frischen Luft, wo mich jeder sehen konnte. Sauberes Wasser musste also warten. Ich faltete die Plane zusammen und steckte sie in meinen Rucksack. Mir kam der Gedanke, dass ich einfach eine kleine Mulde in den Boden graben könnte, wo ich meine Plane drüberlegen würde, die ich in der Mitte etwas beschwere. So würde sich das Wasser dort in der Mitte sammeln. Nachts war dafür der beste Zeitpunkt, weil bei Sonnenaufgang viel Wasser kondensiert. Es sei denn, ich fand kein gutes Versteck, dann würde ich sie als Teil meines Unterschlupfes verwenden müssen. Ich wollte sie schräg an einen Baum binden, mit einer Ecke nach unten zeigend, die Flasche in einem kleinen Loch im Boden darunter befestigen und den Trichter entsprechend in die Flasche stecken und auf die Ecke der Plane ausrichten. So konnte das Wasser direkt dort hineinlaufen. Das war einen Versuch wert.

Es wurde Zeit. Richtung Süden, zurück auf die Straße. Es war noch früh am Morgen. Alle Felder waren abgebrannt. Hier und da standen ausgebrannte Traktoren und Erntemaschinen mitten auf den Feldern. Einige waren umgestürzt, andere in tausend Teile zerfetzt. Manche nur noch als ausgebranntes Dinosauriergerippe übrig. Sie waren umgeben von tiefen Kratern und gewaltigen Furchen. Von Granat- oder Mörserexplosionen erzeugt, und von Lichtblasen, die die Erde verbrannt hatten und tiefe Kuhlen in den Boden gepresst hatten. Ein Fingerabdruck in Form einer pockenartig versengten Landschaft. Die Erde blutete hier besonders stark. Beide Seiten hatten geschossen. Gebäude suchte man hier vergebens. Auf vielen Meilen immer das gleiche Bild. Auf der Straße zwischen Autowracks und Trümmern lagen überall Leichen, die sowohl aus zivilen Konvois als auch aus militärischen, bestanden. Bei diesen traurigen Ansammlungen stank es häufig nach einer Mischung aus Verbranntem und dem süßlichen Geruch des Todes. Der Anblick war bedrückend und verstörend. Besonders der eines Bauern, der noch im Traktor sitzend verbrannt war. Seine Hände klebten am Lenkrad. Neben ihm saß ein kleines Mädchen. Mit Sicherheit seine Tochter. Der Himmel mit seinen weißen Schäfchenwolken stand in krassem Wiederspruch zu den höllenähnlichen Verwüstungen am Boden.

Irgendwann am Nachmittag kam ich in *Brighton* an. Dort sah es nicht besser aus. Ich war jetzt knapp zwei Wochen unterwegs. Die Orientierungsphase nicht mitgerechnet. Hier die schlechten Nachrichten: Ich hatte praktisch nichts mehr zu Essen und nur, wenn mir der Wettergott gnädig gesonnen war, ausreichend Wasser. Meine Schuhe waren ziemlich heruntergewirtschaftet, wie der Rest meiner Sachen. Hier die guten Nachrichten: Der Rucksack hielt noch und ich hatte noch zwei Dosen Limonade. Oh Mann, ich brauchte dringend mehr gute Nachrichten. Irgendwo in dem, was vor ein paar Wochen noch *Brighton* war, setzte ich mich jetzt mitten in den Dreck. Ich kramte den letzten Rest Erdnussbutter und eine der letzten beiden Dosen Limonade heraus und verzehrte beides. Ich wünschte, ich hätte eine Scheibe Sandwichbrot für die Erdnussbutter gehabt. Und Marmelade! Oh mein Gott! Mir fielen gerade wieder die Feuchttücher ein. Die würden bestimmt wunderbar mit meiner Dose Katzenfutter runtergehen. Mir lief es sauer im Mund zusammen. Mein Gesicht verzog sich ganz merkwürdig. Katzenfutter mit Wasser aus Feuchttüchern … Stünde dies als Gang auf der Karte eines Vier-Sternekochs, würden die Leute bestimmt hunderte von Dollars dafür ausgeben. Ich konnte das Geld schon riechen. Daraufhin wurde mein Gesicht fühlbar grün vor Ekel. Immer positiv denken, Junge! Auf jeden Fall ein weiteres Gericht von *Le Chef Freéman*, für sein *Gesamtwerk der widerlichen Selbstkreationen*. Übrigens hatte ich eisern der Versuchung widerstanden, die Feuchttücher für ihren eigentlichen Zweck zu verwenden. Das war Willenskraft vom Feinsten. Wenn es hart auf hart kommen sollte, waren sie nach wie vor meine letzte Wasserreserve. Mit diesen Gedanken stand ich auf, schüttelte mich einmal kräftig und bezwang den Brechreiz.

Obwohl es schon längst Nachmittag war, wollte ich noch bis zur Dunkelheit weitermarschieren. Ich hatte jetzt ein Quasizelt, Schrägstrich, prähistorischen Wassergenerator, der sich recht leicht installieren ließ. Und beim *im Dreck liegen,* war ich mittlerweile richtig gut. Mit dieser Einstellung versuchte ich den Verlust meines Zeltes zu kompensieren. Auf der Plus-Seite: Mit der Zeit gewöhnte man sich an so allerlei Entbehrungen. Trotzdem war es nicht spaßig! Hätte ich die Wahl gehabt, würde ich sofort wieder zurücktauschen.

Bevor ich weiterging, wollte ich einen Blick auf meine Karte werfen. *Brighton* war eine meiner Landmarken, die ich mir vor der Reise gesetzt hatte. Dort veränderte sich die Strecke. Ich musste bis zum Ortsende latschen und dann nach links, oder Norden, wie der Profi sagen würde, und auf den Highway Eins abbiegen. Nur, um dann immer geradeaus, bis nach Washington, fuckin' Iowa zu gehen. Jetzt blieb nur noch eins zutun: Einmannkompanie … Abmarsch! Und immer lang, lang, lang, der Straße nach. Verlor ich langsam meinen Verstand? Wahrscheinlich! Aber wir doch nicht, meldeten sich mein zehn Ichs …

Die Sonne war schon fast verschwunden, aber die Stelle war gut. Hier waren ein paar umgeknickte Bäume und etwas, das ein See gewesen sein musste. Nur noch das leere Becken war übrig. Wo war das Wasser hin? Verdampft? Es war zum verrückt werden. Es hätte so einfach sein können, aber das war es nicht. Ich band meine Plane an einen der Bäume, genauso wie ich es geplant hatte. Teilweise in der Erde vergraben, damit sie nicht umfiel. Feierlich holte ich die letzte Dose Limonade aus meinem Rucksack und trank sie aus. Rationieren? Fehlanzeige … Das Katzenfutter zu genießen war noch nicht zwingend nötig. Also beendete ich den Tag mit leerem Magen.

Freemans Logbuch: 13

Ich wachte auf und hatte einen Mords Pelz auf der Zunge. Ich brauchte DRINGEND eine Zahnbürste und Zahnpasta. Das kam auf die Einkaufsliste. Hätte mir auch schon früher mal was besorgen können. Und meine Socken waren so unglaublich durchgelaufen. Ich brauchte schnellstens neue. Außerdem war ich extrem hungrig und durstig und musste davon ausgehen, dass heute der wirklich, wirklich allerletzte Tag auf diesem Erdenball sein würde. Heute würde ich bestimmt auschecken, wenn ich nicht schleunigst Trink- und Essbares auftrieb. Ich beobachtete, wie ich mich automatisch auf meine animalischen Triebe reduzierte und nur noch an Nahrung denken konnte. Ich war zu keinem anderen Gedanken mehr fähig, bis dieses Problem gelöst war. Das erinnerte mich an meine Plane. Es hatte funktioniert. Diesmal filterte ich das Wasser durch ein Stück sauberen Stoff, um wenigstens Steinchen und Ästchen herauszulösen. Das war schon besser als der erste Versuch. Ein guter Tropfen. Südhang? Welcher Jahrgang? Meinen inneren Widerstand überwindend, holte ich das Katzenfutter aus meinem Rucksack. Ich wog es in der linken Hand. Dann in der Rechten. Warf es mit der rechten Hand in die Linke. Meinen Zeigefinger legte sich fast von selbst an den Dosenclip, den ich ganz leicht nach oben bog. Mein Finger verringerte selbstständig den Druck. Der Clip schnappte mit einem Klicken zurück. Dann drehte mein Finger den Clip ein paar Mal im Kreis. Vielleicht hoffte er, dass der Clip einfach abbrechen und mir die Entscheidung abnehmen würde. Mein Hunger war schon immens. Aber war er so groß, um mich diesen letzten Schritt gehen zu lassen? Und was käme danach? Kannibalismus? Okay, okay, jetzt war es wirklich so weit, mein Verstand war im Urlaub …

Gegen Mittag erreichte ich *Washington, Iowa.* Zu meiner Überraschung standen hier noch einige geringer beschädigte Häuser. Das, was einst ein schicker Stadtpark gewesen war, sah nun wie eine Müllhalde aus, in der es gebrannt und ein Riese mit seinen bloßen Händen den Boden umgegraben hatte. Der Geruch war ganz bezaubernd. Über jeder ehemaligen menschlichen Siedlung lag dieser mittlerweile altbekannte, unverwechselbare Geruch. Ein paar Strommasten lagen quer über die rissige Straße verteilt. Bis zur Stadtmitte musste ich Slalom laufen, da ausgebrannte Fahrzeuge, Trümmerteile, Mülltonen und sonstiger Schrott die Straßen verstopften. In der Stadtmitte standen tatsächlich auch noch ein paar Häuser, zwischen dem ganzen Müll, Dreck und Autowracks. Vorher hätte ich nicht gedacht, dass man ein Auto so großzügig über die Straße verteilen konnte. Ich wollte den Nachmittag damit verbringen, in den Häusern etwas Essbares zu finden.

In der Innenstadt befanden sich ein paar verwüstete Geschäfte in einer Straße. Ich rechnete mir zwar keine großen Chancen aus, wollte es dort aber trotzdem versuchen. Das erste Gebäude war ein kleiner Supermarkt an einer Straßenecke. Hier war nichts mehr zu holen. Ich nahm mir mehr Zeit für die Suchaktion, als mir lieb war, gab dann jedoch auf. Im Nachbarhaus setzte ich meine Suche fort. Die Tür ließ sich mit Gewalt öffnen. Mein *Remington 580* in Anschlag ging ich schnell hinein. Der ganze Block bestand aus Gebäuden mit zwei Etagen. In der unteren waren Geschäfte. Oben wohnten wahrscheinlich die Besitzer, oder hatten dort ihre Büros. Ich hatte mir Zugang zu einem Friseursalon verschafft. Den Friseur hätte ich vor ein paar Tagen gebraucht! Bevor ich mich am See so zugerichtet hatte. Kannst nicht alles kriegen, was du dir wünschst. Die Stühle waren umgekippt. Glas brach, als ich einen Schritt tat. Überall lagen Scherben. Es knackte unter meinen Stiefeln. Auch hier ging ich akribischer vor, als ich eigentlich geplant hatte. Ich musste dringend etwas zu Essen finden. Nichts. Ich entschied mich dazu, die Treppe hinaufzugehen. Die Stufen knarzten. Ich hielt mich am rissigen Geländer fest, um den Druck meiner Stiefel auf die Treppe zu verringen. Im ersten Stock war es recht dunkel. Überall standen Werkzeuge und Baumaterialien herum. Hier wurde bis vor kurzem renoviert. Die Rollläden waren allesamt heruntergelassen. Vielleicht hatten der oder die Bewohner hier ein paar Tage lang ausgeharrt und waren dann geflüchtet. Gleich am Ende des Gedankengans warf mich etwas brutal auf die Knie. Ein schmerzhaftes Stechen fuhr durch meinen gesamten Rücken. Mein Gewehr fiel zu Boden.

Im nächsten Moment schmiss mich etwas ruckartig auf die Seite. Benommen zwang ich mich dennoch aufzustehen. Meine Schulter! Unter Schmerzen griff ich nach meinem Jagdmesser, konnte es aber nicht freibekommen. Eine Silhouette tauchte aus der Dunkelheit auf. Sie stand vor mir und bewegte sich ruckartig. Etwas blitzte auf. Die Silhouette holte aus. Im gleichen Moment riss es mich aus meiner Benommenheit und ich machte einen Satz zurück. Dann traf mich ein weiterer Hieb. Mitten ins Gesicht. Unter mein Auge. Mein Kopf wurde zurück gerissen. Ich taumelte. Licht fiel durch ein Fenster und platzte mir wie ein Sack Mehl mitten ins Sichtfeld. Die Silhouette verwandelte sich durch den weißen Puder hindurch. Der Mann sprang mich wie ein wildes Tier an. Riss uns beide zu Boden. Wir wälzten uns hin und her. Er versuchte mein Remington zu greifen, konnte es aber nicht erreichen. Ich hatte das gleiche Problem. Vom Schlag noch benommen, drückte ich seinen Kopf halbherzig nach oben und versuchte ihn zu verdrehen, drückte gegen seine Gurgel. Er röchelte. Mit seinen Daumen versuchte er mir die Augen in die Höhlen zu quetschen. Noch konnte ich ihn abhalten. Er war stark. Der Angreifer bekam einen Holzkeil zu fassen. Damit prügelte er auf meine Flanke ein. Ich schrie vor Schmerzen. Mein Jagdmesser war unerreichbar. Der Kerl blockierte es mit seinen Beinen. Ich tastete nach irgendwas, fand einen langen, verrosteten Zimmermannsnagel zwischen dem ganzen Baustellenkram. Endlich konnte ich meine Hand befreien. Zur Faust geballt, schaffte ich es, mit der Kraft eines Verzweifelten einen Treffer zu landen. Seine hässliche Scheißnase war zertrümmert. Er schrie und Blut lief ihm über das Gesicht. Er hatte Mühe zu sehen. Ich nutzte die Sekunde seiner Unsicherheit, riss mit aller Kraft an seinen Haaren. Endlich kippte er seitlich von mir herunter. Mit einem Satz schwang ich mich auf ihn. Er lag unter mir und scharrte mit seinen Füßen über den Fußboden. Den Nagel haltend, beidhändig wie ein Messer vor mich. Obwohl er fast nichts sehen konnte, gab er immer noch nicht auf … Mit einer Hand versuchte er verzweifelt das Blut wegzuwischen, mit der anderen, mir den Nagel aus der Hand zu schlagen. Ich setzte mein gesamtes Körpergewicht gegen ihn ein. Der Nagel sank langsam. Seine Gegenwehr verstärkte sich und wurde immer panischer. Er drückte mit aller Kraft gegen mich an und zappelte mit seinen Beinen. Ich hingegen zitterte am ganzen Körper. Nun versuchte er, nach mir zu treten. Seine Knie krachten ein paar Mal in meine Seiten. Erfolglose Versuche. Für den Bruchteil einer Sekunde überfielen mich Gewissensbisse und Ekel vor mir selbst. Die Realität war brutal: Er oder Ich.

Der Mann drückte den Nagel etwas zur Seite, so, dass ich genau auf seine linke Backe zuhielt. Unter dem Einsatz meines Körpergewichts und der letzten Kraftreserven senkte sich der Nagel, bis er auf Haut traf. Erste Blutstropfen quollen hervor. Der Mann riss die Augen auf. Schrie vor Furcht und Schmerzen. Wehrte sich. Das Loch wurde durch seine ruckartigen Bewegungen immer größer, durch meine Hand geführt. Ich drückte immer weiter, legte mein ganzes Körpergewicht in diesen einen letzten Versuch. Der Nagel überwand ein Hindernis. Es knackte. Dann schrappte der Nagel an Zähnen entlang und einer brach heraus. Trotz der Schreie und des permanenten Keuchens konnte ich das Kratzen und das Knacken in den kurzen, stummen Pausen hören. Dieses Geräusch brannte sich mir für immer ein. Der Mann riss seinen Kopf herum und riss ihn hin und her. Die Backe riss ein. Überall war Blut. Jetzt konnte ich seine Zunge sehen. Speichel vermischte sich mit Blut. Er röchelte wieder unkontrolliert. Seine Zunge versuchte reflexartig gegen meinen Nagel anzukämpfen. Ohne Erfolg. Der Nagel hatte sie am äußeren Rand durchbohrt und beim nächsten Stoß am Gaumen fixiert. Er bewegte sich noch immer. Ich verlagerte mein Gewicht erneut. Mein ganzer Körper brannte. Der Mann heulte auf. Winselte und röchelte. Speichel und Blut troff aus seinem Mundwinkel.

Auf einmal war dort keine Bewegung mehr. Langsam ließ ich von ihm ab. Ich traute der Sache nicht. Nach ein paar endlosen Sekunden rollte ich mich zur Seite, von ihm herunter und kotzte auf den staubigen Boden. Ich kam wieder zu mir. Wieviel Zeit war vergangen? Ich war schweißüberströmt und stank nach Kotze. Meine Klamotten klebten an mir. Mein ganzer Körper schrie vor Anstrengung und Schmerzen. Der Mann lag noch immer dort. Der Nagel steckte in seinem Gesicht. Hatte ich das angerichtet? Sein Brustkorb hob und senkte sich. Er lebte noch. Ich war kein Mörder. Und so sollte es bleiben. Das Zittern ließ nach. Genug, um mich aufzurappeln. Im Haus musste es etwas geben, um ihn zu fesseln. Eile war geboten, denn ich wusste nicht, wann er wieder zu sich kommen würde. Im ersten Stock des Friseursalons, gab es ein Schlafzimmer, Bad, Küche und ein kleines Büro. Zwischen zwei Tapeziertischen und Abdeckplane für den Boden fand ich im Büro Kabelbinder. Damit würde ich seine Hände fesseln. Mir ging es dreckig. Dem Mann dreckiger. Neben ihm kniend entfernte ich vorsichtig den Nagel. Blut quoll aus der Wunde. Sein Gesicht war entstellt.

Es gelang mir, mich aus meiner Starre zu befreien, die dieses entstellte Gesicht und der Tatsache, dass ich es so zugerichtet hatte, in mir auslöste. Als ich wieder einigermaßen klar war, entschied ich, dass der Mann leben sollte. Unter all den Raubtieren versuchte ich keines zu sein. Ich holte aus meinem Rucksack ein paar Vicodin-Tabletten und zerbröselte sie. Behielt sie in der geschlossenen Hand. Meine Getränke waren allesamt aufgebraucht, aber in seinem Gepäck fand ich was. Eine Pfütze voll Wasser in einer Plastikflasche. Das musste reichen. Die weitere Durchsuchung ergab: angeschimmeltes Brot, eine Taschenlampe für Kinder. Mit Einhörnern, Regenbögen und goldenen Sternen drauf. Man, war der Typ ein Psycho. Man konnte sogar die Farben einstellen, mit der sie leuchtete. Klick, klick. Sie ging noch. Sie war auf rosa eingestellt. Jetzt hatte ich zwei Taschenlampen. Pfirsiche in der Dose, eine verbeulte Dose Tomatensuppe und eine Dose Mais! Das Brot durfte er behalten. Ich wollte doch nicht an Durchfall sterben … Da gab es bessere Wege.

Der Mann war nun geplündert. Die übrigen Kabelbinder säckelte ich ein. Es gab da draußen bestimmt noch mehr solcher Elitesoldaten, die es nicht abwarten konnten, von mir gefesselt zu werden. Wenn es sein musste, würde ich eine ganze Armee fesseln! Dazu brauche ich mehr Kabelbinder … Ich stopfte die zerbröselten Tabletten in den Mund des Mannes und kippte das bisschen Wasser hinterher. Er schluckte die Pillen und hustete kurz. Es sah nicht so aus, als ob er so schnell wieder zu sich kommen würde. Im Büro gab es Klebeband und eine Schere, im Bad einen Spiegel. Mit dem Klebeband klebte ich ihm die Backe wieder zusammen. Nicht meine beste Arbeit, aber besser als nichts. Ich, der MacGyver unter den Ärzten! Aus meinem Rucksack holte ich Nadel und Faden. Holen ist hier eigentlich der falsche Begriff. Ich hatte so dermaßen viele leere Dosen, Flaschen und anderes Zeugs gehortet, dass ich in Wirklichkeit eine ganze Weile brauchte, um die Sachen mit meinen zittrigen Händen zu finden. Das Trio legte ich auf den Spiegel, zusammen mit drei meiner Tabletten. Er würde sie brauchen. Jetzt hatte ich nur noch ein paar wenige davon übrig. Zu guter Letzt befreite ich ihn von seinen Fesseln. Fazit: Der Mann war ein Vollidiot, mich hier einfach so anzugreifen und dann auch noch zu verlieren, aber er gehörte immerhin zu den Feinden meiner Feinde. Und eins noch: Für jemanden, der im Sportunterricht immer als letzter in die Mannschaft gewählt wurde, hatte ich mich wacker geschlagen. Genauer: Ich hatte ihn ziemlich wacker geschlagen, und zwar voll in die Fresse!

Die Sonne stand deutlich höher als vor dem Tänzchen mit dem Mann und würde bald untergehen. Um Abstand zwischen mir und diesem Psycho zu bekommen, sowie die letzten Sonnenstrahlen zu nutzen, wollte ich mich zum anderen Stadtende durchschlagen. Objekt der Begierde: Haus mit begehbarem Dach. Die Stadt bot zwar einen erbärmlichen Anblick, hatte aber noch ein paar halbwegs intakte Behausungen. Das Gebäude meiner Wahl war schwer beschädigt. Aber es stand noch. Teile der Wände fehlten so, dass man von außen in die Wohnungen blicken konnte. Wie bei einem Puppenhaus. Man konnte sehen, wie die ehemaligen Bewohner eingerichtet waren. Dieser Anblick war faszinierend und schockierend zugleich. Ich bezog das Gebäude und installierte meine Bauplane/prähistorischen Wassergenerator auf dem Dach. Es war niemand im Gebäude, aber ausschließen konnte ich es nicht. Dafür war es zu groß. In Zukunft würde ich den Wassergewinner pWG nennen.

Vom Dach aus konnte man über die zerstörte Kleinstadt hinwegblicken. Die rot-goldene Abendröte war über den gesamten Himmel verschmiert. Mir wehte der Wind kalt ins Gesicht und zerzauste mir die paar wenigen Haare. Für eine Sekunde driftete ich ab, zurück in eine andere Zeit. Bald holte mich jedoch die Realität wieder ein: Schuttberge früherer Wohnhäuser und Geschäfte. Überall. Ich zog den Parka enger. Bald würde es schneien. Es musste Anfang oder Mitte November sein.

Die Erde fing leicht an zu beben. Vom Dach aus, suchte ich den Horizont ab und fand, wonach ich suchte: Ein Koloss am unscharfen Horizont. Die Wolken hingen etwas tiefer. Der Koloss zerriss sie im Vorrübergehen. Der schwarze Dampf vermischte sich mit den Überresten der Wolken. Es sah unglaublich aus. Dieses Mal blickte ich auf den Kompass. Ich wollte wissen, in welche Richtung er unterwegs war. Nach Osten. Meine Richtung. Weiter links, zwischen mir und dem Riesen, befanden sich viele kleine schwarze Punkte, die wie ein Fliegenschwarm in einiger Entfernung hinter ihm herzogen und mich anfunkelten. Die Nachhut. Sie sah anders aus als beim letzten Mal. Ich sah dem Koloss so lange nach, bis er verschwunden war. Die

Wohnung war in Ordnung. Nur im Bad, von der Toilette aus, hatte man einen herrlich windigen Ausblick über die Kleinstadt. Die Wand fehlte zu großen Teilen. Man musste absolut schwindelfrei sein, wenn man auf dem Thron saß. Ich weiß, wovon ich spreche. Im Sitzen warf ich Steinchen durch das klaffende Loch in der Wand und beobachtete sie beim Herunterfallen. Es hatte etwas Therapeutisches. Ganz zu meiner Freude standen in einem Becher Zahnbürsten und Zahnpasta auf der Ablage über dem Waschbecken. Leidenschaftlich reinigte ich mir die Zähne, als würde ich Dreck von Gold bürsten. Moment, das tat ich ja tatsächlich … Danach packte ich alles in einen Kulturbeutel, der im Schränkchen über der Ablage an der Wand hing. Zufrieden und mit blitzendem Zahnfleisch ging ich ins Schlafzimmer. Schichtende.

Freemans Logbuch: 14 (Washington, IA)

Zwei Wochen überlebt. Seit Aufzeichnung. Ganz gut dafür, dass ich das zum ersten Mal in meinem Leben machte. Durch meine Notizen zählte ich die Tage passenderweise gleich mit. Das Erste, was ich nach dem Aufstehen machte: Zähneputzen! Mein Magen meldete sich gleich danach. Frühstück: Mais vom Einhorn-Psycho. Anschließend Abmarsch, vorher noch meine Plane mit Wasser vom Dach holen. Richtung Osten, dem Koloss hinterher. Stadtauswärts lagen viele Tote herum. Die waren mir am Vortag in dieser Anzahl gar nicht aufgefallen. Der Geruch nach Schutt und Fäule hätte ein Indiz sein können. Mit anderen Worten, es stank. Guten Morgen, *Washington*!

Kurz vor Ortsausgang lagen mehrere Menschen nebeneinander auf der Straße. Eine Familie. Meine plötzliche Anwesenheit erschreckte die Ratten, die sich zwischen ihnen versteckten und ihr makabres Festmahl abhielten. Sie waren überall. Genauso wie die Fliegen. Die Städte wurden nun von Fliegen und Ratten regiert. Der Mann hatte einen Rollkoffer in der Hand. Der Junge einen Rucksack auf den Schultern. Beide lagen auf dem Bauch. Der Mann, war etwas zur Seite gerollt. Sein rechtes Bein stark abgewinkelt. Der Junge trug eine türkisfarbene Sportjacke. Ihre Taschen lagen zwischen ihnen auf dem Gehweg. Das Mädchen hatte ihren Schulranzen auf. Es waren Katzen darauf abgebildet. Sie lag mit dem Gesicht im Dreck. Die Frau lag ein paar Yards hinter der Familie. Sie hatte Löcher in den Beinen und am Hals. Von den diversen Entstellungen abgesehen, sah die Familie sehr friedlich aus. Als ob sie alle gleich wieder aufstehen, ihre Sachen nehmen und ihre Reise fortsetzen würden. Die kleinen Austrittswunden der Frau erregten meine Aufmerksamkeit. Das gleiche Bild wie vor zwei Wochen. Im selben Augenblick, als mir ein Licht aufging, war es schon zu spät. Eine Raupe landete auf meinem rechten Arm. Ich versuchte sie abzuschütteln. Sie krallte sich in meinen Parka und begann ihren Aufstieg. Sie begann nicht gleich mit ihrer zerstörerischen Arbeit. Hinter mir fielen weitere Raupen klickend zu Boden. Ich ließ meinen Rucksack fallen und riss mir den Parka vom Leib, drosch den Jackenärmel gegen das Mäuerchen. Noch mehr Raupen, die sich näherten. Ich setzte über das Gemäuer hinweg. Abstand. Das kleine Biest fiel von meiner Jacke ab und klatschte auf den Boden. Die anderen Raupen krabbelten bereits die kleine Mauer hoch. Ich sprang wieder über die Mauer hinweg, um meine Sachen auf der anderen Seite aufzuheben und zu flüchten.

Da, wo sich dieser widerliche Wurmfortsatz festgefressen hatte, hatte sich ein kleiner schwarzer Kranz auf meinem Parka gebildet. Ich schnupperte daran. Es roch komisch, konnte es aber nicht genau definieren. Irgendwie nach Schwefel, mit einer Spur Öl und einer ordentlichen Portion Ammoniak. Mit anderen Worten: Es stank bis zum Himmel. Aus was auch immer dieses Gezücht gemacht war, es reagierte ganz vorzüglich auf die Umgebung.

Eine Bushaltestelle tauchte am Straßenrand auf. Wie praktisch es doch wäre, einfach in einen Bus zu steigen und nach *Chicago* zu fahren. Guter Witz. Dinge wie diese erinnerten mich an die nun fehlenden und sonst so selbstverständlichen Annehmlichkeiten. Und davon gab es tausende. Wie dem auch sei: Zu Fuß setzte ich den Weg fort, auf der zerrissenen Straße, die mich an geplatzte Adern erinnerte. Am Rest des Tages passierte nichts weiter, außer, dass ich vergessen hatte, mir frische Socken aus meiner letzten Bleibe mitzunehmen. Meine hatten mittlerweile

Lochfraß. Abends gab es eine halbe Büchse Pfirsiche und etwas Wasser. Der Fruchtsaft in der Dose war das Beste, was ich seit langem getrunken hatte. Neben der Cola. Falls ich es in Zukunft nicht mehr erwähnen sollte, habe ich mit größter Sicherheit am Straßenrand, im Dreck, in einer der zahlreichen Ruinen übernachtet. Oder schlimmer.

Freemans Logbuch: 15 (Columbus Junction...)

... oder das, was davon noch übrig war. Ich wollte diesen Ort so schnell es ging wieder verlassen. Hier gab es fast nichts mehr. Nur eine Handvoll Gebäude. Die Durchsuchung ergab nichts, außer ein paar Socken, Kugelschreiber und ein paar weitere Klamotten. In einem Schaufenster sah ich eine elektrisch betriebene Uhr. Mit Zeigern. Sie war um 1:27 pm stehengeblieben. Um diese Zeit musste in *Columbo Junction* der Strom ausgefallen sein. Mein pWG hatte nur ein bisschen Wasser gesammelt. Besser als nichts. Voller Sehnsucht dachte ich an die Pfirsiche zurück.

Freemans Logbuch: 15 (abends)

Zur Feier meines fünfzehntägigen Überlebens (plus etwa zwei Wochen), wollte ich die Tomatensuppe, die ich noch hatte, unbedingt warm essen. Es würde ein Fest werden, ganz großartig. Die Suppe kam nämlich mit kleinen Nudeln. Katzenfutter … schleppte ich auch noch mit mir herum. Die Zeit war aber noch nicht reif dafür! Noch nicht … Aber sie rückte bedrohlich näher! Meine letzte warme Mahlzeit lag Wochen zurück. Das letzte waren Popcorn und Nachos mit Käsesoße aus dem Kino. Mann, war das lange her. Und Mann, wie ich mein Katzenfutter sofort dafür eintauschen würde.

Meine neue Junggesellenbude, oder auch *Man Cave*, hatte, wie sich herausstellte, einen Keller. Das Schlafzimmer ein riesiges Doppelbett. So viel zu den nennenswerten Details. Bis vor Kurzem lebten hier zwei Menschen. Ein Pärchen, Mitte dreißig. Die Bilder an der Wand verrieten dies. Petersburger Hängung. Die Bewohner waren nicht hier. Keine Leichen im Keller, wenn ich das Mal so sagen darf. Im Keller war nur Plunder: Eine Dartscheibe, Tischkicker, alte Holzregale, mit Kisten voller Schnickschnack, Sitzecke, Baseball- und Football-Wimpel an der Wand, so wie ein riesiger Flachbildfernseher, der gegenüber der Sitzecke prangte. Drei Paar dieser riesigen Handschuhe, die man überall in den Stadien in den Fanreihen sieht, hingen dazwischen. Ein Kühlschrank. Potzblitz, werte Ladies und Gentleman und ein dreifaches Halleluja!!! Da standen noch ein paar Bierdosen drin! Da finde ich doch postwendend zum Glauben!! Ich riss sofort eine Dose auf, leerte sie in einem Zug. Eigentlich nicht meine Marke, aber einem geschenkten Gaul … Die anderen wollte ich mit der Suppe zu mir nehmen. Einen Campinggaskocher suchte ich vergebens. Das sollte mich trotzdem nicht davon abhalten, meinen Plan in die Tat umzusetzen und ein Feuer zu machen, da ein Feuerzeug Teil meiner Ausrüstung war. Also suchte ich Holz, alte Magazine und Zeitungen zusammen. Einen großen und einen kleinen Kochtopf, sowie einen Grillrost aus der Küche. In dem großen wollte ich ein Feuer entfachen, in dem kleinen die Tomatensuppe kochen, mit dem Rost die Suppe auf den Feuertopf stellen. Im Keller zündete ich alles an.

Mit alles, meine ich wirklich *ALLES*. Es ging sehr schnell: Meine Holz- und Papierreserven, die ich genialerweise direkt neben meiner Feuerstelle gelagert hatte, fingen sofort Feuer. Als nächstes brannte der Teppich. Ich hatte es nicht sofort bemerkt, weil ich wieder nach oben gegangen war, um mehr Papier zu holen und einen Stuhl, den ich im Keller zu Kleinholz verarbeiten wollte. Schon beim Heruntergehen, sah ich die Rauchentwicklung. Aber zu spät: Sofort darauf gingen die alten Holzregale in Flammen auf. Das konnte ich nicht mehr löschen. Nicht mit meinem wenigen Wasser und das bisschen Spucke, das ich noch hatte. Ich möchte mich nicht herausreden, aber dies war der denkbar beste Zeitpunkt, ein Haus niederzubrennen. Die ganze Stadt sah so aus, wie das Haus nach dem Brand. Auf der Kontra-Seite: Ich machte mich mit der Aktion zur Zielscheibe und wieder musste ich mir eine neue Bleibe suchen. Außerdem wurde die Sache mit der Tomatensuppe nichts. Ein Griff ins Klo. Wenigstens überstand mein Rucksack die Aktion. Und die Moral von der Geschicht? Feuer im Keller macht man nicht …

Block und Haus ließ ich links liegen. Nichts wie weg hier. Falls mich jemand danach fragen würde: Das ist niemals passiert. Jetzt konnte man die Anzahl der Häuser an weniger als fünf Fingern abzählen… Die Strafe folgte auf dem Fuße. Übernachtung, wie schon viel zu oft, im Dreck zwischen Ratten und Mäusen. Eineinviertel Meilen vom Ort des Verbrechens, nein, des Unglücks entfernt. Spätestens am folgenden Tag, wollte ich mir eine provisorische Hängematte basteln, die ich ein paar Inches über dem Boden aufhängen konnte. Hoffentlich lassen mich dann die verdammten Ratten in Ruhe … Ich hatte auch dafür schon meine Abkürzung parat: eine pHM. Nicht mehr lange, und ich würde in der Lage sein, nur noch in Code, mit mir selbst zu sprechen. Ein militärisches Genie ward geboren.

PS: Auf die Hängematte warte ich noch heute, du Genie …

Freemans Logbuch: 16 (irgendwo in der Gosse)

Am nächsten Morgen klopfte ich zuallererst den Staub aus meinen neuen Klamotten. Damit waren sie eingeweiht, in den neuen Ablauf. Nach der gestrigen Brandstiftung verbrachte ich die vergangene Nacht mit leerem Magen, die Wassergewinnung blieb aus. Irgendwie war es gerecht. Die letzten Vorräte reichten gerade noch so für ein mageres Frühstück und waren somit auch aufgebraucht. Außer ... das Katzenfutter ... Ich würde meine Bemühungen verdoppeln, um dieser Sache zu entgehen. Übermotiviert machte ich mich auf den Weg. An der Stadtgrenze von Columbus Junction fielen mir die Feuchttücher wieder ein. Die hatte ich auch noch. Würg. Das eine oder andere, hatte ich ohnehin zwischendurch konsumieren müssen. Eine Gaumenfreude. Nein, ich kaute sie nicht gut durch, sondern quetschte nur das Wasser in ein Gefäß (teilweise gelogen).

Im Zickzackkurs ging es über den Iowa River, beziehungsweise Cedar River. Es hatte zwei Brücken. Es *hatte* zwei Brücken *gegeben* ... Zuerst tat ich das Offensichtliche und suchte am Fluss nach Booten, um mit einem überzusetzen. Mir war alles recht. Meine leeren Wasserflaschen wollte ich zwecks Gewichtsreduktion und Auftrieb erst auf der anderen Seite auffüllen. Boote fand ich keine, dafür aber eine gute Stelle zum Überqueren. Auf der anderen Seite, nicht allzu weit, standen ein paar Bäume. Die peilte ich für meine Landung an. Jetzt fehlte nur noch ein Plan.

Wieder in *Columbo Junction* angekommen, schlenderte ich durch die Straßen, auf der Suche nach einer Lösung. Nach einer Weile, zwischen zwei zerstörten Häusern und umgeknickten und eingeäscherten Bäumen, stand ein kleiner

Swimmingpool. Eine halbe Poolwand fehlte, somit auch das Wasser. Dafür hatte er einen Sandkasten, der einen Mini-Strand nachstellen sollte. Der Kasten war fast vollständig leergefegt. Am Ende des Grundstücks, wo die Reste eines Zauns in der Erde steckten, befand sich ein kleiner Holzaufbau. Der Aufbau war zwar in der Mitte durchgebrochen, aber auf dem Boden lagen zwei *Hello Kitty*-Rettungsringe, sowie zwei paar *Hello Kitty*-Schwimmflügel. Für Kinder. Es war der rosaroteste Anblick seit vielen Wochen. Es gab wieder Farbe in meinem Leben! Ich nahm alles mit und ging zum Fluss. Am Fluss hatte ich die Erleuchtung schlechthin. Geradezu genial: Überall lag Müll herum. Plastiktüten! Die sammelte ich auf, pustete sie zu Ballons auf. Die Enden wurden verknotet, bis der Rucksack gut gefüllt war. Auftrieb! Meine Klamotten stopfte ich ebenfalls in den Rucksack. Mit der Plane wickelte ich den Rucksack zusätzlich ein, um ihn wasserdicht zu bekommen, denn bei der Saukälte mit nassen Klamotten herumzulaufen, machte keinen Spaß.

Meine Beine steckte ich durch die *Hello Kitty*-Rettungsringe und quetschte mich in die Kinderschwimmflügel. Da stand ich also: Nackt. Am Fluss. Frierend. Mit je einem rosanen *Hello Kitty*-Rettungsring um jedes Bein. Zwei Paar Schwimmflügel der gleichen Marke an den Unterarmen. Sie waren so klein, dass ich sie nicht einmal über die Oberarme bekommen konnte. Und das trotz Mangelernährung! Sie rutschten immer wieder herunter. Ich sah an mir herab. So etwas selten Dämliches hatte ich noch nicht gesehen. Meine Zurückhaltung war dahin und ich musste losprusten. Rotz und Wasser heulte ich. So kannst du unmöglich vor die Tür gehen, dachte ich mir, als ich Rotz und Tränen mit einem der Schwimmflügel wegwischte. Dabei kratzte ich mir mit der Naht eine kleine Strieme ins Gesicht.

Es würde der wohl bislang extremste Materialtest in der Geschichte *Hello Kittys* werden. Nie wieder würde ich so leichtfertig sagen, dass mir alles recht ist …

Es musste schnell gehen und es gab keinen einfachen Weg, es hinter mich zu bringen. Das war bestimmt mein Ende. Die Reise über den Hades begann: So watete ich langsam ins Wasser, legte meinen Oberkörper auf dem Rucksack ab, der vor mir trieb. Das war der Tag, an dem ich, Freeman, das Floss neu erfand!!! Nein, wohl eher nicht. Der Kälteschock war immens, aber es funktionierte! Flussabwärts treibend erreichte ich das ersehnte Land, entkräftet, aber glücklich. Nässe und Kälte lehrten mich, was ein richtiger Harlem Shake ist …. Ich hatte keine Zeit zum Pausieren. Nackt ging es weiter, ans gegenüberliegende Ende des Inselchens, wo der Cedar River waberte. Dank meiner Karte war mir klar, dass ich noch einen Fluss überqueren musste. Aber die Stelle war ungeeignet. Es würde dauern, eine gute Stelle zu finden. Ich hatte mir zurechtgesponnen, beide Flüsse in einem Rutsch überqueren zu können. Es stellte sich heraus, dass das nicht möglich war. Also zog ich mich an, wärmte mich auf und wartete bis ich wieder trocken war.

Meine Expedition trug Früchte. Es gab eine gute Stelle. Dort tauschte ich wie schon zuvor, meine Klamotten gegen die *Hello Kitty*-Kampftaucherausrüstung. Ich war der Stolz der Truppe. Es war brutal. Also, nicht nur mein Anblick, sondern auch der Weg durchs Wasser.

Am anderen Ufer zog ich mich zum zweiten Mal halb erfroren und mit letzter Kraft aus dem Wasser. Immerhin hatte ich jetzt ausgiebig gebadet … Mein Platz war wortwörtlich in der Sonne und nicht im Schatten, musste mich unbedingt aufwärmen. Es war nicht zu fassen: Vor mir lagen ein paar Plastikkanister! Dazwischen lag ein Erste-Hilfe Kasten und jede Menge Müll. Na toll. Die Kanister hätte ich auf der anderen Seite gut gebrauchen können. Damit wäre mein Flussabenteuer sehr viel einfacher gewesen. Der Erste-Hilfe Kasten lag wohl schon länger da und hatte Risse. Eine Ecke war herausgebrochen. Die Sachen mussten aus dem Range Rover stammen, der von irgendwem etwas weiter hinten geparkt worden war. Er schien noch zu funktionieren. Alle Türe waren geschlossen. Den Erste-Hilfe Kasten nahm ich mit. Im Range Rover war nichts Brauchbares. Der Schlüssel steckte. Sollte ich? Ich sollte auf keinen Fall! Es erforderte immense Selbstbeherrschung, diesen verdammten Schlüssel nicht herumzudrehen. Der Anblick des Fahrzeugs brachte mich auf eine Idee. Die Frontscheibe war voller Tau. Mit einem relativ sauberen Stofftuch (relativ zu mir selbst), sammelte ich das Wasser, dass sich auf der Frontscheibe gesammelt hatte. Mit leichtem Druck wrang ich es über meinem Mund aus. Besser als nichts. Wenn mir das mal nicht den Magen verstimmte. Wie gerne hätte ich mich hinter das Steuer gesetzt und wäre den Rest der Strecke gefahren.

Hinter einem umgeknickten Baumstamm gab es etwas Windschutz. Dort wickelte ich mich mit allem ein, was mein Rucksack zu bieten hatte. Bewegung bei Unterkühlung konnte zum Problem werden. Der Erste-Hilfe Kasten war ein Reinfall. Er war geplündert, bis auf ein paar Einweghandschuhe und einer Rettungsdecke. Wobei, die Decke kam wie gerufen. Blieb die Frage: Goldene oder silberne Seite nach außen? Ich hatte damals den Start des James Webb Teleskops der NASA verfolgt. Die goldene Seite der Spiegel zeigte nach außen zum Zielstern, um das Licht aufzufangen. Also dachte ich mir: Freeman alter Junge, was die NASA kann, kannst du schon lange ... Kurzum: Goldene Seite nach außen. Es funktionierte. Schlaue Köpfe bei der NASA. Kurz darüber nachgedacht: Weißer Schnee blendet. Das heißt, weiße Oberflächen strahlen Licht zurück. Im Falle der Rettungsdecke, Silber, also auch hell. Im Umkehrschluss müsste ich andersherumgedreht die Hitze von mir abhalten können. War ja auch klar, helle Oberflächen strahlen das Licht einfach wieder ab. Deswegen wäre es ganz schlecht, wenn die Erde vereisen würde. Egal. Ich war näher dran zu vereisen, als die verdammte Erde. Unzusammenhängend, aber wahr: Auch gelber Schnee strahlte Licht wieder ab … Was das letztere mit dem Fall zutun hatte, würde für immer ein Rätsel bleiben. Auf jeden Fall stellte sich nach meiner wissenschaftlichen Analyse enormer Hunger ein. Bewegungsunfähig und zwangspausiert ging ich die Liste von *Le Chef Fréeman's widerlichen Selbstkreationen* durch. Und sie war verdammt kurz: Katzenfutter. Und Katzenfutter mit was? Mit gelbem Schnee? Nicht, wenn ich es verhindern konnte. Und ich konnte! Lieber würde ich auf Baumrinde oder Schuhsohlen herumkauen, um den gröbsten Hunger zu bekämpfen. Baumrinden würde ich mir ja noch gefallen lassen, mit Zwiebeln und so weiter.

Kurz bevor ich unüberlegt meinen Worten Taten folgen lassen würde, ging mir ein Licht auf: Zahnpasta! Mir schwebte ein ganzes Menü vor. Zahnpasta auf Baumrinde. Da schlug *Le Chef Fréeman* also erneut zu. Mir wurde jetzt schon schlecht. Baumrinde und/oder Zahnpasta? Oder Schuhsohle von der Leiche da? Oder die Leiche selbst? Die Letzte Frage brachte das Fass zum Überlaufen. Wie ein Schmetterling im Kokon wand ich mich in meiner Rettungsdecke zur Seite und kotzte mir, mal wieder, das letzte bisschen Leben aus dem Leib. Gleich danach beschäftigte ich mich mit der Frage, ob man eigentlich irgendeine Rinde vom Baum kratzen und sie, wie die Kuh das Gras, kauen konnte? War die Art des Baums egal? Ich wollte nicht die Rinde unterhalb anderthalb Yards verwenden. Vermutlich ist dort Tierurin auf dieser Höhe über den ganzen Baum verteilt. Oder noch schlimmer, Alienpisse. Lückenlos abgedeckt. Alles voll.

Freemans Logbuch: 16 (20 Minuten später)

Also Rinde. Ich wartete bis das Geschlottere erträglich wurde und ließ mich im Sitzen zur Seite kippen. Vorher wischte ich mir noch die Kotze vom Kinn, links und rechts, an meiner Schulter ab. Am Baum hing ein loses Stück Rinde, von ein paar letzten Fasern am Stamm gehalten, dass nun zu meinem Sujet wurde. Es war ein ganz schönes Stück Arbeit, die Holzteilchen mit der Zahnbürste später wieder herauszukratzen …

Freemans Logbuch: 16 (fünf Minuten später)

Irgendwie wirkte das Zeug abführend. Vielleicht war ich doch unterhalb der anderthalb Yard-Grenze gewesen, oder einfach auf der falschen Baumseite. Oder aber auch die Nachwirkungen der Baumrinde. Egal. Bis nachher.

Freemans Logbuch: 16 (eine Stunde später)

Also, die Abwesenheit von circa sechzig Minuten kann ich erklären: Es brauchte etwas Zeit, mich aus der Zwangsjacke namens Rettungsdecke zu befreien und ein Loch in den gefrorenen Boden graben, damit ich einigermaßen zivilisiert auf die Toilette gehen konnte ... Der Rest der Zeit war Sitzungszeit. Jaja, okay. Es könnte auch länger als sechzig Minuten gedauert haben. Ich arbeitete hier schließlich nur nach Bauchgefühl … Mann, war das ein Tag. So viel ekelhafte Sachen hatte ich noch nie an einem einzigen Tag gemacht. Das sprengte alle Rekorde!

Es war später Nachmittag. Die Sonne verschwand schon. Meine Aushubtoilette blieb betriebsbereit. Absolute Vorsicht war hier geboten, denn, mein Magen war noch nicht vollständig wiederhergestellt. So konnte man also auch seinen Magen vom Hunger ablenken … Der kam dafür mit voller Wucht zurück. Dieses Mal würde ich mich mit Zahnpasta so richtig vollstopfen. *Freéman's Karte der widerlichen Selbstkreationen* heute: Erdbeer-Zahnpasta für Kinder, und ohne Geschmack, für Erwachsene. Die für Erwachsene machte den Vorreiter. Alles nur eine Frage der Aussprache: Zahn-Pasta. Al dente. Für den Zahn. Chef du Freéman, du hast dich mal wieder selbst übertroffen … E-KEL-HAFT! … war meine erste Reaktion und ich übergab mich gleichzeitig etwas. Ein Feuchttuch verschaffte hier gegen die gröbsten Flecken auf meiner Jacke etwas Abhilfe. Vielleicht hätte ich warten sollen, bis sich mein Magen etwas mehr beruhigt hatte … Also dann doch die andere. WI-DER-LICH! SpongeBob grinste mir frech entgegen und lachte mich aus. Wenigstens schmeckte der Mist nach Erdbeere.

Der Mensch ist ein Allesfresser. Unterschreibe ich sofort. Zwei Tuben hatte ich eingesteckt. Es kam dem Ansetzen einer geladenen Pistole gleich. Wobei, es war immerhin kein Katzenfutter. Allerdings nahm die Abwärtsspirale zum Katzenfutter einen immer fataleren Verlauf. Aber heute nicht. Nicht heute! Man könnte die Zahnpasta auch mit Holz strecken … Noch ein einziger, weiterer Gedanke über dieses Thema, und ich würde die größte vom Menschen gemachte Kotzparade der Welt einmal quer durch die Nacht und zurück feiern!

Kein Zelt zu haben war ein Problem. Erkenntnis des Tages. Zwischen Brechreiz und Luftholen kam mir eine Idee. Sie war allerdings nur halb gut, weil ich nur in etwa zur Hälfte hineinpasste und das auch nur unter äußersten Anstrengungen. Es gelang mir, mit eisernem Willen und eingezogenen Beinen, mich bis zur Hüfte in den Rucksack zu zwängen. Zugegeben, nicht besonders förderlich für die Blutzirkulation, aber wärmer als vorher. Zudem baute ich meinen pWG auf. Meine Technik beim Aufbau war noch verbesserungswürdig. Erschwerender Weise ließ die Wirkung vom Vicodin auch langsam nach, dass es übrigens zu rationieren galt.

Freemans Logbuch: 17 (Strawberry Fields ... Forever?)

G-Dur D-Dur D-Dur
Straw-berry Toothpaste is bound to take your life
A-Dur G-Dur D-Dur
Weeeell there is tree bar on the rise

Wurde auch Zeit, dass hier mal jemand die Fortsetzung spielte. Mir wurde fast schon langweilig ... Diesmal zwar nur den Chorus, aber der tat es halt auch. Besonders mit meinen neuen Lyrics. Der Song verfolgte mich hartnäckig. Mich beschlich der Verdacht, um ihn loswerden zu können, müsste ich ihn auf der Gitarre spielen.

Die Wasserkollekte wurde sofort vollständig konsumiert. Mann, fühlte ich mich mies. Eine Vicodin folgte auf die Diagnose. Unter mir wand sich eine Ameisenstraße durchs Gras. Frühstück? Frühstück! Aktiv zur Tat schreiten sieht allerdings anders aus. Ich zögerte noch recht lange. Insekten als Nahrung waren mir nur aus Asien und Südamerika bekannt. Lieber Ameisen als Katzenfutter, rationalisierte ich. Optionslos machte ich mich daran, so viele von den kleinen Lebensrettern zu verputzen, wie es ging. Ameisen sind nichts anderes als Popcorn. Wirklich!

Es wurde immer kälter und somit unerträglicher. Schlafsack und Zelt? Mangelware! Aber was konnte man machen? Die Uhr tickte einfach weiter. Es war ihr völlig egal!

Nach dieser Erkenntnis packte ich alles zusammen und befüllte die leeren Flaschen mit Flusswasser. Auf der anderen Flussseite gegenüber von Columbo Junction, machte ich halt und betrachtete den Fluss. Wie um Himmelswillen hatte ich es nur geschafft, da lebend durchzukommen? Trotz meiner *Hello Kitty*-Ausrüstung. Meinen Standort konnte ich ermitteln und begab mich zurück zur Straße. Der Rest des Tages verlief ereignislos. Die Zeit nutzte ich und ersann ein neues Lebensziel: Vor Langweile sterben. Scheiße, wäre das gut.

Am Abend dann, suchte ich mir eine gemütliche Stelle. Zwischen Wurzeln, Matsch, verbrannten Bäumen und vermutlich auch Tod und Exkrementen. Ich schmolz vor Gemütlichkeit geradezu dahin.

Freemans Logbuch: 18 (noch früh in der Nacht)

Schweißgebadet wurde ich aus meinem Schlaf gerissen. Der Nachthimmel: Blau glühende Streifen. Überall und unzählige. Die Luft knisterte und etwas summte monoton in der Ferne, eine tiefe Frequenz einhaltend. Manchmal wurde es von einem hohen klirrenden Geräusch unterbrochen, wie Porzellan, das zu Boden fällt, nur sehr viel lauter. Es stach in meine Ohren und ich musste sie mir zuhalten. Was zum Teufel war das jetzt wieder? Kurz darauf folgte ein enormer Donner, der über mich hinweggrollte. Ich zuckte zusammen. Alles flackerte. Das Licht veränderte sich und strahlte rot die wabernden Nebelschwaden gespenstisch an, die sich vom Flussufer zu mir hinschoben. Es musste ein paar Meilen von hier passiert sein. Kein Grund zur Panik. Kein Grund zur Panik??? Irgendwann hörte diese enorm aufwendige Show einfach auf. Was auch immer da angegriffen wurde, brannte jetzt, war Asche. Was blieb, war der Horizont, der sich feuerrot durch den Nebel brannte. Die Menschheit wurde bei lebendigem Leibe geröstet. Mit diesem Gedanken fiel ich in leichten und mehr als schlechten Schlaf.

Freemans Logbuch: 18 (morgens)

Scheiße. Ich glaube, die Nacht war heftig und ich hatte mich erkältet … Ich war sowas von im ARSCH. Wahrscheinlich durch das Bad im Fluss. Immerhin ein Bad! Lange Rede, kurzer Sinn: Medikamentös beugte ich vor. Mein leichtfertiger Umgang mit dem Zeugs machte mir schon zu schaffen, aber ich musste unbedingt *Chicago* erreichen! War es ein Fehler, dem Psychopathen ein paar meiner Pillen dagelassen zu haben? Das würde sich noch zeigen … Der nächstgrößere Ort war *Muscatine*. Und wenn ich mich nicht total verlaufen hatte, war ich recht nah dran. Das witzige war, dass auf der anderen Flussseite *Muscatines* schon *Illinois* war. Für *Illinois* hatte ich keine Karte. Nur die ersten paar Meilen waren eingezeichnet. Trotzdem steigerte es meine Moral beachtlich. Ich fühlte mich gleich besser. Mein Ziel rückte immer näher. Was konnte jetzt noch schief gehen?

Freemans Logbuch: 18 (mittags)

Also, die Sache mit dem Flughafen ging gewaltig schief. Vorweg: *Muscatine* hatte einen Flughafen. *Hatte*. Ich erhoffte mir, dass die dort ansässigen Restaurants vielleicht noch etwas Essbares hatten. Wie sich herausstellte, war der Flughafen so unfassbar winzig, dass man ihn als solchen kaum erkennen konnte. Es gab keine Restaurants. Nur ein paar Hallen. Im besten Fall gab es dort eine begehbare Küche. Im zweitbesten Fall, Mülleimer mit Essensresten, die schon unfassbar alt sein mussten. Da ich nun aber schon einmal dort war, wollte ich die Mission auch zu Ende bringen und die von mir erhoffte Küche ausfindig machen. Mein *Remington 580* warf mir einen Blick zu, der mir sagte: Freeman alter Junge, jetzt bist du schon so weit gekommen, schultere mich wie einen verwundeten Kameraden, und mach das, was du am besten kannst: Dich auf dein verdammtes Glück verlassen. Aber bitte etwas schlauer als beim letzten Mal. Darauf meine Antwort: *Remington 580*, du alte Quasselstrippe: Dafür, dass du fauler Sack noch nicht einen Schuss abgegeben hast, scheinst du mir eine Riesenklappe zu haben. Bleib so, wie du bist!

Mit anderen Worten: Man konnte schon sagen, dass sich meine Vorgehensweise verbessert hatte. Ich hatte sogar mein Gewehr gepflegt. Zumindest das, was ich davon noch in Erinnerung hatte, versuchte ich umzusetzen. War ja schon eine Weile her. Ich wuchs mit der Aufgabe. Schön diesen Fortschritt noch miterleben zu dürfen … Vielleicht sollte ich öfters mit meinem Schießeisen sprechen …

Stimmen zwischen den Trümmern. Jemand bellte Befehle. Soldaten! Andere Menschen, die noch am Leben waren! Es war schon so lange her, dass ich jemanden gesehen und gehört hatte. Dieses Land war einfach riesig. Auf einmal brach Maschinengewehrfeuer los. Granaten explodierten. Ich warf mich auf den Boden und kroch in Deckung, dann langsam auf die Stimmen zu. Vierzehn. Vierzehn Mann. Sie standen in kleinen Grüppchen. So viele auf einem Fleck. Kulturschock. Die Marines hielten sich hinter einer Mauer in Deckung. Es zuckten Blitze über die Mauer hinweg und Rauch stieg in den Himmel. Es krachte wieder. Ich musste irgendwie auf mich aufmerksam machen, ohne uns alle ins Verderben zu stürzen. Dazu fiel mir nur ein: Weiterkriechen! Wenn dies nicht mein letzter Tag sein sollte, würde er wohl nie kommen … Ich war unbesiegbar!!

Einer der Marines sah meine Aktion und fuchtelte wild herum. Ich interpretierte es als Signal, anzuhalten. Ein Projektil schlug zwischen uns ein. Es dampfte aus dem Loch. Feuerpause. Ich hatte sein Signal wohl richtig gedeutet, oder verdammt viel Glück gehabt. Er bedeutete mir, sofort weiterzugehen. Weder die Marines hinter ihrer Mauer, noch ich selbst konnten so recht glauben, was soeben passiert war und dass wir uns hier im Niemandsland trafen. Einfach so. Als wären wir gerade dabei, den gleichen, verdammten Flug zu nehmen. Irgendetwas zuckte über uns hinweg. Die Marines erwiderten das Feuer. Salven ratterten und Granaten explodierten. Dreck flog uns um die Ohren. Der Ranghöchste kam geduckt auf mich zu. Ein Sergeant. Er war das stereotype Abbild eines amerikanischen Soldaten. Kaukasisch, 6'3", Kurzhaarschnitt. Die meisten Haare waren bereits grau. Mittfünfziger. We want you … DEAD! Stand ihm ins Gesicht geschrieben und das galt wohl den Besatzern.

»Wen haben wir denn da? Die Presse. Es ist gut jemanden am Leben zu sehen. Bist du mit dem Ding da etwa schon lange unterwegs?« Er starrte auf mein *Remington 580*. Ich starrte ebenfalls auf mein *Remington 580*. Dann nickte ich ihm ganz langsam zu, hielt seinem Blick stand. Das schien zu genügen. Hinter uns schlug wieder irgendetwas in den zerfurchten Boden. Ich duckte mich, er nicht. Zog nur leicht den Kopf ein. Lebensmüde, dachte ich. Oder, er konnte sich so etwas einfach nicht leisten. Die Stelle fing sofort an zu dampfen. Was war das für ein Zeug? »Bleib bei uns. Wir bringen dich hier raus.« Ich wollte ihm wirklich glauben. Aber: UM UNS HERUM EXPLODIERTE ALLES. Etwas schlug in das Gebäude vor uns ein. Es donnerte gewaltig. Ich hatte mich gerade aufgerappelt, nur um mich gleich wieder auf den Boden zu werfen. Die anderen Marines gleich mit. Auch der Sergeant. Wortfetzen und Geschrei schlugen mir entgegen. Ich verstand nichts. Chaos brach aus. Die Wand des Gebäudes gegenüber wurde pulverisiert. Staub und Gesteinsbrocken wirbelten durch die Luft und rieselten auf uns nieder. Sobald sich der Staub auch nur etwas verzogen hatte, wanden sich aus dem Loch sehr lange, feine schwarze Haare, die dunkel-blau funkelten. Sie fuchtelten wild herum und züngelten über die Ruine hinweg, dabei wirbelten sie gleich wieder Staub auf. Im nächsten Augenblick waren sie verschwunden.

Ein baseballgroßer Brocken traf einen der Marines mitten ins Gesicht. Er ging sofort zu Boden und röchelte. Einer seiner Kameraden sammelte seine zerschmetterten Zähne ein und steckte sie ihm geistesabwesend, weil in Panik, in die Jackentasche seiner Uniform, während er versuchte, halbherzig etwas gegen die Blutung zu unternehmen. Zur gleichen Zeit richtete sich ein Turm vor uns auf. Etwa drei Yards hoch. Wie ein unnatürlicher, fetter, amorpher Strich, der sich hinter einer Dunstglocke aus schwarzem Dampf versteckte. Es gab Stellen im Turm, die leicht pink-bläuliches Licht abstrahlten. Es glitzerte. Ich starrte es fasziniert an und konnte meinen Blick kaum lösen. So etwas hatte ich noch nicht gesehen. Im Bruchteil einer Sekunde sprengte der Turm unzählige feine Härchen von seiner gesamten Oberfläche ab, die in alle Richtungen gleichzeitig zeigten. Sie hielten absolut still, fingen dann leicht an zu zittern und zuckten plötzlich chaotisch in alle Richtungen. Wubbwubbwubbwubb. Kreischte es hoch und tief zugleich. Zeitgleich flogen unzählige kleinere Projektile in alle Richtungen.

B...O...O...M! Es schlug heftig ein. Jetzt hatte das Geräusch ein Gesicht. Vier Marines wurden von den Füßen gerissen. Einer schrie um sein Leben, nach kurzer Zeit nach seiner Mutter. Zwei waren durchsiebt und mit Löchern übersät, aus denen sie bluteten. Sie sackten an Ort und Stelle zusammen. Eine weiter Marine hatte eines der kleineren Projektile im rechten Oberschenkel abbekommen. Er fiel schreiend zu Boden. Dabei hielt er sich sein Bein. Schwarzer Dampf kroch aus dem blutenden Fleisch empor. Es knallte erneut. Spiralförmige Rauchspuren hingen in der Luft und zeigten in unsere Richtung. Sekunden später lösten sie sich auf. Und gleich darauf krachte es erneut ohrenbetäubend. Ich zuckte heftig zusammen. Als ich die Augen wieder öffnete, lag ein weiterer Marine schwer verwundet auf dem Boden. Er lag im Dreck. Sein Schienbein war gebrochen. Der Mann stand auf, so als ob nichts wäre. Er machte einen Schritt und fiel gleich wieder sichtlich überrascht zu Boden, nicht wissend warum. Ich war vom Anblick der Brutalität gelähmt. Er sah an sich hinab und sah, dass sein Schienbein im Neunzig-Grad-Winkel vom Rest des Beins abstand. Der Marine wand sich auf dem Boden hin und her, bis er sein Gewehr in der Hand hielt, das er beim Sturz hat fallen lassen. Er klemmte es zwischen seine Beine und zielte damit von unten an seinen Kopf. Setzte am Kinn an. Seine Hand glitt zum Abzug. Seine Bewegungen waren ruckartig. Dann drückte er mit einer kalten Selbstverständlichkeit ab, die mich noch lange beschäftigen würde. Sein Körper sackte an Ort und Stelle tot zusammen.

Der Krieg machte keine Pause und wartete auf niemanden. Ein kleineres Projektil zischte an mir vorbei, traf einen Marine. Der Helm auf seinem Kopf wurde von der Wucht des Treffers von seinem Kopf geschleudert. Auch ein Teil seines Schädels. Er sackte zu Boden. »Hilf mir, hilf mir«, flehte er mich an. Ich war am nächsten dran und verwundert das er noch sprechen konnte. Aber was wusste ich schon. Seine Kameraden waren weiter vorne. Er war achtzehn, neunzehn Jahre alt. Wir standen unter schwerem Beschuss. Die Vernichtungskraft des Turms war immens und nur durch Glück waren wir nicht alle gleichzeitig gestorben. Kein Wunder, dass wir innerhalb von anderthalb Tagen vernichtet worden waren. Er drückte seinen Körper nach oben, wie, um Liegestütze zu machen. Seine Hände rutschten im Dreck aus. Er fiel mit dem Gesicht in den Matsch. Ich wusste nicht, was ich machen sollte. Also schrie ich: »Arzt, Arzt!« Niemand kam. Ich drehte ihn herum und berührte seine Wange mit meiner Hand. Wie bei einem Baby. Ich wollte, dass er wusste, dass er nicht allein war. Helfen konnte ich ihm nicht, hatte nichts, um ihm zu helfen. Ich nahm seine Hand, zog ihn aus dem Matsch und bettete seinen Kopf auf meinen Schoß. »Ich bleibe bei dir, ich gehe nicht weg.« Er schloss seine Finger um die meinen. Ich drückte seine Hand. Seine Kopfwunde war übel. Knochensplitter rieben sich an meiner Hose ab. Er spuckte etwas Blut und seine Augen verdrehten sich. Eine Minute später hörte er auf zu atmen. Seine Augen standen noch offen. Ich schloss sie ein letztes Mal für ihn. Irgendwo neben mir schlug ein Geschoss ein. Es war mir egal. Die Situation war unfassbar, einfach unbegreiflich für meinen Verstand. So viel Grausamkeit in nur ein paar wenigen Minuten. Dreck spritzte auf und schlug mir heftig ins Gesicht. Ich dachte noch: Was für ein beschissener letzter Tag auf Erden. Aber wenigstens hat jetzt die Warterei ein Ende. Dann wurde alles schwarz.

Freemans Logbuch: 18 (später Abend)

Creedence Clearwater Revival hatten recht gehabt, es stand ein schlechter Mond über uns. Orientierungslos quälte ich mich in die Welt der lebenden Toten zurück. Alles schmerzte. Es dauerte lange, bis ich einigermaßen klar im Kopf wurde. Das letzte, an das ich mich erinnern konnte, war, wie dreckig sein Gesicht war, und wie jung er aussah. Ich musste ohnmächtig geworden und für Stunden weggewesen sein. Stimmen drangen zu mir hinüber, wie aus weiter Ferne. Unter größten Anstrengungen wälzte ich mich auf die andere Seite. Mein Kopf dröhnte. Marines. Sie saßen um einen Gaskocher herum und spielten Karten, während sie auf ihr Essen warteten. Es roch herrlich. Ich hatte nichts davon. Und wieder versank ich ins schwarze, unendliche Nichts.

Freemans Logbuch: 19

Mir ging es hundeelend. Fieber brodelte in mir. Jemand flößte mir Medikamente und Wasser ein und stopfte mir in Wasser eingesogenes Toastbrot tief den Rachen. Alles brannte.

Freemans Logbuch: 20 und 21

Die Welt um mich herum versank in gleißendem Licht, als ich meine Augen öffnete und die Schwärze verdrängte. Ein Marine tauchte an meiner Pritsche auf. Wie lange war ich fort? Das Notizheft lag noch neben mir auf dem Tischchen. Der Stift war zu Boden gefallen. Unter Mühen hob ich ihn wieder auf. Ich hatte einen einzigen Satz geschrieben, ihn aber nicht beendet. Konnte mich nicht daran erinnern, dass ich überhaupt irgendetwas geschrieben hatte.

Zwei Tage. Ganze zwei Tage ausgeschaltet, war die Antwort des vorbeihuschenden Marines. Es kam mir wie ein Zeitsprung vor. Es waren weniger Soldaten im Bunker als vorher. Und eben noch neben dem jungen Marine im Dreck und Blut gelegen, war ich jetzt ein paar Tage älter. Das Leben hatte sie doch nicht mehr alle. Wenigstens ging es mir schon wieder besser. Eine Erkenntnis ereilte mich: Einundzwanzig Tage (mehr oder weniger) überlebt! Meine Fresse! Plus eins, zwei Wochen. Wenn das kein Grund zum Feiern war. Ich wollte aufstehen und nach Schnaps fragen. Es gelang mir nicht, mir fehlte es an Kraft. Etwas später wurde meine Stimmung von einem Marine gedämpft. Er stellte sich mir als Randy Hill vor, Private First Class. Eigentlich hieß er Randolph. Seine Kompagnons nannten ihn Ramdolph, oder kurz Ram oder Ramdy. Da waren die Jungs sehr kreativ. Sein Vater war Mexikaner, seine Mutter

Amerikanerin, irischer Abstammung. Seine Spitznamen mochte er nur dann, wenn er ordentlich einen getankt hatte. Dann wurde sein Spitzname manchmal Programm. Ein wandelnder Fleischberg, im Vergleich zu mir. Mindestens zwei Köpfe größer. Warum er zwei Kopfe größer als die meisten war, wusste er selbst nicht. Von seinem Vater hatte er es nicht. Er stand etwas im Abseits und guckte immer wieder zu mir herüber und tat beschäftigt. Nach ein paar Minuten überwand er sich und kam zu mir ans Feldbett. Ganz schön schüchtern, für so einen Riesen. Er stellte mir Fragen. Woher ich kam und was ich da draußen gemacht hatte. Wie ich so lange überlebt hatte und vor allem, ob ich Informationen über den Feind hätte. Ich gab ihm eine kurze Zusammenfassung der letzten drei Wochen. Wir kamen ins Gespräch und er erzählte mir, was geschehen war:

»Fuck. Also, wir sahen das Ding runterkommen, waren aber noch ziemlich weit weg. Außerhalb der Stadt. Hatten keine Ahnung, wo genau *Ground Zero* war. Dafür ging's zu schnell, musste aber mitten in der Stadt runtergekommen sein, das Ding. Sekunden später leuchtete es vom GZ aus, verstehst du was ich sage, man? Da war 'ne blaue Kugel mitten in den Häusern aufgetaucht, weißt du was ich meine? Shit, das Ding bewegte sich auf uns zu. Konnte aber nicht lange hingucken, viel zu hell. Verstehst du, was ich sage, man? Mein Kumpel Cuong da drüben, hat zu lang reingeguckt. Seitdem sieht er nichts mehr. Blind wie'n Maulwurf, weißt du was ich meine, Mann? Fuck. Das Ding hatte einen Durchmesser von zwei Meilen, oder so. Frag den Sarge, der weiß es bestimmt noch. Für eine Explosion bewegte sich das Ding viel zu träge, bliess sich wie ein Ballon auf und alles knisterte, weißt du was ich meine? Die Luft knisterte, Scheiße. Meine fuck Haare standen zu Berge und meine Haut erst. Fing an den Armen an zu prickeln, man, so ähnlich wie bei Gänsehaut. Scheiße. Ich konnte's nicht glauben, man. Der Sarge gab den Befehl zum Vorrücken. Ich mein', ich hät` das Gleiche gemacht, wie der Sarge, weißt du was ich meine? Fuck. Schon beim Einrollen in die Innenstadt, bekamen wir 'nen kleinen Vorgeschmack, auf das was da noch kommt. Ich mein' ich hab' kein Problem mit Ärger, aber das! Zu dem Zeitpunkt hatten wir noch Humvees, APCs und Panzer, ein paar Jeeps. Die mussten wir aufgeben, Shit. Da lag zu viel Material 'rum. Stahlbetonbrocken und Schutt und so, du weißt schon, was ich meine. Selbst unsere Panzer kamen irgendwann nicht mehr weiter. In der AO stand nichts mehr. Die Leuchtkugel hat alles plattgemacht, verstehst du was ich meine? Ich komme aus *Kansas City*. Unser HQ ist da in der Nähe. Hatten den Rückzugsbefehl erhalten. Hielten von neununddreißig Nord, vierundneunzig Ost auf die Stadt zu. Das war nahe bei *Buckner*. Kennst du das? War'n vorher woanders temporär stationiert. Hier ging's ja drunter und drüber, du weißt ja, was ich meine? Fuck. Viele Meilen stadteinwärts brannte alles. Scheiße, man. Häuser, Bäume, Sträucher, Parkbänke, Autos. Alles, man. Such dir irgendwas aus. Wirklich alles man. Alles, was aus Holz, Plastik und Stoff un' so, is'. Und Menschen, man. Sehr viele Menschen … Überall tote Haustiere … Weißt du was ich meine? Und der Gestank, man. Der Sarge hatte Funkstille angeordnet. Viel zu sagen hatten wir uns eh nicht. Wir konnten's alle nicht glauben. Das Ding hatte die Leute voll erwischt. Die machten alle ihre täglichen Dinge, weißt du was ich meine? Und gingen dabei in Flammen auf, fuck. Beim Spazierengehen un' so, Arbeiten und Joggen und sowas, du weißt schon, was ich meine, oder? Mit was auch immer die halt gerade beschäftigt war'n. Das muss 'ne Druckwelle gewesen sein, meinte mein Kumpel Alex. War sozusagen der Nerd bei uns. Hat gleich gesehen, dass die Häuser alle vom GZ aus weggeknickt war'n. Wie Kartenhäuser, die im Orkan auseinandergerissen wurden, weißt du was ich meine, Mann? Da stand kein Haus mehr, Mann. Da müssen jetzt noch tausende unter den Trümmern liegen. Scheiße … Hättest mal die Parks sehen sollen. Als ob da jemand mit Absicht verbrannte Bäume hingepflanzt hätte. Und je weiter du gehst, bekommst'e mit, was da eigentlich in der Stadt so alles Explodieren kann: Tankstellen und Öltanks zum Beispiel. Wusste gar nich' dass noch so viele Tanks da rumstanden, fuck. Du weißt doch, was ich meine, oder? Da brennt's immer noch unter den Trümmern. Irgendwann hat sich dann alles verdunkelt. Fast wie bei Nacht, nur das da immer so blaue Blitze durch die Staubwolke gezuckt sind. Die ganze verdammte Zeit. Keine Ahnung, was das war. Der Sarge hat irgendwas vom Teufel erzählt. Hab's nich' verstanden, aber ich glaub' er hat recht. Der Sarge war nicht sicher, ob wir weitergehen sollten. Und ich war nur heilfroh, dass ich das nicht entscheiden musste.«

Er stockte. Sein Oberkörper pendelte leicht hin und her. »Aber der Sarge sagte nur: Fuck. Und ging weiter, weißt du was ich meine? Ein paar von uns dreht'n durch. Der Sarge hatte eine Heidenarbeit, die Jungs zusammenzuhalten. Hat meinem Kumpel Tom da drüben eine auf die Backe gedrückt und hinter sich hergezogen, bis er wieder klar da oben war. Man, du weißt schon was ich mein'. Am Anfang ging's ja noch, mein' ich. Da waren noch ein paar von den Leuten am Leben. Hunderte, Tausende, oder so. Die lagen überall in den Trümmern, du weißt ja, was ich meine, oder? Die konnten wir ja nicht alle rausziehen. War auch gar nich' unser Job, so blöd's klingt. Sorry. Unser Job war so weit wie möglich zum GZ vorzurücken. Also überließen wir den Notfalleinrichtungen den verdammten Job. Die kamen aber auch nicht durch denk' ich. Ich mein', wenn wir schon mit unsrer State of the Art-Ausrüstung nicht weiterkommen. Was soll'n die dann erst machen, man? Shit. Sirenen von denen hab' ich auch keine gehört. Da müssen immer noch so viele in den Gebäuden eingeschlossen sein. Fuck. Du weißt schon, was ich meine, man. Die Geigerzähler gaben auch nichts her. Vielleicht wurden wir von irgendwas geröstet, was wir gar nicht kennen und wissen es nicht mal. Vielleicht wissen die jetzt, wie mein Arschloch von innen aussieht. Du verstehst, was ich meine, oder? Verdammte Bastarde. Wir sind den ganzen Tag marschiert, ich mein' den Sarge, die Jungs und mich, aber wir konnten doch nichts tun, niemanden helfen.«

Dazu fiel mir nichts weiter ein. Blieb einfach nur sitzen und hörte dem Bericht des Private First Class aufmerksam zu und überlegte, ob ich ihm zum Trost meine Hand auf die Schulter legen sollte. Da war die Situation auch schon vorbei. Der Private First Class griff in seine Tasche, zog einen Flachmann heraus und trank einen kräftigen Schluck. Wenn *Kansas* schon nicht mehr existierte, was würde das für *Chicago* bedeuten? Ich behielt meine Frage für mich. Randolph hielt mir den Flachmann vor das Gesicht. Ich griff zu. Der Scotch hatte die gleiche geschmackliche Wirkung in meinem Mund, wie die Lichtbombe des Privates. Sorry, Ram! Mir fiel doch etwas ein: Der Geigerzähler! Randolph erklärte mir, wie man ihn liest. Es war gar nicht so einfach und musste mir ein paar Notizen machen. Das Gespräch strengte mich sehr an. Der Scotch breitete eine angenehme Wärme in meinem Magen aus und harmonierte wunderbar mit der Medizin. Nach und nach füllte sich der Raum mit verdreckten und blutig verkrusteten Marines, die gerade vom Einsatz zurückkamen. Ein paar saßen um den Gaskocher und spielten Karten. Ich setzte mich dazu und spielte ein paar Runden mit. Randolph begrüßte jeden einzelnen Rückkehrer und reichte ihm oder ihr seinen Flachmann. Zwischenzeitlich packte ich meine Drohne aus, um damit zu üben. Die Jungs hatten auch ihren Spaß damit. Versuchten eine Bierdose von Kamerad zu Kamerad zu fliegen. Ich versuchte das Ding über mir selbst schweben zu lassen und anzuheben, um mich selbst zu betanken. War 'ne riesen Sauerei, aber wir hatten alle unseren Spaß.

Freemans Logbuch: 22

Hatte ich mich komatös gesoffen? Fast! Ich hatte keinen Kater. Das war so was von gelogen. Ein bisschen verkatert vielleicht. Lüge! Ich horchte in mich hinein, um diese Frage ein für alle Mal zu klären. Ja … doch … Es war schlimm. Alkohol und Medikamente … Das Letzte, woran ich mich erinnern konnte, war, dass hier irgendwo eine Gitarre herumlag und ich meine Künste zum Besten gegeben hatte. Wo genau eigentlich war dieses Irgendwo? Irgendein Bunker. So viel war sicher. Egal. Mal vom Kater abgesehen, fühlte ich mich wieder gut. Stark. Salonfähig. Ein bisschen versoffen. Okay, jetzt wurde es albern. Ich hätte Bäume ausreißen können. Nein, eher Blümchen. Und man, hatte ich einen Hunger!

Ich setzte mich aufrecht an den Rand meiner Pritsche und guckte an mir herunter. Mir wurde gleich etwas schwindelig. Sie hatten mir die Klamotten ausgezogen. Wahrscheinlich war ich es selbst gewesen und konnte mich nur nicht mrht daran erinnern. Außer die Unterwäsche. Ich besah mich kurz. Es war anscheinend noch alles an mir dran. Nach einem kurzen Blick in meine Boxershorts, konnte ich das abnicken. Gut. Ich war erleichtert.

Mein Rucksack stand neben mir auf dem Boden. Langsam öffnete ich ihn. Mein Herz klopfte ein wenig schneller. War das Schlimmste bereits eingetreten? Eine Tat, nicht wiederumkehrbar. Das Katzenfutter war noch da!!! Die Marines hatten es nicht an mich verfüttert, um erstens mich am Leben zu halten und zweitens, an ihren eigenen Vorräten zu sparen. Ich glaubte zwar auch nach all dem nicht an Gott, aber erleichtert blickte ich gen Himmel und dankte meinen Beschützern.

Der Sarge kam auf mich zu und betrachtete mich neugierig. Er musste mich die letzten zwei Minuten beobachtet haben und wollte gerade zu etwas ansetzen. Dann drehte er sich plötzlich auf der Stelle um. Ein Marine hatte ihm irgendetwas zu berichten. Mir blieb keine Gelegenheit, ihn nach meinem Standort zu fragen. Dann riss mich die Müdigkeit ruckartig in tiefen Schlaf.

Freemans Logbuch: 23

WOW! Was auch immer sie mir für einen Shit gegeben hatten, es wirkte. Ich war gerade mit dem Anziehen fertig und wollte den Sarge aufsuchen, um mich bei ihm für die Gastfreundschaft zu bedanken, als plötzlich die Wände wackelten. Tiefes Grollen erschütterte den ganzen Bunker. Metallisches Kreischen übernahm die Führung des kakophonischen Orchesters. Es war so laut, dass es mir beinahe die Trommelfelle zerfetzte. Mit meinen Händen hielt ich mir die Ohren zu. Sirenen plärrten ohrenbetäubend durch den Bunker. Kommandos, die ich nicht verstand, wurden geschrien und immer wieder Erschütterungen. Wir wurden angegriffen. Ich war sowas von im Arsch.

In Windeseile raffte ich meine Sachen zusammen und rannte den Soldaten Richtung Bunkerausgang nach. Draußen wurde bereits Stellung bezogen. Überall Maschinengewehrfeuer und Explosionen. Im umfunktionierten Einsatzraum des Bunkers briefte ein Staff Sergeant gerade einen Trupp Marines. »Marines, wir befinden uns im Krieg. HURRA! Soeben wurde ich davon in Kenntnis gesetzt, dass wir uns um genau nullneunhundert hier zu positionieren haben.« Er zeichnete mit einem Stift unterschiedlich gefärbte Kreise auf einer digitalen Karte ein. Der Lärm schien ihn nicht aus der Ruhe zu bringen. Draußen wurde es immer lauter. »Hier, hier und hier befinden sich unsere Brüder. Wir sind Grün und beziehen genau hier Stellung. Unser Job ist es nicht, den Feind zurück in die Hölle zu schicken. Wir sind dafür da, den anderen den Arsch zu retten, falls es darauf ankommt. Und ich glaube, es kommt darauf an.« Daraufhin zog er ein paar Linien über die Karte und kurz darauf war ich auch schon an den Marines vorbei und außer Hörweite. Nur das Grölen in unisono der Marines begleitete mich nach draußen. Niemand hielt mich auf. Am Bunkerausgang blendete mich helles Tageslicht. Ich musste die Augen zukneifen. Damit hätte ich rechnen müssen. Es hätte das Ende sein können. Meine Augen gewöhnten sich an die Umgebung. Marines zerstreuten sich in verschiedene Richtungen und verschwanden in ausgehobenen Schützengräben, die sich um den Bunker herumzogen. Was nun? Da drinnen wollte ich auf keinen Fall bleiben. Es war so eng wie in einem U-Boot und ich befürchtete, dass bei einem direkten Treffer der Bunker einstürzen würde.

Kalte, frische Luft durchflutete meine Lungen. Leichter Schneeregen ließ mich frösteln. Im Bunker, der von Heizlüftern und Menschenleibern aufgewärmt wurde, hatte ich die Kälte glatt vergessen. Irgendwo hinter dem Bunker dröhnten Dieselgeneratoren. Offensichtlich keine gute Idee. Vor mir stieg eine riesige Rauchwolke auf. Die Sturmwolken des Krieges zogen mit lautem Donnern heran. Ich stand mitten im Wald. Der Bunker sah von außen nicht militärisch aus. Eher, wie von einem Prepper konstruiert. Deswegen war drinnen so wenig Platz für die Geräte der Soldaten. Der oder die Prepper hatten das Übel wohl kommen sehen. Aber das tun sie ja alle. Anscheinend hatten sie es nicht rechtzeitig in den Bunker geschafft. Ironie des Schicksals.

Eine Flamme schlug mir wie aus dem Nichts aus den Bäumen entgegen. Ich konnte mich gerade noch fallen lassen. Der Himmel blitzte, trotz helllichtem Tag. Der Gegner war geradezu unsichtbar. Die Marines hatten das gleiche Problem. Sie rannten von Deckung zu Deckung, änderten konsequent ihre Position in den schlammigen Gräben und versuchten einen dreihundertsechzig Grad Bereich abzudecken. Es waren viel zu wenige. Einer der Marines stand hinten auf einem Pick-Up, mit aufgebauten schwerem MG auf der Ladefläche und wurde samt Fahrzeug komplett zerfetzt und in alle Himmelsrichtungen verteilt. Das Knattern des MGs verstummte abrupt. Der menschliche Körper bestand zwar zu ungefähr sechzig Prozent aus Wasser, vor mir lagen aber nur noch die restlichen vierzig Prozent. Oder weniger. Das ließ mich denken: Heute ist mit größter Sicherheit mein letzter verdammter Tag auf Erden. Und: Ich bin sowas von im Arsch! Ich überwand meine Lethargie, stand wieder auf und rannte geduckt in die entgegengesetzte Richtung, aus der die Flammen kamen und versuchten, mir den Hintern zu flambieren. Nicht schon wieder! Irgendetwas traf den Bunker und warf mich ein paar Fuß durch die Luft, ich landete unsanft im Dreck, fing mich aber dank meiner Reflexe gerade noch mit den Händen ab. Ein Stock bohrte sich schmerzhaft in meinen rechten Oberschenkel, ich zögerte aber keine Sekunde und zog das Ding wieder heraus. Verdammt nochmal. Humpelnd erreichte ich eine Eiche, stellte mich hinter ihren Stamm und hielt mich daran fest, um zu verschnaufen. Panik machte sich breit. Ein blauer Blitz verdrängte die Schatten zwischen den Bäumen. Dann zerfetzte eine stumme Explosion ein paar Bäume und lichtete den Wald an dieser Stelle. Knistern. Die Bäume fielen krachend auf den erdigen Waldboden, das Knistern hielt an. Feuer breitete sich rasend schnell aus und fraß sich durchs Geäst. Ich musste hier schleunigst weg.

Und ich wurde verfolgt. Ich humpelte weiter, und immer weiter … bis ich stolperte.

Während des Sturzes griff ich nach Wurzeln, Blättern, Steinen, Erde, versuchte Halt zu finden, meinen Sturz zu mildern, oder gar zu stoppen. Ich hatte mit dem Rücken nach unten zu meinem Gleitsegelflug angesetzt. Der Aufprall war hart, aber wenigstens brach ich mir nichts, denn der Rucksack hatte einen Teil des Impakts abgefangen. Ich war in ein Erdloch gestürzt. Ja genau, wie im Comic. Hatten bestimmt die Prepper gebuddelt. Vielleicht hatten sie vor, eine Tierfalle daraus zu machen. Zum Glück waren keine spitzen Stacheln im Boden installiert, wie man es erwarten würde. Wer wusste schon, was die vorhatten? Nach meinen ersten Anläufen nach oben zu klettern, legte ich eine Pause ein. Da waren nur mein Atem und das Rascheln der Bäume. Geräusche von oben unterbrachen die Pause und drangen von oben in das Erdloch ein. Es klang metallisch und schwer. Manchmal zischte und kratzte etwas. Sofort begann ich, Dreck über mich zu schaufeln. Einzig, ein kleines Luftloch sparte ich aus. Ein Schatten wurde nach unten geworfen. Mein Adrenalin war kurz davor, mir aus den Ohren zu laufen. Erde prasselte von oben auf mich herab. Eine Dampfwolke schweren schwarzen Dampfes tropfte über den Rand des Loches und verpuffte beim Sturz nach unten im Nirgendwo. Was auch immer da oben war, es stapfte einfach weiter. Es hatte das Loch wohl nicht entdeckt. Das hoffte ich zumindest. Ich war zwar in Panik, hätte mir aber trotzdem nur zu gerne angesehen, was da oben war. Selbst wenn ich es so schnell bis nach oben schaffen würde, wäre es das Letzte, was ich sehen würde. Die Drohne! Damit konnte es gelingen. Ein übler Geruch zog mir in die Nase. Nein, er zog mir nicht einfach nur in die Nase, er schlug mir die Nase quasi grün und blau. Wie schon bei den Raupen, nur da war es im Verhältnis noch dezent. Das Ding da oben war eindeutig größer. Proportional verhielt sich wohl der Geruch. Mir wurde leicht schwindelig. Ich musste mich beherrschen, in meinem Loch nicht alles vollzukotzen.

Meine Ungeduld überrumpelte mich schon kurze Zeit später. Die Schmerzen vom Sturz, wie weggeblasen. Ich musste die Drohne jetzt starten, bevor es zu spät war und sich die Spur verlieren würde. Sie war unversehrt und im Nu aktiviert. Eine gewisse Routine griff bereits. Fast lautlos ließ ich sie aus dem Loch steigen. Wie sah das Ding da oben aus? Gebannt starrte ich auf den Bildschirm des Controllers. Nach ein paar Drehungen mit der Drohne dauerte es nicht lange, bevor mir fünf Eindruckstellen im Erdboden auffielen, die ein Segment bildeten. Bei jeder zweiten Wiederholung, fehlte ein Abdruck. Die Abdrücke waren rechteckig und etwa vierzig Inches Lang und zwanzig Inches breit. In jedem Abdruck enthalten, waren viele kleine weitere kubusförmige Abdrücke, die den gewaltigen Abdrücken zuvor glichen. Mein Display zeigte eine ganze Menge Bäume, allgemeinhin auch als Wald bekannt. Büsche, die zu dieser Jahreszeit ihr Blattwerk abgeworfen hatten, wuchsen dazwischen und füllten den Waldboden auf. Ich hielt eine Höhe von dreimeterfünfzehn. Keine Ahnung, wie hoch das in Yards oder Inches ist, konnte es aber in Relation zur Umgebung setzen und so die Flughöhe abschätzen. Ich ließ die Drohne den Spuren folgen. Zwischen einer kleinen Baumgruppe bestehend aus vier Bäumen, umnebelte schwarzer Dampf einen großen Teil des vordersten Baumes, sowie einen Baumstumpf direkt daneben. Aus der Dunkelheit blitzen blaue Punkte auf. Es war still. Nur die Äste und der Dampf wurden vom Wind hin- und hergeworfen. Das Objekt bewegte sich nicht. Die Lautsprecher der Drohne registrierten ein Knacken. Daraufhin richteten sich unzählige kleine Röhrchen an der Oberfläche des Objekts auf, aus denen schwerer schwarzer Dampf herausquoll und zu Boden fiel. Eins der Beine stieß davon, krachte in einen Baum und harkte sich darin fest. Als es sich vom Baum losriss zerfetzte es den Baum in Stücke, so dass er beim nächsten Windstoß umstürzen würde. Es knackte erneut in den Lautsprechern. Statisches Rauschen setzte für einen kurzen Moment ein. Gleich darauf sprengte das Objekt davon. Bäume stürzten tosend zu Boden, und mit jedem Schritt, den dieses Ungetüm machte, wurde der Waldboden umgegraben und Büsche flogen umher. Dann war es weg.

Wie angewurzelt saß ich auf meinem Erdhaufen und steuerte die Drohne zurück. Es dauerte einen Moment, um wieder klar denken zu können und das Gesehene zu verarbeiten.

Meine erste Maßnahme war, mich von Erde, Dreck und Würmern zu befreien. Moment mal. Würmer? Die konnte man bestimmt essen! Das reihte sich doch wunderbar mit den Ameisen in meine Rezepte ein. Wieso war ich da nicht früher draufgekommen? Also, die Würmer behielt ich. In meinem Rucksack befand sich noch ein Erdnussbutterglas, das wie durch ein Wunder nicht zu Bruch gegangen war. Wir hatten praktisch richtig Geschichte zusammen geschrieben. Vier Würmer wanderten in dieses Glas. Ich hätte noch ein paar mehr mitnehmen können, wollte aber die Kirche im Dorf lassen und vorher abwägen. Nicht das ich noch fett wurde … Und noch eine Nachricht an das Katzenfutter: Du wirst dich wirklich anstrengen müssen, um von mir verspachtelt zu werden. Oh Gott … war das ekelhaft. Naja, für den Moment jedenfalls, war ich nicht besser aufgestellt als diese Würmer. Im Loch harrend, war ich der noch viel größere Wurm. Ich musste hier schleunigst raus.

Sowas Saublödes … Ich hatte kein Seil dabei. Wieso hatte ich kein Seil dabei? Das ist doch das, was man als aller erstes mitnimmt! Es kam auf meine Einkaufsliste … Die

Plane war zu kurz, um sie als Seil zu verwenden. Mir ging es darum, nicht mit dem Rucksack klettern zu müssen. Die Drohne konnte die Last nicht heben. Ich würde wohl nicht drum herumkommen, mit Rucksack zu klettern. Verdammter Mist.

Das Trauerspiel eines Aufstiegs begann mit einem klassischen Bodenklatscher. Beim nächsten Anlauf schaffte ich es wieder etwas rauf und gleich wieder etwas runter. Etwas weiter rauf. Ganz herunter. Ich konnte nicht gerade von mir behaupten, mit jedem Versuch besser zu werden. Kleine Umdrehung. Vielleicht war eine andere Stelle einfach besser geeignet. Wieder rauf, so hoch wie nie zu vor! ICH KANN DAS! ICH FLIEGE … Ja, aber nur nach unten! Und schlug unsanft auf dem Boden auf. Nach unten war es immer ganz leicht. Wirklich. Ich spuckte etwas Dreck aus und versuchte es an einer anderen Stelle. Wenigstens durfte ich alle meine Zähne behalten. Die Anzahl der blauen Flecke und Schürfwunden nahm dafür zu.

Es gab eine gute Stelle, an der mir der Aufstieg gelang. Frustriert zog ich mich mit dem letzten bisschen Kraft über den Rand, an die frische Luft. Beim letzten Stückchen verfing ich mich mit dem Rucksack an einer Wurzel. Das war nervenaufreibend. Der Rucksack wäre fast gerissen. Oben holte ich kurz Luft und verwendete sie darauf, wie zehn Matrosen zu fluchen. Ich hasste dieses Loch auf persönlicher Ebene. »KOMMT DOCH HER, IHR ALIEN-WICHSER!!!«, schrie ich frustriert gen Himmel. Und schon bereute ich meine Entscheidung, hier so wie ein Geißbock herumzublöken, denn, sie nahmen meine Einladung an. Ein mir vertrautes, immer lauter werdendes Summen kam schnell auf mich zu. Schatten flitzten über mich hinweg. Fluggeräte! Sie suchten mich, oder hatten mich gefunden.

»Scheiße… Ich bin sowas von im Arsch! « Ich verlor keine Zeit, nahm die Beine in die Hand und rannte, so schnell ich konnte, tiefer in den Wald.

Sie donnerten mehrmals über mich hinweg und versuchten sich an mich zu heften. Bei meiner Flucht rutschte ich in einer Matschpfütze aus. Dabei fiel ich in den Dreck und war komplett eingesaut. Egal. Im besten Fall trug es zu meiner Tarnung bei. Ich rappelte mich auf und rannte weiter. Mein verletztes Bein schmerzte. Setzte über einen kleinen Bach hinweg und über einen umgestürzten Baum. Dahinter warf ich mich auf den Boden. Der Wald war sehr dicht. Ich kauerte mich unter einen Stamm. Er war mit Moos überwachsen und ein paar Pilze wuchsen dort. Essen! Sagte mein Magen. Du Trottel bist doch auf der Flucht! Sagte mein Gehirn. Außerdem kennst du dich mit Pilzen doch gar nicht aus! Schlaumeierte mein Gehirn weiter. Dafür aber mit Durchfallgeschichten! Fügte meine Magen zynisch hinzu. Damit konnte ich mittlerweile Bände füllen. Wo nahm ich nur die Zeit dafür her? Egal. Deswegen: *Nein* zu den Pilzen! Gehirn gewinnt!

Kaum kam ich zum Stillstand, hörte ich das Summen und Surren der Flugapparate. Nach wie vor wusste ich nicht, was für einen Zweck diese Fluggeräte hatten. Dass sie mich suchten, stand allerdings außer Frage. Tatsächlich hatte ich das Gefühl, dass sie mich eigentlich schon gefunden hatten und nur ein makabres Spiel mit mir spielten. Vielleicht gab es in ihren großen Kolossen Wissenschaftler, die mich gerne Mal mit allen möglichen Nadeln oder Laserstrahlen piksen wollten, oder Analsonden, wie sie in diversen Zeichentrickfilmen propagiert werden, einführen. Einer der Apparate blieb genau über mir stehen und rührte sich nicht. Ich quetschte mich noch weiter unter den

Stamm. Mein Bein brannte schmerzhaft. Fänden sie mich, wäre es vorbei, Game Over. Eine Spinne krabbelte über meine Hand. Ich ließ sie gewähren. Meine Hände waren so voller Schlamm, dass mich das Gekrabbele nicht störte. Eher der Anblick. Ich nahm den feuchten, erdigen Geruch des Waldes in mich auf. Vielleicht ein letztes Mal. Die Pilze rochen ganz hervorragend! Nein, Herrgott! Meine Klamotten waren nass und mir wurde schnell kalt. Irgendwann nahm das Surren und Summen ab. Es wurde leiser und der Schmerz ließ auch etwas nach.

Dass so Weitreisende keine Technologie hatten, um durch ein paar blöde Bäume zu gucken, wollte ich einfach nicht glauben. Das wäre im Verhältnis so, wie nur mit der Kapazität eines einfachen Taschenrechners zum Mond zu fliegen … Moment. Das hatten wir ja wirklich getan … Nein, wir hatten es hier mit einem ganz anderen Kaliber zutun. Der Mond war eine Sache. Diese Frage blieb unbeantwortet. Dafür gab es aber vielleicht eine Antwort darauf, warum sie hier alles vernichteten. Wer so weit reiste, liess alles Bekannte zurück. Sie hatten kein Zuhause, keine Freunde und Familie mehr. Falls sie überhaupt Strukturen dieser Art hatten. Ein weiterer Gedanke dazu kam mir etwas später. Da Reisen durch das All sehr lange dauerte, war die angreifende Flotte bei Ankunft bereits veraltet und musste nach Möglichkeit alles Vernichten, den Vorteil des Erstschlags ausspielen. Das Ziel durfte nicht überleben. Rache durfte nicht möglich sein. Falls es überhaupt lebende Wesen waren. Vielleicht waren es nur Maschinen. Unbestreitbar waren sie hier. Unwahrscheinlich, aber dennoch musste ich darüber nachdenken: Konnte irgendeine irdische Nation solch Kriegsgerät bauen? Die Russen mit Sicherheit nicht. Oder waren es einfach nur eine halbe Meile hohe Arschlöcher, die alles in Schutt und Asche legten? Das mit Sicherheit! Mir kam der Gedanke an eine Art Volkszählung. Die verbliebenen Menschen und/oder alle Lebewesen zu zählen. Eine riesige Bestandsaufnahme. Auch das war nur eine weitere Spekulation. Vielleicht war es für sie gar nicht nötig, uns alle auf einen Schlag auszulöschen. Vielleicht genügte es ihnen, die Bedrohung auszuschalten. Jemand wie ich, war für sie, äh ja … keinerlei Bedrohung. Wie dem auch sei, ich würde sie weiter beobachten müssen. Aber ich hoffte nicht, aus dieser Nähe. Eines der Fluggeräte blieb jedoch plötzlich stehen. Es ruckte hin und her. Im nächsten Augenblick spuckte es eine schwarze Wolke, dreihundertsechzig Grad um sich herum aus. Auf dem Waldboden um mich herum klickte und raschelte es überall, wie ein kurzer, intensiver Regenguss. Dann flog es davon und blieb an einer anderen Stelle erneut in der Luft stehen und wiederholte den Vorgang. Was hatte es da gemacht? Ich überwand mich und kam aus meinem Versteck hervor. Eigentlich wollte ich wieder zum Bunker, traute mich aber nicht zurück. Wahrscheinlich war sowieso alles im Arsch und alle tot. Aber wenn noch jemand am Leben war, musste ich es wissen. Also, Augen zu und durch. Zurück zum Bunker. Ich stand vor dem Baumstamm und suchte den Himmel ab. Etwas kratzte unter mir am Baumstamm. Raupen! Das also hatte sie ausgestoßen. Die ganze Gegend war verseucht. Flucht und Panik in umgekehrter Reihenfolge!

Meine kopflosen und von Panik ausgelösten Richtungsänderungen machten mich orientierungslos. An einer kleinen Lichtung, umgeben von Sträuchern hielt ich inne, um kurz zu verschnaufen. Dort suchte ich mich auch gründlichst nach Raupen ab. Nichts. Keine einzige. Irgendwie hatte ich es geschafft, dem Unheil zu entgehen. Es dauerte eine ganze Weile, den Bunker wiederzufinden. Mein Bein pochte vor Schmerzen und ich verarztete es gleich bei Ankunft. Meine nassen, matschigen Klamotten machten mir ebenso schwer zu schaffen. Die musste ich dringend loswerden.

Der Bunker war wie zu erwarten zerstört. Die Prepper hier hatten offensichtlich keine Ahnung davon, wie man einen richtigen Bunker gegen Alienwaffen baute … Aus den Trümmern ragte ein abgetrennter Arm heraus. Ein Teil von einer rechten Hand hing noch am Stumpf. Der kleine Finger schien völlig unverletzt. Alle anderen Finger und die restliche Hand gab es nicht mehr. Wirklich ekelhaft, aber mir wurde immer weniger schlecht davon. Der Schutt in unmittelbarer Nähe war blutverschmiert. Wirklich unwahrscheinlich, dass darunter noch jemand am Leben war. Da war nichts mehr zu machen. Ich schritt das gesamte Trümmerfeld ab und bewegte ein paar Brocken. Viel brachte es nicht. Ein Spind lag quer unter den Trümmern. Den wollte ich freilegen. Ein Marine lag unter ihm begraben. Etwas Schutt lag auch auf ihm. Nach zirka zwanzig Minuten des Steine Hebens, war es dann so weit: Abgeschlossen. Das war so was von klar! Ich musste das Ding einfach aufbekommen. Zuallererst trat ich gegen die Tür. Vor dem lauten Krach erschrak ich selbst. Sofort blickte ich Richtung Himmel. Wann würde ich es lernen? Die Wolken zogen sich zusammen. Vielleicht würde es wieder anfangen zu schneien. Wohin würde ich gehen, wenn die Flugapparate wieder kämen? Oder etwas noch viel Schlimmeres? Die mögliche Fluchtrichtung abwägend traf ich eine Entscheidung: Immer der Nase nach. Hier sah sowieso alles gleich aus. Baum + Baum + Baum = Wald. Ich erkannte nur die Richtung, aus der ich vorhin vom Bunker weg ging und ins Prepperloch fiel.

Da dann halt nicht hin. Hoffentlich würde ich im Ernstfall auch daran denken und meine Amygdala bezwingen, die uns Menschen gerne zu den uns bekannten Dingen treibt. Aber zuerst wollte ich mir von dem Kameraden, der unter dem Spind steckte, die Klamotten auf unbestimmte Zeit ausleihen. Tiefer im Dreck und Trümmern lagen neben Körperteilen auch Metallstangen, die man zur Genüge in den Betonwänden verbaut hatte. Dass die Stangen einen glatt durchbohren konnten, wenn die Wand explodierte, schienen die Prepper nicht vorausgesehen zu haben. Damit wollte ich den Spind aufbrechen. Die Tür klemmte zwar etwas, aber zur Abwechslung ging es mal recht schnell. Das Bild eines Marines, seiner Frau und deren Sprössling hing an der Tür. Von den Sachen war nichts weiter zu gebrauchen. Der Marine war der, der unter dem Spind lag. Mich beschlich das Gefühl, dass er dieses Bild vor der Zerstörung retten wollte. Ich hob den Spind an und verpasste ihm einen kräftigen Schubs mit meinem Oberschenkel und beförderte ihn so neben den Marine. Dann machte ich mich daran, ihn zu entkleiden und mir seine trockenen Sachen anzuziehen. Ich fühlte mich gut und schlecht gleichzeitig. Eine Jacke trug er nicht. Ihm war das Bild wahrscheinlich wichtiger. Im Bunker gab es ansonsten nichts mehr Brauchbares. Draußen fand ich einen Marine, der immerhin zur Hälfte an einem Baum lehnte. Die andere Hälfte lag hier bestimmt auch noch irgendwo herum … Er hatte einen Rucksack an. Mit einem Tritt beförderte ich den Torso auf die Seite.

»Man, du siehst gar nicht gut aus, Kumpel …« Der Grad meiner Verrohung nahm erschreckend zu. Wenigstens fiel mir das noch auf. Welche Überraschungen wohl sein Rucksack enthielt? Eine Feldflasche. Ich schüttelte sie. Es war etwas darin. Ein Flachmann!! Auch hier schwappte eine Flüssigkeit umher!! Drei Mullbinden! Ein Notizblock. Er hatte zu meiner Freude einen Klappspaten am Rucksack befestigt. Den nahm ich natürlich auch noch an mich. Das sollte die Sache mit der Toilette vereinfachen und man konnte Nahrung darauf braten, falls man wahnsinnig genug war, ein Gefecht dafür in Kauf zu nehmen. Der Rest war für mich wertloser Kram. Ich blätterte den Notizblock durch. Auf der Innenseite des Umschlags stand ein Name und eine Adresse. Marshall Brooks hieß unser Mr. Fifty-Fifty, der Marine, mit bürgerlichem Namen. Aus *Chicago*. *South Spalding Avenue* in *Gage Park*. Afroamerikaner. Ein Bild seiner Familie klebte auf der Rückseite des Covers. Die restlichen Seiten waren leer. Den Notizblock konnte ich noch gebrauchen. Dann war da noch eine Packung MRE, *Meal Ready to Eat*. Sir ja, Sir!!!

Ich zog meine Hose herunter, desinfizierte und verband meine Wunde am Bein. Die Hose war mir etwas zu lang und zu weit, aber besser als an Unterkühlung zu sterben. Mit dem Gürtel konnte ich das Schlimmste verhindern. Damit meinte ich mein Bauarbeiterdekolleté. Der Whiskey aus dem Flachmann war meiner würdig. Rauchig im Abgang und feurig auf der Beinwunde. Es brannte ordentlich, war aber auszuhalten. Dann spülte ich mit einem weiteren Schluck eine Vicodin-Tablette hinunter. Ich brauchte unbedingt mehr davon. Von beidem! Der Whiskey tat bereits sein Werk und hob meine Stimmung deutlich! Die Beinwunde war nicht so tief. Es würde in ein paar Tagen wieder gehen. Jetzt nervte sie nur. Vor allem, als die Wunde noch nicht verbunden war. Die Hose rieb ständig daran. Schnee von gestern. Die Dämmerung setzte ein. Ein paar Schneeflocken fielen vom Himmel herab und zerschmolzen auf meinem Gesicht. Ich hatte noch kein gutes Versteck. Und hier, beim Bunker, konnte ich auf keinen Fall bleiben. Ich konsultierte meinen Kompass, denn ich musste Richtung Osten. Ich musste eine Straße finden, um mich zu orientieren. *Muscatine* war nicht mehr weit und bis dorthin wollte ich es unbedingt schaffen.

Die Sonne war fast vollständig untergegangen, als ich endlich die verfluchte Straße fand. Weitere Fehler konnte ich mir heute nicht mehr leisten und behielt den Kompass stets im Auge. Nach zirka dreißig Minuten kam mir die Umgebung bekannt vor. Es war die Straße zum Flughafen, wo ich in das Feuergefecht geraten war. Die Ausläufer *Muscatines* erstreckten sich bis hier her. In einem verwüsteten Straßenzug stand ein zum Wohnmobil umgebauter Truck. Die Fahrerkabine war leer. Ein paar Klamotten und leere Bierdosen lagen darin herum. Es war still und kalt. Ich zog mir die Kapuze über. Vielleicht würde das Ding sogar noch fahren. Zu meiner Überraschung war die Fahrertür nicht abgeschlossen. Wenn der Truck bis jetzt nicht vernichtet worden ist, würde er bestimmt auch bis morgen noch durchhalten. Im Truck stürzte ich mich zuerst auf die Essensration des Marines. Sie war verpackt und frisch. Es war die beste Mahlzeit seit Wochen. Es sei denn, man hatte mir im Bunker während meiner Ohnmachtsphasen Hummer eingeflößt …

Direkt danach roch ich an jeder einzelnen Bierdose. Traurig, aber wahr. Irgendwann hatte ich genug davon und legte mich schlafen. Manchmal musste man sich eben auf sein Glück verlassen …

Ein Schuss krachte durch die Nacht. Der Schrecken riss mich aus dem Schlaf. Kurz danach zogen Stimmen an mir vorbei. Zwei Frauen, ein Mann. Sie diskutierten darüber, in welcher Gegend sie als nächstes nach Wertgegenständen suchen sollten. Sie klangen betrunken. Schön, mal wieder jemanden von der eigenen Spezies anzutreffen …

Ich zog den Kopf ein und hoffte inständig, dass mich der Mini-Mob nicht finden würde. Und wieso hatten sie überhaupt mitten in der Nacht geschossen? Auf was? Das Trio schien mir nicht gerade von der hellsten Sorte zu sein. Dann zogen sie laut diskutierend ab. Hoffentlich würden sich unsere Wege nie wieder kreuzen. Zumindest für heute Nacht verliess mich das Glück nicht.

Freemans Logbuch: 24 (morgens, Winter)

Neuer Highscore! Vierundzwanzig Tage überlebt, entsprach vierundzwanzig Punkten. Zufrieden streckte ich alle Viere von mir und ließ so viele Knochen wie möglich knacken. Gleich darauf zog ich feierlich das Erdnussbutterglas aus meinem Rucksack und betrachtete es weniger feierlich von allen Seiten. Den Würmern schien es prächtig zu gehen. Aber nicht mehr lange denn, heute würde sich meine Überlebenstrategie um einen *LeChef-Menüpunkt* erweitern. Meine Hand war schon ganz feucht und zittrig vor Nervosität. Ich atmete tief durch, drehte den Verschluss des Glases langsam auf. Erdiger Geruch stieg empor. Nur mit viel Wasser würde es zu schaffen sein, diese Würmer hinunterzuspülen. Zerkauen kam nicht in Frage. Igitt. Einen nach dem anderen zu vertilgen und es einfach irgendwie hinter mich bringen, so sollte es gehen. Mit Daumen und Zeigefinger entnahm ich dem Glas den ersten Wurm. Er versuchte sich um sich selbst zu winden. Kleine Erdbröckchen klebten im Wurmschleim an ihm. Gooott, wurde mir schlecht. Aber ich musste ihn herunterwürgen. Es war ein Kampf auf Leben und Tot. Für uns beide. Was war die beste Vorgehensweise? Erst das Wasser in den Mund, oder den Wurm? Die Lösung des Problems ließ fast zwei Minuten auf sich warten. Also, so wie man Tabletten zu sich nimmt, beschloss ich. Erst den Wurm und dann zack, eine ordentliche Ladung Wasser hinterher kippen. Dieser kleine, schleimige Drecksack. Ich friemelte die anderen drei Würmer vorsorglich aus dem Glas und legte sie vor mich auf die Ablage der Fahrerkabine. Wir starrten uns eine Weile an. Vier gegen einen. Sie waren zwar in der Überzahl und schüchterten mich arg ein, aber ich musste Zähne zeigen. Ein Wurm nach dem anderen, sollte so schnell wie möglich in die ewigen Jagdgründe meiner Verdauung befördert werden, ohne meinem Magen auch nur den Hauch einer Chance zu geben, das genaue Gegenteil zu tun und die gesamte Fahrerkabine mit Wurmkotze zu füllen. Wäre die gleiche Methode anwendbar, um mich mit Katzenfutter zu quälen? Sehr wahrscheinlich. Die Antwort war mir viel zu positiv konnotiert. Egal. Eins nach dem anderen und jetzt erstmal das Gehirn ausschalten. Sei eine Maschine, die Würmer verarbeitet. Werde eins mit dieser Maschine, Freeman.

Zack! Wurm 1: Runter und Wasser marsch!
Zack! Wurm 2: Wasser marsch!
Mein Magen hielt. Mein Verstand haderte.
Zack! Wurm 3: Wasser marsch!
Und zack! Wurm 4. Wasser, Wasser und nochmals Wasser marsch!!!

Es war vollbracht … Mein Gehirn ließ ich noch eine Weile aus. Bedauerlicherweise hatte ich bei der Aktion fast mein gesamtes sauberes Trinkwasser aufgebraucht. Sowas dämliches. Schon mal was von Kosten/Nutzen gehört, Freeman? Beim nächsten Mal musste ich mich wirklich zusammenreißen. Wenigstens blieben die Würmer dort, wo ich sie haben wollte.

Die morgendliche Sonne durchflutete die Fahrerkabine. Eine gute Möglichkeit, mich noch etwas genauer im Truck umzusehen. Kaugummi. Anzahl: Eins. Frisch verpackt. Big fuckin' Red. Natürlich konnte ich nicht widerstehen. Moment. Hatte sich da gerade etwas in meinem Magen bewegt? Schwachsinn. Nur Einbildung … In der Fahrerkabine lagen ein Paar Socken herum. Mein Sockenaustauschprogramm zeigte vollen Erfolg, trug von nun an zwei Paar. Jetzt konnte der verdammte Winter ruhig kommen! Ich vertraute darauf, dass der Trucker sich anständig wusch. Die Ironie des Gesagten erschloss sich mir sofort. Gott sei mit mir und gib mir Kraft. Zum Glück lagen die Socken hier wohl schon eine ganze Ewigkeit herum, und konnten ordentlich durchlüften. Somit erübrigte sich der Geruchstest. Mit neuer Ausstattung für meine Füße und etwas mulmigem Magen verließ ich mein Heim auf vier Rädern. Der eisige Wind schlug mir auch gleich beim Verlassen des Trucks eisig entgegen. November. November? Bestimmt. Der Himmel war grau und bewölkt. Vor mir lag die Straße. Sie mündete in einen Highway. Der Flughafen war auf der Karte eingezeichnet. Das war mein Orientierungspunkt. Highway Sixty One. Ich war fast in *Muscatine*. Eine andere Sache stieß mir neben den Würmern trotzdem sauer auf: Der nächstgrößere Ort nach *Muscatine* war *Davenport*. Unweit von *Davenport* gab es ein Atomkraftwerk. War es intakt? Oder wurde ich bereits mit tödlicher Strahlung beschossen. Zwischen mir und *Chicago* lagen noch ein paar Atomkraftwerke. Moment mal. Hat sich da gerade doch vielleicht etwas in meinem Magen bewegt? Das machte mich noch ganz verrückt! Dieses Wurm-hin und Wurm-her. Entscheidet euch mal! Den Gedanken an Tot durch Strahlung hätte ich definitiv energischer verfolgen sollen, als er mir zum ersten Mal in den Sinn kam. Beziehungsweise, mehr Energie darauf verwenden sollen, einen verdammten Geigerzähler aufzutreiben, oder wenigstens Jodtabletten ... Egal, der Zug war abgefahren und für einen Rückzieher war es sowieso zu spät. Mein Plan stand: Highway Sixty One und non-stop nach *Muscatine*. Ich komme, Baby!

Stadteinwärts standen viele Autos in Trauben zusammen. Die Türen waren fast überall offen. Das gleiche Bild, wie in vielen anderen Orten, durch die ich gezogen war. Es sei denn, sie waren ausradiert. Dann blieben nur Krater, verbrannte Erde und Wrackteile, großräumig über das gesamte Gebiet verteilt. Leichter Schneeregen setzte ein. Mir kam der Gedanke, dass ich ab jetzt besser immer einen meiner Wasserbehälter am Körper tragen sollte, damit es nicht einfror. Einfach, aber genial. Für den Einfall lobte ich mich selbst. Manchmal durfte man das. Vor allem, wenn das Überleben davon abhing. Würde dieser Ort noch stehen, hätte sich die Stadt beim Betreten zunehmend verdichtet. Stattdessen passierte mehr oder weniger das Gegenteil. Verbrannte Erde, Asphaltbrocken, die aufrecht im Boden steckten und früher einmal die Hauptstraße gewesen waren, bildeten nun meine Wegweiser stadteinwärts. Neben mir schlängelte sich der Mississippi River durch den verbrannten Boden. Der Wasserstand war erschreckend niedrig. Was war hier geschehen? Ich ging eine Böschung hinunter, um meine leeren Flaschen aufzufüllen. War das Wasser überhaupt noch in Ordnung, oder mit irgendeinem Alienscheiß verseucht? Ich holte eine der Plastikflaschen heraus, stellte fest, dass sie leckte und warf sie neben mich ins Gras. Die anderen tauchte ich ins kalte Flusswasser und befüllte sie. Bei der Gelegenheit trank ich den letzten Rest des sauberen Wassers aus meiner Feldflasche. Flusswasser hatte ich nun reichlich, wollte es aber unbedingt abkochen. Ungekocht konnte man davon Würmer bekommen. Auf keinen Fall sollten mich Würmer von innen zerfressen. Moment mal, meine Frühstückswürmer würden mich doch nicht etwa von innen zerfressen wollen?? Oder?? Oder? Und wenn die Frühstückswürmer, Würmer haben? Was dann?? Oh Gott, womit habe ich da angefangen? Hmm … dann doch lieber die Analsonde von den Aliens …

Von den alten Häusern, die hier einst mehrere Stockwerke weit in den Himmel ragten, waren nur noch gewaltige Schuttberge übrig. Es gab ein paar Gebüsche, die wie durch ein Wunder verschont geblieben waren. Dort hörte ich einen Vogel zwitschern. Der erste Vogel seit Wochen! Unfassbar, aber essbar!!! Manchmal war das Leben erstaunlich unverwüstlich. Genau genommen war dieser Vogel härter als fast alle Amerikaner. Und wahrscheinlich auch der klägliche Rest der Welt. Selbstverständlich außer mir natürlich. Mich gab es noch. Auch wenn es viel zu oft, viel zu knapp war. Ich musste diesen Vogel einfach essen.

Ohne zu zögern, bugsierte ich mein *Remington 580* von der Schulter und legte mich flach auf den Boden. Den Tragegurt zwischen Kopf und Schulter, wie ein Rockstar seine Gitarre. Musste ein paar Yards durch den Dreck kriechen, auf das Gepiepe zu. Dabei verhedderte sich der Tragegurt des Gewehrs an einer Metallstange, die aus dem Boden ragte. Beinahe erwürgte ich mich selbst. Ungläubig, hustend und etwas röchelnd, konnte ich den Gurt lockern. Es piepste wieder im Busch. Erleichterung. Der Vogel war noch da! Mittlerweile hatte sich das Wetter wieder beruhigt. Die Sicht war klar. Das Vögelchen hatte von meiner Antihelden-Aktion nichts mitbekommen. Zum Glück, denn: Wie peinlich. Mir spielte der Winter in die Karten. Der Busch hatte zwar fast keine Blätter mehr, dafür aber ein paar Äste zu viel. Würde ich den Vogel überhaupt sehen? Ich legte an und stellte das Zielfernrohr ein. Er saß da und sah das Unheil nicht auf sich zukommen. Tweety sah sogar recht zufrieden aus. Aber das würde sich gleich ändern … Zuerst verlangsamte ich meine Atmung, um das Zittern meiner Hände in den Griff zu bekommen, das vom Hunger und Kälte stammte. Schweiß lief mir von der Stirn. Ich war hoch konzentriert. Einatmen, ausatmen. Ich musste diesen Vogel einfach erlegen. Einatmen, ausatmen.

Nach einer kurzen Weile kam der richtige Moment. Ausatmen. Dann drückte ich ab.

Klick, klick, klick. Gesichert. Verfluchter Mist! Die Waffe war gesichert!!! Ich entsicherte sie. Hätte nur noch gefehlt, dass ich vorne in den Lauf guckte, um mich zu vergewissern, dass da auch wirklich eine Kugel drinnen ist … Also versuchte ich es gleich noch einmal und wiederholte die Prozedur: Entsichern, Einatmen, ausatmen, einatmen und ausatmen … Der Schuss krachte durch die Ruinen. Im gleichen Augenblick zerplatzte der Vogel. Als ob man eine Stange Dynamit in ihn gesteckt hätte. Der Gewehrkolben schlug mir entgegen und prügelte mir heftig ins Gesicht. Zu allem Überfluss dröhnte mir auch noch der verdammte Schuss heftig in den Ohren.

Ich hatte den Rückschlag vergessen. Gehört hatte ich davon, gefühlt jetzt auch … Nun ja … Was blieb mir jetzt noch dazu zu sagen, außer VV für: Veilchen und Volltreffer!! Ein One-Hit-Wonder war geboren! Im Eifer des Gefechts, der sich in Blutrausch und offensichtlicher Dummheit plus mörderischem Hunger ausdrückte, hatte ich nicht eine Sekunde an die enorme Durchschlagskraft der Gewehrkugel gedacht, die, sagen wir, ziemlich viel Druck auf so ein kleines Vögelchen ausübte. Winkel war alles! Übrigens, dieser Volltreffer war mein erster Schuss und Abschuss überhaupt, in den letzten Jahren. Einhundertprozentige Trefferquote, bis jetzt. Trotzdem: So etwas Saudämliches hatte ich schon lange nicht mehr gebracht. Aber wenigstens gab es einen Lerneffekt, erstens: dass mein Gewehr noch funktionierte. Zweitens: dass es sich absolut nicht für die Jagd auf Vögel und andere Kleintiere eignete. Eine Alternative musste her, für den Fall, dass mir eine andere Nahrungsquelle vor die Füße tappte. Gedankennotiz an mich selbst:

Pfeil und Bogen oder Armbrust! Wenn ich damit genauso gut umgehen konnte, wie mit dem Schießeisen, könnte ich den gesamten Wald leerjagen. Es blieben starke Zweifel. Bei meiner Großwildjagd hatte ich einen Heidenlärm veranstaltet und den Vogel auf mindestens einen Quadratzoll in alle Himmelsrichtungen verteilt und somit nichts zu Essen. Nur noch das Katzenfutter war übrig. Resümee: Zeit, sich zu verdrücken, bevor die Fluggeräte hier auftauchen würden.

Freemans Logbuch: 24 (mittags; von Kälte und Katzenfutter)

Der Morgen und die letzten Tage waren viel zu ereignisreich für meinen Geschmack. Hoffentlich würde der Weg bis nach *Davenport* weniger dramatisch werden. Einen zweiten Tweety würde ich einfach nicht verkraften… Eine Verschnaufpause konnte nicht nur ich, sondern auch mein verwundetes Bein gut gebrauchen. Meiner Schulter, die ich mir vor, ich weiß nicht wie vielen Tagen gedengelt hatte, ging es wieder bestens. Ein gigantischer blauer Fleck war noch zu sehen, dafür war die Schwellung komplett abgeklungen. Der Arm war wieder verheilt und einsetzbar. Dafür war das Eigentor mit dem Rückstoß recht unangenehm. Mein Gesicht pochte gelegentlich und musste grün und blau geschlagen sein. Ich wünschte, ich hätte im Unterricht bei den essbaren Pflanzen besser aufgepasst. Kam dieses Thema überhaupt dran? Hach, nicht mal das war mir bekannt! Schulzeit im nächsten Leben: Weniger Mädchen und Partys, mehr Überlebenskunde … Pffft, Nerd … Ich speicherte es in meiner Cloud. Hier und da wuchs ja etwas. Ob es essbar war, blieb fraglich. Es gab Apps für das Smartphone, mit denen man die Pflanzen einfach abfotografierte und dann innerhalb einer Sekunde wusste, ob essbar oder nicht. *Gab*! Vielleicht stand in *Muscatine* eine Bibliothek, oder ein erhaltener Buchladen herum. Daran glaubte ich nicht wirklich. Das wäre ja viel zu schön.

Der Hunger traf mich mit unglaublicher Wucht. Aber: Gähnende Leere in meinem Rucksack. Außer … Niemals! Es soll unausgesprochen bleiben! Ich hatte gerade die Feuchttücher in der Hand und drehte sie spielerisch in alle Richtungen. Die türkisgrüne Packung funkelte in der Sonne.

Dann entfernte ich eins und stopfte es mir wie Kaugummi in den Mund. Gleichzeitig beobachtete ich die Umgebung, nicht das mich gerade jetzt eine menschliche Seele beobachtete und sich dachte: Der da, der muss wirklich alle seine Latten irgendwo auf dem Weg verloren haben. Da mache ich lieber einen großen Bogen drum herum. Nichts dergleichen passierte. Unkonventionell sagen die einen, Kaugummi, sage ich! Man musste das Ding bestimmt nur richtig gut durchkauen und einfach danach das nächste nehmen, und dann das nächste, bis man da war, wo man hinwollte. Wie eine gottverdammte Kuh, würde ich das Zeug kauen, werte Damen und Herren!

Die Reise fand ein jähes Ende. Nicht nur ich, sondern auch die verdammte Brücke war im Arsch. Wieder bei der Saukälte ins kalte Wasser. Und ich hatte meine *Hello Kitty*-Schwimmflügel nicht dabei! Oh man. Wie viel Pech konnte einer haben? Zum Glück war der Nebenarm deutlich kleiner. Nach zirka fünfzehn Minuten Richtung Norden war es dann so weit. Das Feuchttuch war gut bearbeitet, die Fusseln hingen mir zwischen den Zähnen. Das Gefühl beim Herausziehen der Fäden, ließ mir eiskalt die Schauer den Rücken herunter laufen. Sie aus den Zähnen herauszupulen dauerte eine Ewigkeit, die mich wenigstens etwas vom Hunger ablenkte. Kurz danach fand ich eine geeignete Stelle zum Überqueren des Nebenarms. Direkt neben einer anderen, leider zerstörten Brücke. Routiniert entkleidete ich mich, stopfte alles in den Rucksack und wickelte die Plane drumherum. Mit Anlauf und grimmigem Gesichtsausdruck, dem Tode entgegenstarrend, glitt ich würdevoll ins Wasser.

Es gab einen Schlag. Als mich der Überraschungseffekt aus seinem Griff entließ, wurde mir klar, dass ich einen

Eins-A Bauchklatscher hingelegt hatte. Das Wasser bedeckte gerade so den Untergrund. Das hätte ich a) vorher Testen sollen und b) aufgrund des niedrigen Wasserstandes des Mississippis, mir verdammt nochmal denken können! Vom Flussufer oben, hatte ich nichts weiter bemerkt. Es war ziemlich stark von Pflanzen überwuchert. Zudem forderte mein Rucksack, den ich vor mir hielt, meine ganze Aufmerksam… Ach, egal. Ich tat, was man in so einer Situation tut: Aufstehen. Als nächstes betrachtete ich meinen komplett rot geprügelten Bauch, Arme und Knie, die recht ordentlich zerschrammt waren. Zum Glück hatte der kleine Freeman da unten nichts abbekommen. Das hätte noch gefehlt! Bei der Kälte, sehr kleines, winzi-winzi-winziges Freemännchen. Da niemand anderes zugegen war, musste ich mich nach dieser Aktion eben selbst verspotten. Nackt, zerschrammt und meinen Rucksack haltend, stand ich im Fluss und hoffte inständig, dass das hier niemand mitbekommen hatte. Wie würde ich denn dann bei meinem Vorstellungsgespräch mit den *Hello Kitty-Special Force*s dastehen? So schritt ich auf die andere Flussseite, wie Jesus übers Meer. In humanoider Gangart, also aufrecht und auf meinen Füssen! Der Rest war ein Kinderspiel.

Mir sind die Schnürsenkel gerissen. Zum Glück nur auf einer Seite. War eine ziemliche Fummelei, es halbwegs wieder hinzubekommen. Blasen laufen ist etwas für Anfänger. Das würde noch fehlen. Nicht … mit … mir! Das Gelände gehörte einer Firma für Baustoffe. Anhand meiner Karte konnte ich herausfinden, wo ich mich befand. Es war Nachmittag. Und es war kalt. Und es wurde dunkel. Und nach dem Warmhampeln gegen die Kälte brannte mir die vermaledeite Kehle, vor Durst. Also runter mit dem Flusswasser. Ich hatte keinen Filter und somit war das Wasser zum Zähneknirschen. Dreck reinigt bekanntlich den Magen. Nichtsdestotrotz befielen mich später starke Bauchschmerzen. Der Spruch, eine Lüge. Ein Fiasko. Ein Leiden. Ein Hohn! Groll gegen diesen Spruch! Wie pflegte ich in solchen Situationen immer unzusammenhängend zu sagen: Lieber Katzenfutter schwer im Magen, als Würmer auf Dauer zu ertragen. Klang nach einem Sticker für die Stoßstange. Aber schön, dass ich mir wenigstens die Art des Übels aussuchen durfte.

Es dauerte länger, um aus der Stadt herauszukommen, als gedacht. Oder realistisch formuliert, es war nicht möglich. Nach ein paar Meilen strammen Marsches, erreichte ich erleichtert den Ortsausgang. Wenige, halbwegs intakte Gebäude standen noch. In eines davon schlich ich hinein, das Gewehr in Anschlag. Meine Nervosität nahm zu. Weil alles ruhig war, hantierte ich drinnen mit meiner Taschenlampe herum. Vom Erdgeschoss aus war das Überwachen der Umgebung schwierig, deswegen schloss ich alle Rollläden und ging in den zweiten Stock. Vom Wohnzimmer aus konnte man die Umgebung besser überblicken. Die Wand zur Straße hin hatte zwar ein paar Risse, aber ansonsten war alles so weit in Ordnung. Ich hatte schon in schlimmeren Rattenlöchern gehaust. Nach einer Stunde war alles verriegelt und abgedunkelt. Als nächstes richtete ich mich für die Nacht ein. War im Begriff, mich auf die Couch zu legen, entschied mich aber dafür, vorher noch einmal zum Fenster zu gehen und einen letzten Blick nach draußen zu werfen. Da war nichts. Weder Freund noch Feind. Felder auf der anderen Straßenseite, unterbrochen von ein paar wenigen Gebäuden, die von der Dunkelheit bedroht wurden, verschluckt zu werden. Ich hatte genug gesehen. Genau vor mir fiel etwas aus dem Himmel. Dunkelblau leuchtende Punkte fielen glitzernd herab. Sie bewegten sich in einer festen Formation. Sie stürzten mit irrsinniger Geschwindigkeit auf mich zu. Da erkannte ich, dass diese Punkte in ein einziges schwarzes Objekt eingebettet waren. Noch im gleichen Moment wirbelte ich auf der Stelle herum, sprang über die Couch hinweg und stürzte zu Boden. Ging hinter der Couch in Deckung. Doch schon im nächsten Augenblick war das Fluggerät weit über mich hinweggedonnert. Meine Knie zitterten heftig, wie sie schon lange nicht mehr gezittert hatten. Scheiße, das war knapp. Sekunden später ereigneten sich mehrere Explosionen ganz in der Nähe. Steinchen prasselten wie Regen aufs Dach. Warum wurde nur ein einzelner so kurzer Angriff durchgeführt, oder kam da noch mehr? Neugierde und ungeahnte Todessehnsucht trieben mich ans Fenster. Aus Richtung der Explosion leuchtete der Himmel grell und blau, beleuchtete die Ruinen zusätzlich zum Mondlicht. Alles flackerte. Es war fast wie bei Tageslicht. Aus den Ruinen heraus ragte eine gewaltige Lichtkugel, die sich wie in Zeitlupe ausbreitete. Was zum Teufel hatten sie dort hochgejagt? Ich wusste es nicht.

Freemans Logbuch: 25 (morgens)

Diee Nacht über plagten mich wilde Traumfetzen. Wenigstens etwas Schlaf … Hach, einfach Mal in den Urlaub fahren, den ganzen Stress hinter mir lassen. Das wäre jetzt schön. Nichts Neues: Vergangene Nacht war ich verdammt hungrig eingeschlafen und das Flusswasser machte mir zu schaffen. Es widerte mich einfach an. Als wenn Durchfall nicht schon genug wäre, hatte ich die Befürchtung, von oben bis unten voll mit Würmern und Läusen zu sein. Mach' nicht so ein langes Gesicht, bist ja kein Pferd … Wenigstens blieb es bei diesem einen Bombardement. Manchmal lief ich tagsüber völlig entkräftet, der Ohnmacht nahe. In solchen Momenten versuchte ich mich selbst zu ermutigen, immer weiterzumachen. Was blieb mir auch anderes übrig? Ich ertappte mich dabei, wie ich meinen Rucksack auf der Suche nach Essbarem durchwühlte, aber nichts fand, außer dieses widerwärtige Katzenfutter. Ich bildete mir ein, je öfter ich meinen Rucksack durchsuchte, desto mehr Essen würde sich ausgraben lassen. Vielleicht ein Burger? Oder Steak? Gleich nach diesen Gedankengängen durchstöberte ich noch einmal den Rucksack, gab es aber schließlich auf. Es gab wirklich kein Steak und nur elendes Katzenfutter … Schande über diesen Rucksack!

Gegenüber war ein zweistöckiges Haus, das noch intakt war. Es war meine allerletzte Chance, vor mehr irreparablen Schäden, verursacht durch Flusswasser und Katzenfutter, bewahrt zu werden. Die Hausdurchsuchung war nach meinen Maßstäben ein voller Erfolg. Meine Erleichterung war gewaltig. Das Katzenfutter blieb erneut unangetastet. Es war mir noch nie so nah auf den Fersen gewesen, wie an diesem Tag. Zwei Flaschen Wasser waren unter den Fundsachen. Eine davon war bereits angebrochen. Ich trank sie fast vollständig aus. Konnte mein Glück kaum fassen. Nehmt das, ihr Scheißwürmer!!! Als wenn es was gebracht hätte … Mein Nächster Fund verschlug mir die Sprache. Vor Ekel. Eine weitere Dose Katzenfutter. Wieeeeeesoooooooo iiiiich? Wie konnte das nur passieren?

Ja, ja … Selbstverständlich packte ich das Katzenfutter ein! Vielleicht begegnete mir eine Katze? Das war immerhin möglich? Es war zwar eine andere Marke, aber, was wusste ich schon darüber? Vielleicht würde sie besser schmecken als die andere? Oder schlechter? Sollte ich vielleicht doch versuchen, den Unterschied zu erschmecken? NEIN!! Denn, meine Suche war erfolgreich gewesen. Aber ich konnte, wenn ich wollte … Folgende Konserven lagen zwischen verschimmelten Lebensmitteln: Eine Dose Maple Style Bohnen, eine Dose Tomatensoße und eine Dose Hühnersuppe. Die Dose mit den Bohnen riss ich gleich auf und verdrückte sie in Rekordtempo. LECKER! Mein zusätzlicher Geschmacksverstärker war der direkte Vergleich mit Katzenfutter. Sofort ging alles andere gleich viel besser runter. War doch ganz einfach! Die Soße war für heute Abend gedacht, Hühnersuppe für den nächsten Tag. Ich hatte schon lange nicht mehr so weit in die Zukunft geplant. Das war seit langem der beste Fund. Ich war sowas von glücklich. Es wurde mal wieder Zeit für ein kleines Feuerchen. Dieses Mal würde ich dafür sorgen, dass ich kein Haus als Grillanzünder benutzte. Versprochen! Mein Zwiespalt zwischen Feuer und kein Feuer wurde mir zunehmend bewusst, nur wie würde ich die Prioritäten verteilen? Bisher verfuhr ich nach Bauchgefühl. Ich weiß, nicht meine stärkste Arbeit …

Es wurde Zeit, sich mit dem nächsten Problem zu beschäftigen: Noch ungefähr zwanzig bis fünfundzwanzig Meilen bis nach *Davenport*. Eigens mit Daumen und Maßstab auf der Karte vermessen. Oh weia. Wenn das mal gut ging … Mit etwas Motivation lag es im Bereich des Möglichen, die Hälfte der Strecke zu schaffen und schon am nächsten Tag da zu sein. WOW! Das war das Pro. Auf der Kontraseite: Fluss, Nässe, Kälte, keine *Hello Kitty*-Schwimmflügel, Tod, Verderben, Würmer, Zittern, Katzenfutter, Katzenfutter, Katzenfutter. Und zwar genau in dieser Reihenfolge! Dieser Mist würde mich wieder Zeit kosten. Intensives, mentales Training war die Vorrausetzung, um durch das elende Wasser zu gelangen. Allerdings würde es machbarer als zuvor sein. Der Fluss führte sehr wenig Wasser. Das hielt den Winter nur leider nicht davon ab, mit jedem Tag kälter zu werden. Dieser Drecksack! Trotzdem wollte ich auf dem Weg dorthin die Augen offenhalten. Vielleicht gab es vorher schon eine Gelegenheit, auf die andere Seite zu gelangen.

Bevor ich mich aber auf den Weg machte, blieb mir nur noch eins übrig: Meine Füße besser gegen diese Saukälte zu schützen. Also, Hausdurchsuchung. Winterstiefel, negativ. Dafür aber Schnürsenkel, von anderen Schuhen stibitzt und gegen meine zerrissenen ausgetauscht. Ich Schlingel. Bei dieser Gelegenheit nahm ich gleich ein paar mehr mit. Im Schlafzimmer lagen ein paar dicke Socken. Meine alten warf ich wie immer quer durch das Zimmer. Ordnung musste sein. Natürlich eilte ich sofort hinterher, weil mir einfiel, dass ich ja zwei paar Socken anziehen wollte. Hier griff die Routine offensichtlich noch nicht. Dennoch hatte es sich gelohnt. Es war wie auf Wolken zu gehen. Auf flauschigen, weichen, sanften, plüschigen, wohltuenden Schäfchenwolken. Genau so war es!! Stiefel mit einer Nummer größer wären dennoch exzellent, aber fielen eher in die Kategorie *Luxusware*. Damit ließe sich das zweite Paar Socken bequemer tragen. Egal, denn es wurde schon wieder Zeit, mich zu verdrücken, bevor ich so richtig im Arsch war. Hmmm, eins noch:

D-Dur	A-Dur	G-Dur	D-Dur
Bla Bla	Bl-bla	bla bl-bla	bla
D-Dur	A-Dur	G-Dur	D-Dur
What are	the lyrics here again		again?
D-Dur	A-Dur	G-Dur	D-Dur
Why don't	I re-member		them?
D-Dur	A-Dur	G-Dur	D-Dur
May-be	too much	catfood	on my mind

Freemans Logbuch: 25 (abends)

Der Rest des Tages verlief ganz zu meiner Freude ereignislos. Ich musste an dieser Stelle aber einsehen, dass das ewige Alleinsein sich auf meinen Verstand negativ auswirkte.

Es kam der Punkt, an dem ich nicht mehr weitergehen konnte, dennoch zwang ich mich, einen Fuß vor den anderen zu setzen. Meine Füße hassten mich dafür. Und nicht nur meine Füße … Von meiner körperlichen Verfassung ausgehend, musste ich mein selbstgestecktes Pensum erreicht haben. Die Idee, ein Feuerchen zu machen, war allerdings vom Tisch. Da brachten mich keine zehn Pferde mehr zu. Genau das waren gute Vorrausetzungen für eine hemmungslose Pyro-Show. Also riss ich die Dose mit der Suppe auf und verdrückte sie kalt, aber guten Gewissens. Im Laufe des Abends, ich machte es mir gerade in der Gosse so richtig bequem, wanderte mein Blick, während ich so da lag, unbedacht zum Mond. Irgendetwas an ihm erregte meine Aufmerksamkeit. Irgendwas störte mich an ihm. Dann verlor ich den Faden. Die Dunkelheit, Müdigkeit und Stress spielten mir Streiche. Ausnahmsweise gab es keine Explosionen, Kolosse, oder weiß der Geier was für ein Riesenbockmist, der versuchte, mir nach dem Leben zu trachten. Fast schon seltsam. Diese Pause nutzte ich, um über den Herkunftsort der Besatzer nachzudenken. Ohne Ergebnis. Hinterm Mond gleich rechts vielleicht?

Freemans Logbuch: 26 (morgens)

Auf nach *Davenport*!! Neuer Tag, neues Glück! Dieser Satz war noch nie so wahr wie dieser Tage. Chancen bei der heutigen Lotterie des Lebens: Eins zu vierundsechzig Millionen. Gegen mich … Und dies war eine konservative Schätzung. Spielte ich? Ja klar! Ich wollte ja kein Spielverderber sein … Mein Tagesziel war der Punkt, an dem ich die halbe Strecke bis nach *Chicago* zurückgelegt haben würde. Dieser Plan war so bombensicher sicher, dass rein gar nichts schiefgehen konnte. Nichts. Niemals. Kleine Nebeninfo: Der Fußnagel meines großen Zehs des rechten Fußes, hatte sich gelöst. Das war genau so widerlich, wie es klang. Da wurde mir gleich ganz anders. Mir drehte sich ja schon der Magen um, wenn man mit seinem Fingernagel an Wolle hängen blieb. Und jetzt das! Der Medic meiner Truppe, der war ich selbst, schnitt etwas von einer Mullbinde ab und wickelte sie um den Fußzeh des Patienten. Denn, wir alle wussten, dass ein strammer Marsch bevorstand. Da durfte nichts auseinanderfallen … Mein Tagesziel zu erreichen, bedeutete auch, noch einmal die gleiche Distanz bis nach *Chicago* latschen zu müssen. Ach, egal! Immerhin hatte ich es schon so weit geschafft. Was ich einmal konnte, konnte ich auch zweimal! Jetzt gab es erstmal Frühstück: Hühnersuppe. Sehr gut! Gestärkt und zuversichtlich machte ich mich auf den Weg.

Freemans Logbuch: 26 (nachmittags)

Kaum zu glauben, die Tore *Davenports*!!! Auch hier lagen überall Blätter, Äste, Müll, Unrat, Kadaver und nicht mehr Identifizierbares herum. Meine alten Bekannten … *Davenport* gab dem Ausdruck *Boom Town* eine ganz neue Bedeutung. Das meiste war komplett ruiniert. Also … Nicht nur das meiste, eigentlich alles. Das Beste aber war westlich des Stadtzentrums. Ein gewaltiges Loch klaffte dort, wo einst reges Leben herrschte. Es war riesig und hatte die halbe Stadt verschluckt. Ob es hineingesprengt, gebohrt oder mit einem Todeslaser reingestrahlt wurde, entzog sich meiner Kenntnis. Mit anderen Worten: Ich hatte überhaupt keine Ahnung. Es blieb trotzdem die Frage nach dem Grund. Nun: Wieso war da ein Riesenloch in der Erde, um Himmels Willen? Es musste einen Durchmesser von einer halben Meile haben. Der Anblick war faszinierend. Wie tief es wohl ging? Am liebsten hätte ich es umrundet und mir alles genau angesehen, ging aber kompromissbereit am Rande des Lochs entlang, stadteinwärts, meine Mission vor Augen.

An einen Abstieg war gar nicht zu denken. Meine Neugierde rang mit meinem Verstand. Glücklicherweise siegte ausnahmsweise mein Verstand. Ich hatte nicht mal ein Seil dabei. Der Abstieg würde mich sowieso zu viel Zeit kosten. Ich resümierte: Einmal unten angekommen, müsste ich das Katzenfutter essen. Nicht … mit … mir … Das allein, war schon Grund genug, für das Ausschliessen einer solchen Aktion. Und was, wenn sich darin ein mir unbekanntes Aliending herauswuchten würde? Dann hätte ich sowas von verschissen. Ne, ne, ne. Danke, nein. Da muss ich nur kurz an meinen Ausstieg aus dem Prepperloch denken. Meine Ausrede war also sehr gut, einfach mal nein zu sagen. Kurz danach verschwand das Loch hinter mir, aber begleitete mich gedanklich noch eine ganze Weile.

Meinen nächsten Halt machte ich in einer Gegend, in der aus unerfindlichen Gründen noch mehrere Häuser standen. Und zwar so, als ob sie von der ganzen Shitshow rein gar nichts mitbekommen hätten. Das in der Mitte war allerdings zusammengebrochen. Die unversehrten Gebäude waren zu einem faszinierenden Anblick geworden. Relikte aus einer anderen Zeit. Ein metallisches Klappern unterbrach meinen Versuch, eins der unbeschädigten Häuser zu betreten. Das Klappern erinnerte an alte Gefängnisfilme, in denen der Inhaftierte mit seinem Blechbecher über die Eisengitter seiner Zelle ratterte und einen Heidenlärm veranstaltete. Nur, um Obszönitäten durch die Gitter zu plärren und herumzuspucken, oder noch viel Versauteres. Deckung stand mitten auf der Straße, ein Toyota RAV4. Die Fahrertür war total verbeult. Ein Reifen war geplatzt und die Frontscheibe hatte große Risse. Das Ding konnte bestimmt trotz des Zustands noch fahren. Toyotas waren verdammt zäh … Es klapperte wieder.

»Hey Mister!!« Wo kam das her? Langsam zog ich mein *Remington 580* von der Schulter, legte es über die Motorhaube des Toyotas und zielte in der Gegend herum. Sah bestimmt verdammt gefährlich aus. »Hey Mister, hier unten!!« Die Stimme klang jugendlich, männlich. Er rief noch ein paar Mal, dann entdeckte ich ihn. Ein junger Mann, Afroamerikaner, der Stimme nach so ungefähr fünfzehn, sechzehn, siebzehn Jahre alt. Kurz darauf fand ich ihn. Meinem Samariterkomplex viel zu schnell nachgebend, begab ich mich zu der Stelle. Leicht verpickelt und schwer mit Dreck und Staub besudelt. Er musste schon eine ganze Weile dort unten feststecken. Er streckte eine Hand aus dem Gitterfenster und hielt eine Metallstange, mit der er auf dem Boden vor meinen Füßen in den Scherben und Schutt herumstocherte. Die Fensterscheibe hatte er damit schon vorher zertrümmert. Er war unter dem Schuttberg von Haus begraben. Der Kellerraum, in dem er feststeckte, war ansonsten unbeschädigt. Scheiße. Ein neuer Tag, ein neues Problem. »Hey!«, rief ich ihm zu. Vielleicht ein Fehler. Vielleicht eine Falle. Zu spät. Die Worte hatten meinen Mund bereits verlassen. Eine kurze Pause trat ein.

»Hey Mann, Alter. Shit.« - »Alles klar bei dir?«, wollte ich wissen. »Ja, alles klar, Alter. Mann, endlich kommt hier mal einer vorbei. Ich bin schon eeeewig hier in dem Scheißloch eingesperrt.« - »Wie lange bist du schon da drin?« - »Eineinhalb Wochen bestimmt, Mann. Keine Ahnung, vielleicht auch zwei, Alter. Hol' mich hier raus. Ich bitte dich. Ich muss hier raus.« - »Okay, Okay. Warte mal eben.« - »Wo soll ich denn schon hingehen, Mann?« Da hatte er recht. »Hast du Wasser?«, fragte er mich. Ich nickte. »Jau«, kam meine merkwürdig lässige Antwort. Ich reichte ihm eine meiner Plastikflaschen. Sie passte allerdings nicht durch die Gitterstäbe. Er steckte die Flasche zwischen die Eisenstäbe und drehte sie aufrecht, entfernte den Deckel, drehte sie auf den Kopf und trank wie ein Hamster im Käfig am Wasserspender. Als sie leer genug war, konnte er sie durchquetschen. Er war schlau. Mindestens hamsterschlau.

Selbstverständlich war mein erster Befreiungsversuch, an den Gitterstäben zu rütteln. Wer hätte das nicht getan? Natürlich erfüllten die Gitterstäbe ihren Zweck und gaben keinen Inch nach. Noch während ich das kalte Eisen mit den Fingern umklammert hielt, fiel mir ein, dass der Junge das garantiert auch schon versucht hatte. Meine Gedanken lesend, quittierte er die Aktion mit einem entsprechenden Gesichtsausdruck, der zu sagen schien: Hamsterschlau ist der nicht. Das Gemäuer drum herum war stabil. Ich kletterte auf den Schuttberg und betrachtete den Schaden. Gottverdammter Misthaufen. Das würde ewig dauern. Hatten wir überhaupt so lange Zeit? Ich begann Stein um Stein mit meinen Händen abzutragen. »Hey Mann, Alter, Shit, wie lange brauchst'n noch?« - »Frag lieber nicht …«

Freemans Logbuch: 26 (5 bis 7 Minuten später)

»Hey Mann, wie lange noch? Alter, es wird bald dunkel und ich hab' noch was vor …« - »Noch was vor? Der Witz ist gut, Junge. Aber okay. Was denn?« - »Shit, man. Diese verdammten Sandwiches essen. Mit Thunfisch und Zwiebeln, Alter. Schokolade habe ich auch noch da. Und ein paar beschissene Bonbons. Hatte schon lang keine verdammten Gäste mehr da, weißt du, Alter?« Ungläubig ließ ich den Stein fallen, den ich gerade wegwerfen wollte, kletterte vom Trümmerhaufen hinunter und sah durch das Gitterfenster. »Zeig mal.« Er machte, was ich verlangte. Dann zog er das Sandwich zurück und biss hinein. »Hmmmm. Scheiß lecker, Mann!«, sagte der Junge und grinste dabei frech durch seine Gitterstäbe. »Gib mir was!« Er entfernte sich vom Fenster. »Heeey! Bleib hier und gib mir was davon!« Gleich darauf kam er zurück und steckte zwei Sandwiches durch das Gitter. Ich riss sie aus der Frischhaltefolie und verschlang beide in Rekordtempo. Dann rülpste ich ziemlich laut und ungehalten. Der Junge lachte. Und ich gleich mit. »Bist du sicher, dass das da Thunfisch auf dem Sandwich ist?« - »Ja, Mann. Shit … Alter, wieso fragst du überhaupt?«

Nicht, dass er mir Katzenfutter draufgeschmiert hat, dachte ich. Vertrauen ist gut, Kontrolle ist … Ach scheiß drauf … Und biss herzhaft zu. »Schon gut. Wo hast du die Sachen her?« - »Na aus dem Scheiß-Kühlschrank. Woher sonst, Mann?« - »Aus dem Kühlschrank?« - »Ja, Mann. Da hinten steht er doch.« Er ging und öffnete ihn. Die Lampe im Kühlschrank sprang sofort an. »Was zum …? Wieso ist da Strom drauf?« - »Is'n Campingkühlschrank. Brandneu. Batteriebetrieben. Davon gibt's hier unten drei. Wir wollten Campen fahren und die Teile werden hier unten aufgeladen, bis der Strom ausfiel. Zum Glück hat Dad hier unten seine Kack-Autobatterien im Schrank. Handelt mit Campingausrüstung und gebrauchten Campern. Lagert hier immer irgendeinen Scheiß ein. Die meiste Zeit stolper' ich über den Mist. Konnte die Kühlschränke ganz einfach an die Autobatterien anschließen. Es gab sogar Kabel für den Plunder. Und 'ne Anleitung, die keiner checkt, gibt's auch. Hab's aber trotzdem rausbekommen. Aber jetzt is' der Krempel ziemlich praktisch, muss ich sagen.« Da fiel mir nichts mehr zu ein. »Na? Bist so still geworden.«, fragte mich der Junge. »Na, dann gib mir mal die Schokolade.«

Er tat wie ihm geheißen und drückte mir stolz die Schokolade in die Hand. Sie zerschmolz in meinem Mund. Es war das Süßeste, was ich jemals gegessen hatte. Mit der Zunge schob ich sie von der einen Seite auf die andere, um den Geschmack möglichst großflächig im gesamten Mundraum zu verteilen. Das Stück wurde immer kleiner, was einen kleinen Schock auslöste. Neben dem Zuckerschock. Nach einer kurzen Weile kam der unumkehrbare Moment, an dem sie sich vollständig aufgelöst hatte. Ich leckte mir immer wieder über die Lippen und sog von innen an meinen Backen, um den gesamten restlichen Geschmack aufzunehmen. Während mich der Junge die ganze Zeit anstarrte, fing ich in aller Ruhe an, meine Finger abzulecken. Nicht ein bisschen sollte mir entgehen! Er hatte einen Ausdruck im Gesicht, als ob er gerade einen Schimpansen gefüttert hätte. Hatte er auch. »WOW!!! Das … war … der WAHNSINN!!!«, brüllte ich dem Jungen durchs Gitter entgegen. Nach diesem grandiosen Festmahl ging es wieder an die Arbeit. Die Schoko-Schuld musste beglichen werden. Außerdem wurde es langsam dunkel. Verdammter Winter. Verdammte Kälte. Mit besserem Werkzeug würde diese Arbeit viel besser von der Hand gehen. Ein paar

Schneeflocken fielen wie in Zeitlupe hinunter, ich wischte sie von meiner Schulter, nachdem sie sich zu einer feinen Glasur aus groben Mustern gesammelt hatten. Die Scheiß-Gitterstäbe hatte ich bereits aufgegeben. Jetzt klang ich schon wie der Junge. Er verstand sich vorzüglich auf's Fluchen.

Nach weiteren siebzehn Steinen und vierunddreißig Flüchen, hatte ich eine neue Idee. »Hey Junge! Bist du noch wach?« - »Ja, Alter … Und nenn mich nich' so.« - »Ist ja schon gut. Pass auf, ich geh' eben die Nachbarhäuser absuchen. Brauche besseres Werkzeug. Ich sag' dir wie's ist: Mein Altes ist Scheiße«, dabei streckte ich ihm meine Hände entgegen. »Okay, is' gut. Aber mach schnell. Es wird kalt und dunkel. Shit. Ich werde hier drinnen noch verdammt verrückt, Mann.« - »Ich mach' so schnell ich kann. Heb mir bloß was von den Sandwiches und dem ganzen anderen Kram auf.« - »Scheiße, ja! Wenn du mich hier rausbekommst, gehört dir der verdammte Keller, Alter.« Die restlichen Klamotten aus meinem Rucksack steckte ich dem Jungen durch das Gitterfenster. »Hier, gegen die Kälte.« Er nahm alles dankend an und nickte zufrieden zu mir herüber. »Gleich wieder da.«

Hausdurchsuchung: Vorschlaghammer und Meißel wurden dringend benötigt. Ein neuer Plan musste auch gleich her: Den Beton um die Gitterstäbe herum kaputthämmern. Zwei Häuser später: Vorschlaghammer und einen Meißel gefunden. Aus einem elektrischen Vorschlaghammer eigens ausgebaut, um meine höheren Ziele, Freiheit für den Jungen, zu erreichen. Isolierband. Keine Ahnung, für was ich das gebrauchen konnte. Aber jemanden damit knebeln, konnte ich alle Male! Yeah! Oder wenn es hart auf hart kommt, kann ich damit auch irgendwas zusammenkleben. Eine Säge. Eisensäge? Keine Ahnung. Für Plan A auch egal. Es war bereits dunkel und saukalt. Der Junge schnarchte schon vor sich hin. Selbst war ich auch kurz davor und hatte für heute genug. Also beschloss ich das Schichtende beim Überlebenskampf einzuleiten und die Rettungsaktion im Morgengrauen fortzusetzen. Ich riss einen Zettel aus meinem Notizblock und hinterließ dem Jungen eine Nachricht, dass ich es mir im Nachbarhaus bequem machen würde. Wahrscheinlich würde er mich dafür hassen, aber wenigstens hatte er die Gewissheit, dass ich für ihn zurückkommen würde.

Freemans Logbuch: 27

»Hey! Keeeeeeeeellerjunge! Guten Morgen! Hey, da! Aufwachen! Die Freiheit ruft«, plärrte ich lauter als mir lieb war durch die Gitterstäbe und ratterte mit einem Stein darüber hinweg. Gar nicht mal so schlau … Das mit der Draußen-Lautstärke musste ich noch üben. Meine Stimmung war gut, hatte in einem richtigen Bett geschlafen. Es war nichts explodiert, außer der Toilettenschüssel. Der Gentleman schweigt an dieser Stelle. Heute der zweite Tag mit menschlichem Kontakt. Das war krass!!! »Morgen … Und nenn mich nich' so, Mann.« - »Jaja, ist ja schon gut.« Wir hatten keine Zeit zu verlieren. Er schob mir geschwind ein paar Bohnen auf einem Einweg-Pappteller und Plastikbesteck durch die Gitterstäbe. Den Teller rollte er samt Bohnen zusammen, so dass er durch die Gitter passte. Er war schon vor mir wach gewesen, überlegte ich überflüssigerweise, und dass er mich wahrscheinlich so gut fütterte, damit ich hier auf keinen Fall ohne ihn weggehe. »Eigentlich läuft das ja andersherum«, sagte ich. »Shit, was meinst du, Mann?« - »Na, eigentlich schieben die Wärter von außen das Essen in die Zelle, nicht umgekehrt.« - »Sehr witzig, Arschloch.«

Ich probierte die Bohnen. »Wow! Die sind ja der Hammer! Und warm! Vielleicht lasse ich dich doch noch ein bisschen da unten drin. Du scheinst mir dein Talent zum Kochen gerade erst zu entdecken. Wenn du wüsstest, was ich unterwegs alles mitgemacht habe. Und an den Campingkochern muss ich da draußen auch dran vorbeigelaufen sein.« - »Klappe zu. Immerhin wühlst du für mich im Dreck, man. Was hast'n unterwegs mitgemacht?« - »Sagen wir mal, es reicht für ein eigenes Restaurant. Ich nenne es *Freéman's Widerliche Selbstkreationen*. Wehe du klaust mir die Idee«, dabei sprach ich meinen Namen mit fürchterlich schlechtem französischem Akzent aus. Frieeemooooh. Wunderbar. Darüber musste er lachen. Er war trotz aller Widrigkeiten noch ganz gut beisammen und schien das Herz am rechten Fleck zu haben. Außerdem war er schlagfertig. Das gefiel mir, da wird es unterwegs nicht langweilig. Meine Motivation bekam einen riesigen Schub, ihn aus seinem Rattenloch herauszuholen. »Ich sag dir was. Nach dem Frühstück habe ich eine Überraschung für dich.« - »Sag, man. Was denn?« - »Nach … dem … Früüüühstück«, sagte ich gedehnt.

Danach schwieg ich wie ein Grab, bis wir mit dem Essen fertig waren. In der einen Hand die Kinderzahnbürste und der anderen meine letzte Tube Zahnpasta haltend, drehte ich mich grinsend zu ihm um. Er war von meinem Grinsen leicht irritiert, denn er blickte mich fragend an, zögerte kurz und Griff endlich zu. »Die Zahnpasta bekomme ich wieder. Ich sage dir, das wird ein Feuerwerk.« - »Eine Kinderzahnbürste, mit einem Pinguin drauf … Na toll … Was hast'n damit gemacht, man?« - »Mit was denn?« - »Mit der Zahnpasta, man.« - »Nichts weiter. Ist nur Zahnpasta.« - »Oookay?« Skeptisch blickend schmierte er sich was davon auf seine nigelnagelneue Zahnbürste und reichte mir die Tube zurück. Wir putzten uns die Zähne. Ich beobachtete ihn, studierte seine Technik. Er war zu beschäftigt, um es zu merken. Mit jeder weiteren Drehung der Zahnbürste, hellte sich seine Miene etwas auf. Mission erfolgreich ausgeführt. Zum ersten Mal seit langer Zeit hatten wir zwei einen guten Start in den Tag. Zumindest galt das für mich. Jetzt blieb nur noch eins zutun, nämlich die Befreiungsaktion zu einem Abschluss zu bringen. Plan B: Mit der Säge ratschte ich an einem der Gitterstäbe entlang. Hartnäckig wiederholte ich die Prozedur. Die Sache floppte dennoch spektakulär. Säge kaputt. Nach ein paar Flüchen und etwas Spott vom Kellerjungen war nun Plan A an der Reihe: Rohe Gewalt gegen den Beton um die Gitterstäbe herum. Das sollte doch zu machen sein.

Naja … Nach einer Weile des Gekloppes, Gehämmers und Muskelschmerzes, unterbrach mich der Junge. Er drückte mir eine Schüssel mit warmer Gemüsebrühe in die Hand. Während ich aß, verschwand er in der Versenkung und kam nach ein paar Minuten mit etwas in der Hand zurück. Die Brühe wärmte mich schön von innen auf. Verdammte Kälte. »Shit, hier nimm schon, Mann.« Eine Packung. Sie enthielt zwei kleine Fläschchen. Wasserreinigungstabletten. »Genial!«

Schritt 1: Zwei Tabletten auf einen viertel Liter Wasser anwenden. Verschwendung! Auf eine volle Flasche Wasser sollte man es auch anwenden können. Den Deckel locker auf die Flasche schrauben. Flasche Schütteln. Fünf Minuten warten. Das Wasser verfärbte sich bräunlich gelb. Zwei bis drei Minuten schütteln. Es tropfte etwas beim Schütteln. Dreißig Minuten warten.

Schritt 2: Die Tabletten der anderen Flasche ins Wasser geben. Flasche gut schütteln. Drei Minuten warten. Entfernt fast alle Viren und Bakterien. Sand usw. muss herausgefiltert werden. Voilà! Es befand sich ein kleines Stückchen Baumwolle in der Flasche. Damit konnte ich den Dreck Filtern, oder gegebenenfalls ein Feuer entfachen. Darin war ich ja immerhin ziemlich gut …

Zu meiner Freude befanden sich fünfzig Tabletten in dem Fläschchen. Zeit für einen Feldversuch. Ich friemelte die volle Plastikflasche aus meinem Rucksack und befolgte die Schritte. Während der Wartezeit machte ich mich an den Gitterstäben zu schaffen. Auf die Sache mit den Reinigungstabletten hätte ich auch schon viel früher kommen können. Zum Beispiel als ich mir Rucksack und Gewehr aus dem Militärladen geholte hatte. Naja ... Was man nicht im Kopf hatte, musste man eben in den Beinen haben. Und daraufhin bin ich über vier Wochen gelaufen ... Zu meiner Verteidigung, du bist nicht du, wenn du um dein Leben läufst

Ein Teil der Gitterstäbe war bereits dank meiner Mühen halb herausgeschlagen, als mich der Junge unterbrach. Da wurde mir plötzlich klar, dass wir uns noch gar nicht offiziell vorgestellt hatten. Wir waren einfach zu beschäftigt gewesen. Ohne weiteren Kommentares drückte er mir eine Tasse in die Hand und erneut vergaß ich ihn nach seinem Namen zu fragen. »Vorsicht, heiß, Mann.« Mir stieg schon der Geruch dampfend entgegen. Euphorisiert packte ich die Tasse vorsichtig am Griff und warf ungläubig einen Blick hinein. Dabei stieg mir der Geruch noch viel intensiver in die Nase. »Das ... das ist ja ... Ich werd' zum Affen! Mann, das ist Kaffee!!! Da ist Kaffee in der Tasse!« Ich trank so gierig, dass ich mir den Mund verbrannte. Es war mir egal. Der beste *Instant Coffee* der Welt. Der Geruch war einmalig. Früher hätte ich einen weiten Bogen um das Zeug gemacht. »Alter, 's könnte dich jetz' überraschen, aber den Kaffee habe ich selbst reingemacht ... Hab' noch ne volle Packung da. Gib also Gas mit deiner Hämmerei, Mann, wenn du noch mehr davon haben willst.« Jeder hatte seinen Preis, und seine Anzahlung hatte genau die richtige Höhe. Trotzdem trank ich in aller Ruhe den Kaffee aus, bevor ich mich wieder an die Arbeit machte. »Hilf mir mal. Halt' mal den Meißel. Dann geht's hoffentlich leichter. Hier.« - »Okay, is' gut, Mann.«

Er schob sich eine Kiste zurecht, die er, wenn er nicht am Fenster stand, als Sitzgelegenheit nutzte und streckte seine Arme durch die Gitterstäbe. Währenddessen fing ich an zu hämmern. Nach einer Weile knallte es irgendwo in der Ferne. Das Echo schwappte zu uns herüber und ebbte langsam ab. Die Erde bebte leicht. Putz und Staub rieselten von der Kellerdecke. Hinter mir, über den Häusern, stieg eine schwarze Rauchwolke wie in Zeitlupe empor und verteilte sich über den Himmel. Der Junge konnte es von seinem Verlies aus sehen. Eine Weile starrten wir an diese Stelle. »Wir müssen hier weg«, stellte ich zwischen zwei Hammerschlägen fest. »Ja, Mann. Und zwar scheiß zügig. Schon wieder eine Explosion, oder sowas. Das geht schon seit Wochen so.« - »Pack alles ein, was wir brauchen können. Du kommst hier heute noch raus.« Er nickte, drehte sich um und ging an die Arbeit. Die Rauchsäule hing immer noch drohend am Himmel. Ganz in ihrer Nähe fiel gleich darauf ein Objekt vom Himmel und zog ebenso eine Rauchspur hinter sich her. So etwas hatte ich noch nicht gesehen. Dann tauchte noch eins auf. Und noch eins. Bis die Stelle am Himmel mit hunderten dieser Objekte gespickt war und herabfielen. Jedes einen schwarzen, zigarrenförmigen Faden hinter sich herziehend, der in alle Himmelsrichtungen zerstob. Kurz nach Eintritt in die Atmosphäre lösten die Objekte eine Feuersbrunst aus. Der Himmel brannte. Die ankommende Hitze nagte zunehmend an meinem Gesicht. Der ganze Himmel strahlte in prachtvollem rot-orange, wurde nur von den schwarzen Wolken unterbrochen und von enormem Getöse der Neuankömmlinge untermalt.

»Verdammt nochmal, guck dir das mal an! Der Himmel brennt und überall sind diese schwarzen Scheißdinger!« Es klirrte. Der Junge hatte irgendetwas fallen gelassen und kam postwendend zum Gitterfenster gerannt. Er war kurz weggegangen, um etwas zu erledigen. Wir beide starrten wie angewurzelt in den Himmel. Es würde uns nicht direkt treffen. Feuerrot. Die Hölle hatte ihr Maul aufgetan und uns ihr schönstes Grinsen gezeigt. Die Welt brannte einmal mehr. Wenn das nicht das Ende war, wollte ich es gar nicht erst wissen. Und praktisch nur, um mir das zu zeigen, dass vor dem Grande Finale doch noch etwas kam, zerriss daraufhin eine gewaltige schwarze Masse die Wolkendecke über uns und brach durch den Himmel. Das Ding selbst schien zu brennen. Es dampfte und überall traten schwarze Rauchwolken auf allen Seiten aus. Gelegentlich blitzten verschiedene Farben in dunklem blau, rot, pink und gelb auf und zuckten über die Oberfläche. Hoffentlich würde das, was da vorher heruntergefallen war, keine Ambitionen entwickeln, uns nach dem Leben zu trachten. Darauf wetten würde ich nicht … »Wir vertrauen auf Gott, steht auf den Dollarscheinen … Aber sieh dich mal um. Die verdammte Hölle ist hier.«

Die Sturmwolken des Krieges zogen mit ungeahnter Heftigkeit wieder auf. Der Junge sagte nichts. War auch nicht nötig. Der Anblick sprach für sich und hatte Entsetzen bei uns ausgelöst. Etwas veränderte sich schlagartig. Wie aus dem Nichts konstruierte das große Objekt eine Art Rüssel. Er sah schwer deformiert aus und bestand aus vielen, kleinen kubusförmigen Strukturen. Der Rüssel stürzte auf die Erde herab und riss schwarze Wolken hinter sich her. Im nächsten Augenblick entwuchsen dem Rüssel, weitere, viel schmalere Rüssel, die ebenfalls auf die Erde herabstürzten, die die schwarzen Wolken wiederrum zerrissen. Das äußerliche der Rüssel veränderte kontinuierlich die Form. Manche verdrehten sich in sich selbst und erzeugten bizarre Muster. Wir hatten absolut keine Ahnung, was hier passierte und weshalb. Und waren zu geschockt, um ernsthaft darüber nachzudenken. Uns blieb nur eins übrig: Nämlich wortlos in den Himmel zu starren und abzuwarten, bis sich der Regen aus Feuer gelegt, die Rüssel und das gewaltige Flugobjekt hinter einem künstlichen Horizont aus Schuttbergen und Chaos verzogen hatte. Es zwang sich mir die Frage auf, wollte das Ding hier landen, oder hatte es nur mal kurz angeklopft? Mal hereingerüsselt? Konnte es bei der Größe überhaupt landen? Oder zerbrach es einfach beim Eintritt in die Atmosphäre. Es flog definitiv sehr hoch. Und was bezweckten sie mit den vielen Rüsseln? Vielleicht bohrten sie so die Löcher in den Boden. Himmel. Scheiß drauf, dachte ich und fing wieder an zu hämmern. Diesmal verdoppelte ich die Geschwindigkeit.

Nachdem wir die ersten Gitterstäbe draußen hatten, verbesserte sich unsere Technik zusehends. Jetzt ging es recht zügig voran. Das Gemäuer war gut verarbeitet und sollte genau das, was wir mit ihm machten, verhindern. Es war schweißtreibend. In den kurzen Atempausen, die wir einlegten, reinigte ich das restliche Wasser aus den anderen Flaschen mit den Reinigungstabletten. Noch vierundvierzig Reinigungstabletten übrig, dafür eine Flasche Wasser mehr. Guter Deal. Nach einer Weile war es endlich so weit. Die Gitterstäbe waren allesamt draußen. Der Junge schob zuerst seinen Rucksack heraus. Dann stieg er auf die Kiste und quetschte sich durch das Fenster in die Freiheit. An seinem Arm zog ich ihn heraus. FREI. Endlich FREI.

»Jetzt, wo wir dich befreit haben,» sagte ich, »kannst du mir auch deinen Namen verraten.« - »Miles. Miles Williams. Scheiße, die frische Luft ist der Wahnsinn.« Miles sog die kalte Luft tief ein, warf seine Arme in die Höhe und drehte sich auf der Stelle im Kreis. «Du? Ach … und danke, Mann.« - »Freeman.« - »Alles klar, Freeman. Der Name passt jetzt auch zu mir«, stellte er mit einem Lächeln fest. »Ja!« Eine kurze Pause entstand. Wir waren von unserer Steinbrecherei immer noch ziemlich fertig. »Miles?« - »Ja?« - »Wo willst du jetzt eigentlich hin?« Er sah sich um. Blickte auf das, was sein Haus war. Falls seine Eltern zur Zeit des Einsturzes da drin waren, hatten sie keine Chance gehabt. Und wo waren eigentlich seine Nachbarn? Er ließ seinen Blick über die Straße wandern, zu den anderen Häusern. »Shit, weißt du was? Sieh dir diese Scheiße an. Die ganzen Häuser da stehen noch. Nur meins hats erwischt. Absolute Scheiße, Mann.« - »Tut mir leid, Miles. Waren deine Eltern da? Du weißt schon … als das Haus … eingestürzt ist?« - »Nee, Mann. Zum Glück nich'. Die sind vor der Sache erst rüber nach Erie, meine Schwester holen, dann weiter nach Chicago. Da leben meine Großeltern. Die wollten sie besuchen. Meine Eltern sind in der letzten Zeit viel hin und her gefahren. Wollten meine Großeltern hier in die Gegend holen. Die ziehen um zu uns, jetz' wo die so alt sind. Wollte eigentlich nach *Chicago* nachkommen, mich dort mit allen treffen und mit meinen Eltern und Schwester dann ein paar Tage Campen gehen. Wär' mit dem Zug hin. Konnte nich' gleich mit, weil ich noch für die Schule was machen musste. Scheiße. Ich sag's ja schon immer, verdammte Schule. Und seitdem hab' ich nichts mehr gehört. Weißt du, was hier passiert is'? Ich dachte ich geh drauf! Auf einmal ist alles explodiert und zusammengestürzt und ich hab' hier im Keller festgesessen. Meine Fresse, war das Glück, dass ich da grad unten war«, dabei zeigte er um sich auf die gegenüberliegende Straßenseite und zurück zum Keller. Währenddessen stoppte sein wasserfallartiges Geplapper. »Wir wurden angegriffen. Von wem hast du ja eben gesehen. Mehr kann ich dir nicht sagen, nur dass es da draußen noch mehr von denen gibt. Die sehen alle ähnlich aus und ziehen diese schwarze Rauchwolke, oder was, hinter sich her. Aber gut, dass deine Eltern nicht da drin sind. Erspart mir ‘ne Menge Buddelei. Ich bin tatsächlich auch auf dem Weg nach Chicago. Wenn du willst, kannst du mitkommen.« Miles nahm das Angebot an. Anschließend berichtete ich ihm von meinen bisherigen Erfahrungen.

»Ich hab ‘ne verdammt schlechte Nachricht. Für uns beide«, sagte ich. »Ach ja? Shit, was denn noch? Schlimmer als das da?« Er zeigte auf die Zerstörung in der Umgebung. Dabei hatte er das gesamte Ausmaß ja noch gar nicht gesehen. Ich nickte. »Ja. Im Prinzip schon.« Er sah mich wartend an. Dabei verzog sich sein Gesicht etwas. Er hatte es immer noch nicht sauber gemacht. »Weißt du noch, wo der Feuerregen runterkam?« - »Ja klar.« Er zeigte in die Richtung, ich nickte zur Bestätigung. »Genau. Da geht's nach *Chicago*. Habe eine Karte. Die hört allerdings ein paar Meilen nach Iowa auf.« - »Na großartig, Mann. Shit.« - »Du hast nicht zufällig eine im Keller, oder? Oder kennst den Weg zur nächsten Tankstelle?« - »Ja klar, Mann. Stimmt! Da sind welche im Keller! Jetz‘ wo du's sagst …« - »Ja!! Dann geh sie eben holen, damit wir hier endlich verschwinden können.« - »Ich geh nich‘ mehr in den Keller, Mann. Wenn du die Karte willst, musst du sie dir selbst holen. Die liegen im Wandschrank links, wenn du reinkletterst. Kannst du nich‘ verfehlen. Da hängen ein paar Schals und Einkaufstüten drüber. Bring die Schals gleich mit, Mann.« - »Okay, okay. Kann ich dir nicht verübeln. Warte hier.«

Gesagt, getan. Nach ein paar Minuten war der Auftrag erledigt. Wir wickelten uns gleich mit den Schals ein und zogen sie bis unter die Augen. Das war gleich viel besser.

Eine der Karten bildete die gesamten USA ab. Die wurde zurzeit nicht benötigt. Vielleicht später. Miles' Vater hatte Karten von den umliegenden Staaten im Schrank. Also auch eine von Illinois. Auf manchen war etwas markiert. Campingplätze, Wanderwege und Ähnliches. Die Karte von Illinois war nur blöderweise eingerissen und ein Teil fehlte. Und wie ich feststellte, hatte sie einen ordentlichen Kaffeeflecken quer über *Chicago* und Umland. Eben eine typische, gute alte amerikanische Karte. Da Miles dort Familie hatte, kannte sich sein Vater wahrscheinlich recht gut aus und hatte das kaputte Ding nie ersetzt, oder eben GPS benutzt. Egal, denn ich hatte sowieso keine Wahl, als mit dem zu arbeiten, was ich hatte. Die anderen Karten steckte ich sicherheitshalber auch ein. Man wußte ja nie so genau, an welchem Ende man herauskam …

In der Hoffnung, dass sie noch existierte, würden wir zuerst die Tankstelle aufsuchen. So weit war sie nicht weg, als dass es die Kosten/Nutzenrechnung nicht rechtfertigen würde. Miles navigierte uns dort hin. Vorher wollte ich noch eines der Nachbarhäuser absuchen. Objekte der Begierde: Alles, was warmhält. Denn: Mein Geruch erinnerte an einen Komposthaufen. Wir beide suchten getrennt und trafen uns mit der Beute vor dem Kellerfenster. Ich erklärte ihm kurz die Spielregeln hier draußen. Immerhin hatte ich einen Highscore von siebenundzwanzig Punkten (seit Aufzeichnung). Das sprach für mich und wollte ihn mir auch nicht so einfach nehmen lassen. Wie in den Fabriken: siebenundzwanzig Tage ohne Zwischenfall. Naja, das mit dem Zwischenfall stimmte nicht ganz. Aber es drückte den gleichen Stolz aus. Jetzt nur nicht fahrlässig werden …

Miles war auch nicht ohne, aber auf den Keller beschränkt. Falls wir irgendwo im Keller festecken würden, würde ich die Zügel abgeben. Um so richtig anzugeben, sagte ich ihm noch, dass er zwei Paar Socken anziehen sollte. Ab jetzt würde es immer kälter werden. Er war mir voraus und trug bereits doppelte Kleidung. Gute Camper-Ausbildung. Bei dem offenen Kellerfenster auch kein Wunder.

Wir machten uns auf den Weg. Die Temperatur fiel merklich ab. Unsere Suchaktion hatte uns leider ein paar Stunden gekostet. Zu unserem Nachteil wurde es auch noch dunkel und Schneefall setzte ein. Während wir uns vorwärtsquälten, erzählte ich Miles einen Teil meiner Geschichte. Das war der Teil meines Lebens, ab dem es steil bergab ging …

Ihr verdammten Alienarschlöcher. Und den Rest, wie ich hier nach *Davenport* gekommen war. Von dem riesigen Loch, das ich mitten in der Stadt gefunden hatte, erzählte ich ihm ebenso. Was es damit auf sich hatte, konnte er mir auch nicht sagen. Aber er war genauso neugierig wie ich. Dank unseres Dialogs verflog die Zeit wie im Nu. Wir fanden uns unvermittelt vor der Tankstelle wieder. Sie war völlig ausgebrannt. Um das herauszufinden, hatten wir einen kleinen Umweg in Kauf nehmen müssen. Irgendwie hatte ich es ja geahnt, denn fast alles auf dem Weg zur Tankstelle war nur noch ein Schuttberg. Wenigstens funktionierte der Kompass noch. Schnee fiel darauf und verschmierte die Sicht durch die Kunststoffabdeckung, die den darunterliegenden Aufdruck der Himmelsrichtungen zeigte. Die Karte zur Hand, berieten wir uns, welcher der bestmögliche Weg war. Ich zeigte Miles meine bisher geplante Route. Auch die Karte hielt der Nässe stand. Nachdem ich gefunden hatte, was ich suchte, zeigte ich in die Richtung, in die wir gehen mussten: Zum Mississippi River und immer mit dem Flusslauf Richtung Osten.

Nach ein paar Meilen kamen wir an eine Stelle, an der ein Verladekran halb auf seinem Inselchen, halb im Wasser lag. Er war umgeknickt. Das dunkle Metall war stellenweise geschmolzen und hatte sich zu bizarren Formen verdreht. Der Fluss führte hier besonders wenig Wasser. Nicht mehr als ein kleines Bächlein war übrig. Ursprünglich war der Fluss etwas mehr als eine halbe Meile breit. Es war seltsam und erstaunlich zugleich. Nach all den Meilen Fußmarsch war dies entschieden der beste Ort zum Übersetzen. Die ganze Operation verlief ausnahmsweise mal problemlos. Dadurch hatten wir mehr Zeit, um uns auf der anderen Seite einen Schlafplatz zu suchen. Ein Ortsschild sah ich hier nirgends. Aber Miles kannte die Gegend wie seine Westentasche. Wir befanden uns in *East Moline*. Es würde hier eine gute Pizzeria geben …

Ich zeigte ihm den Mittelfinger. Wir beschlossen am Fluss weiterzugehen und irgendwo in einer Nische zu übernachten. Das Gossenleben erwartete nun auch Miles. Willkommen im Dreck. Wir entdeckten ein kleines Gebäude, das noch unversehrt war. Ein Kontrollhäuschen, um eine Durchfahrt zu überwachen. Die Tür stand offen, sie wurde vom Wind bewegt und schlug quietschend gegen die Außenwand des Häuschens, wir nannten es *Ritz*. Dies war unser neues Zuhause für eine Nacht. In den Ecken hingen Spinnenweben, in denen sich Tau gesammelt hatte. Die Gosse musste also einen Tag warten. Damit konnte ich leben.

Zeit für's Abendessen. Wir heizten die Bude richtig ordentlich ein. Das war der absolute Wahnsinn. Wir tranken etwas Wasser und Miles hatte einiges an Verpflegung dabei. Sogar Grillwürstchen und Grillsteaks. Der Sommer konnte kommen! Er hatte die letzten vier luftdicht verschweißten

Thunfischsandwiches eingepackt. Jeder von uns genehmigte sich eins. Miles liebte die Dinger. Und ich übrigens auch. Manchmal ist es so, da trifft man einen Menschen, bei dem man das Gefühl hat, man würde ihn schon sein Leben lang kennen. Miles war einer davon. Und gleich darauf waren wir in unserer beheizten Unterkunft in voller Montur einfach eingeschlafen.

Freemans Logbuch: 28

Nach dem Aufstehen verdrückten wir die letzten beiden Thunfischsandwiches und tranken dazu etwas Wasser aus der Flasche, sowie einen Kaffee aus der Thermoskanne. Mit Miles' kleinem Gaskocher erwärmten wir den Kaffee. So ließ es sich doch aushalten! Wir wurden zunehmend mutiger. Noch vor ein paar Wochen hätte ich mich nicht einmal getraut, innerhalb eines Gebäudes Feuer zu machen. Außer diesem einen Mal … Wir mussten weiter. Immer den Fluss entlang. Für heute stand auf dem Programm: richtig Meilen machen.

Nach einiger Zeit des Wanderns wäre ich fast an der Straße vorbeigelaufen, an der wir abbiegen mussten. Miles rief mich zu sich zu und winkte energisch. Er war an das permanente Laufen noch weniger gewöhnt als ich, wollte also verständlicherweise keinen Schritt zu viel gehen. Er zeigte in die Richtung, in die wir mussten. Ein Straßenschild lag auf dem Boden. Etwas verbogen und etwas geschmolzen. Zum Glück kannte er den Weg, denn das Schild hatte ich einfach übersehen. Wir waren wieder auf Kurs und schwiegen eine Weile vor uns hin, bis mir etwas einfiel:

D-Dur	A-Dur	G-Dur	D-Dur
I see	trouble	ahead	a-risin'
D-Dur	A-Dur	G-Dur	D-Dur
I see	some	smokey giants on the way	
D-Dur	A-Dur	G-Dur	D-Dur
I see	Miles	walkin'	super slowly
D-Dur	A-Dur	G-Dur	D-Dur
He takes	his time	to get	away
...	...	...	...

»Was? Was is', Mann?« - »Wie? Was? Was meinst du?« - »Du hast doch irgendwas gesagt. Klang fast so, als ob du versucht hast, zu singen. Außerdem klang's so, als ob du's dir selbst ausgedacht hast.« - »Versuuucht?«, dehnte ich das Wort etwas beleidigt. »Da waren richtig gute Sachen dabei!«, protestierte ich weiter. Er grinste mich nur schelmisch an und sagte nichts weiter. Dann blieb er abrupt stehen, fing an wie verrückt Luftgitarre zu spielen und sich wie Angus Young von AC/DC zu bewegen und Luftsprünge zu machen. Das ließ ich mir nicht zwei Mal sagen und jammte sofort mit. Wir tanzten wie die verrückten und machten Gitarrengeräusche mit den Mündern. Unsere Bandprobe dauerte bestimmt ganze zwei Minuten, in denen wir alles gaben, bis wir nicht mehr konnten. Unsere Solos waren das Beste, was die Menschheit in den letzten vier Wochen gesehen hatte! Wir ließen uns keuchend auf den Boden fallen und lachten Tränen, wie schon lange nicht mehr. Ich hatte richtig Bauchschmerzen vom Lachen. Das war verrückt.

Es dauerte eine Weile, bis wir uns wieder gefangen hatten. Da wir sowieso eine Pause gut gebrauchen konnten, war hier der perfekte Ort. »Wer war das jetzt eigentlich, Mann?«, wollte Miles zwischen zwei Schlücken Wasser wissen. »Nur so ein Song, der mich schon eine ganze Weile begleitet. Quasi mein Marschlied. Kennste?« - »Nee. Wer war das?« - »Also, das Original ist von Creedence Clearwater Revival. Aus den Sechzigern des vergangenen Jahrhunderts. Ich sag das jetzt mal so, dass du mich auch verstehst: hammergeile Band!« Nun grinste ich ihn an. »Kenn' ich nich', Mann.« Ich schlug mir mit der flachen Hand theatralisch vor die Stirn und schüttelte übertrieben den Kopf. »Macht nichts. Lange vor deiner Zeit, aber nie zu spät. Ich zeig's dir mal, falls wir jemals die Gelegenheit dazu bekommen. Guter Song.« Eine kurze Pause entstand. Wie um sie zu füllen, setzte leichter Schneefall ein und ich sagte: »Ansonsten musst du dich eben mit meinen umwerfenden Gesangskünsten zufriedengeben. Und ich sag dir eins: Mein Repertoire ist schier endlos.« Jetzt grinste auch Miles und schüttelte ablehnend den Kopf. »Nicht, Mann, wenn ich es verhindern kann.«

Daraufhin stand er auf. Freiwillig! Ich folgte seinem Beispiel. Und weiter ging die Reise, als ob das gerade Passierte nie geschehen wäre. Wahrscheinlich kommt man auf solche Ideen, wenn man stundenlang irgendwo langläuft und man beginnt, sich an die latente Gefahr zu gewöhnen. Miles fluchte über seine Füße und trottete mir hinterher. Immer weiter und weiter, diese gottverdammte Straße entlang.

Wir kamen gut voran und nichts Aufregendes ereignete sich. Auf dass es so bleibe! Wir liefen, bis wir nicht mehr konnten. Bis die Sonne weg war und wir anfingen, richtig zu frieren. Der Schneefall hatte mittlerweile stark zugenommen. Und Miles hatte ein Zelt … Ich wiederhole das jetzt: Ja, Miles hatte ein Zelt. Hatte es mir nur versäumt zu sagen. War zu beschäftigt, einen Fuß vor den anderen zu setzen und sich Blasen zu laufen. Hatte es an seinen Rucksack gehängt. War mir gar nicht aufgefallen. Lief ja die meiste Zeit vor ihm. Jugendlicher Leichtsinn!! Dafür konnte ich am Abend sein Repertoire an Flüchen fast auswendig. Gebraucht hatten wir das Zelt noch nicht, da wir vergangene Nacht einen guten Unterschlupf gefunden hatten.

Wir hielten mitten in der Pampa an. Zwischen zwei ausgebrannten Farmhäusern, eins linkerseits der Straße, das andere rechterseits, aber immer noch ein gutes Stück weit auseinander. Da es unablässig schneite, war mittlerweile alles mit Schnee bedeckt. Der Wind blies eisig und der Himmel war sternenklar. Ich überlegte still vor mich hin, was die nächsten Schritte waren. In der nächstgelegenen Ruine schlugen wir zwischen ein paar Mauerresten unser Lager auf. Der Gestank von Schutt und Asche lullte uns so richtig schön abstoßend ein. Miles hatte keine Einwände und schien sich in seine neue Rolle gut einzuleben, seine Keller-Erfahrung nutzend und dem Gestank zum Trotz. Wir positionierten uns so zwischen den Mauern, dass wir den kleinen Camping Gaskocher verwenden konnten, ohne den Campingkocher in der Apside des Zeltes verwenden zu müssen. Das minimierte das Risiko, unser Zelt abzufackeln. Aber erklär mir das mal jemand …

Wir manövrierten ein größeres Mauerteil in einen besseren Winkel. Das machten wir ein paar Mal und füllten die Lücken mit anderen Steinen und Dreck auf. Kurzerhand entstand so eine improvisierte Mauer. Zu guter Letzt friemelte ich meine Plane aus dem Rucksack und verteilte sie zusätzlich von innen über der Mauer, um alle Lücken behelfsmäßig zu schließen. Jetzt konnten wir den Kocher verwenden! Abendessen: Eine Packung Beef Jerkey und jeder eine Dose SPAM Hot and Spicy. Auf das Zeug stand Miles. Und nach so vielen Meilen des Marsches ich nun langsam auch. Wir saßen im Zelt, lüfteten unsere Füße. Wenn ich eins gelernt hatte, die Füße nach jedem Marsch zu lüften, damit sich das Wasser in den Schuhen verflüchtigen konnte. Es war fast schon lustig anzusehen, wie unsere Füße in der Kälte dampften.

»Miles, wie alt bist du eigentlich?« Er kaute gerade auf einem Stück Beef Jerkey herum. Nachdem er es heruntergeschluckt hatte, sagte er: »Siebzehn.« - »Okay, das zählt dieser Tage als einundzwanzig.« Er guckte mich fragend an, während ich mich an meinem Rucksack zu schaffen machte. »Oooooooookay?«, sagte er sehr langsam und gedehnt. Dann fand ich wonach ich suchte. Triumphierend wedelte ich mit dem Flachmann vor seiner Nase herum, drehte den Deckel ab und nahm einen Schluck. »Aaaah. Der geht gut runter«, sagte ich. Ich reichte ihm die Flasche. Miles roch daran. Er verzog das Gesicht. Dann hielt er seine Nase darüber, und wedelte wie im Chemieunterricht den Geruch vorsichtig zu sich hin, um sich die Atemwege nicht zu verätzen. Dabei verzog er wieder kurz das Gesicht. Er sah geradezu hoch konzentriert und angestrengt aus. Er zuckte mit den Schultern, aber nicht mit der Wimper, und nahm einen Schluck. Sofort hustete er. Und ich grinste breit. »Man, das brennt ja wie Sau«, stellte er fest. Das ließ mich in Gelächter ausbrechen. »Schon, aber irgendwie wärmts auch von innen ... so der Mythos.« »Oha, Mann, das erinnert mich doch glatt an was«, bemerkte Miles.

Unzusammenhängend hatte er an zwei Schlafsäcke gedacht, die er eingepackt hatte. Auch das wiederhole ich gerne noch einmal: Miles hatte zwei kleine Reiseschlafsäcke eingepackt … Er hatte versäumt, es mir MITZUTEILEN!!! Hatte sich wahrscheinlich von den Blasen an seinen Füßen und dem Herumgefluche ablenken lassen. Jugendlicher Leichtsinn!!! Mann, so ein Glück hatte man wahrlich nicht alle Tage. Der einzige Überlebende, war der Sohn eines Campingartikelverkäufers, der auch bei Stress noch funktionierte. Scheiße, ja!! Bei so viel Pech, war das bisschen Glück nur gerecht! Meinen Schlafsack und das Zelt nahm ich übrigens an mich. Hatte einfach mehr Platz im Rucksack. Außerdem trug er unser Dosenfutter. Zu unserem Nachteil, verringerte sich das Gewicht seines Rucksacks zusehends. Er hatte einen dieser normalen Wanderrucksäcke. Für Camper und Wanderer wie uns. Oder für Leute, die fürchterlich ausgebombt wurden und deren Land sowas von im Arsch ist. Also überhaupt nicht wie wir ... Ja, die konnten so einen auch gut gebrauchen.

Nachts weckte mich der Ruf der Natur. Draußen vor dem Zelt waberte leichter Nebel über dem Boden. Der Himmel war immer noch sternenklar und nicht eine Wolke zusehen. Die Umgebung war nur etwas diesig durch den Nebel. Meine Schritte knarzten im Schnee. Es herrschte klirrende Kälte. Während ich also so dastand, erst an mir herunterschauend und mich fragte, wann ich mir denn nun endlich die Nudel abfrieren würde, schweifte mein Blick ein wenig durch die vom Mond beleuchtete Nacht, durch die Dunkelheit, bis der Mond meinen Blick auf sich zog. »Miles! Steh sofort auf, Herrgott nochmal!« Er hörte mich nicht gleich und ich wollte nicht schon wieder durch die Nacht schreien. Die Sache mit der Draußen-Stimme fruchtete langsam. Ich rief trotzdem noch ein paar Mal ... Aber etwas leiser. Man, der konnte vielleicht schlafen. Ich gab's auf und musste extra hineingehen, um zu ihn wecken. »Miles, verflucht nochmal, steh schon auf. Scheiße, daran müssen wir noch arbeiten, wenn du leben willst. Komm raus und guck dir das mal an.« - »Was? Was denn, Mann?« Bevor ich dem Schlaftrunkenen antworten konnte, war ich schon wieder draußen. Vielleicht war er auch Whiskeytrunken. Es raschelte hinter mir im Zelt. Miles hatte es endlich geschafft. »Was is'? Wieso hast du mich geweckt, Mann? Es is' saukalt und ich bin scheiß müde, Mann.« Ohne ihm zu antworten, zeigte ich auf den Mond.

»Was … was'n das?«, fragte er mich halb verschlafen. Der Mond? Er krächzte den letzten Teil des Satzes und bei

Mond rutschte seine krächzende Stimme fast eine halbe Oktave höher. Sogar die Kälte vermochte es nicht, ihn richtig zu wecken. »Jetzt guck doch genau, Miles!« Der Mond hatte am unteren rechten Ende einen kleinen schwarzen Fleck. War einfach so da, und regte sich nicht. Als ob jemand ein Glas Tinte umgeworfen und anschließend mit Essstäbchen kantige Schlieren auf der Mondoberfläche gezogen hatte. »Was machen wir jetzt?«, fragte Miles. »Tja, wenn ich das nur wüsste. Schätze mal, das Beste daraus? Mal sehen, wie das Ding morgen aussieht. Ich bleibe noch hier und gucke, ob was passiert. Verdammt faszinierender Mist.« Miles blieb auch noch eine Weile, bis er die Augen genau so wenig offen halten konnte wie ich und die Kälte uns wieder ins Zelt scheuchte. Passiert war weiter nichts. Das Einzige, was sich dort oben regte, war das gelegentliche Aufblitzen von schwachem Licht, was ich für eine Täuschung meiner Sinne hielt, durch Übermüdung und Entbehrung ausgelöst.

Freemans Logbuch: 29

Wir erwachten am Morgen des neunundzwanzigsten Tages anno Freemanimi laut Kalender. Die guten Nachrichten zuerst: Es gab uns noch. Der Mond war uns nicht auf den Kopf gefallen. Ein dreihundertsechzig Grad-Blick um unser Zelt herum, verriet uns die schlechten Nachrichten … Als ich kurz aus dem Zelt ging, um die Lage einzuschätzen und allfällige Gefahren zu wittern, stellte ich zweierleifest. Erstens: Ich witterte etwas ganz anderes. Nämlich die Geruchsentwicklung im Zelt. Die ließ doch bitte schwer zu wünschen übrig. Also weckte ich den Faulpelz und lüftete ordentlich durch, bevor wir unsere Sachen packten und das Zelt abbauten. Es war ein zwei Mann Tunnelzelt. Wir passten gerade so rein. Dafür war es leicht und schnell auf- und abbaubar. Außerdem hatte es Tarnfarbe und für den Comfort der Extraklasse, eine Apside. Mit der Apside konnte man zwar den Dreck größtenteils vom Schlafraum fernhalten, aber einer von uns stank halt immer nach irgendwas Ranzigem. Diesen Teil benutzen wir auch zum Kochen. Zweitens: Der Mond war als hellweiße Scheibe noch am Himmel zu erkennen, an der nach wie vor der schwarze Fleck haftete. Er zog mich sogleich wieder in seinen Bann und ich brauchte lange, um mich davon loszureißen. Erst als Miles im Zelt etwas lauter mit irgendwelchem Metallzeugs herumklimperte, war der Bann gebrochen. War der Tumor über Nacht gewachsen? Sicher war jedenfalls, dass das Bild vom Mond, wie wir es seit je her kannten, nicht mehr existierte. Es wurde durch ein neues, total ausgeflipptes Bild, von dem ich mich nur schwer lösen konnte, ersetzt. Wir wollten weiter. Unser Primärziel lautete nach wie vor: Meilen machen, überleben und von vorne durch den Regen! Das konnte mein neuer Marschsong werden. Hatte Potential. Aber selbstverständlich erst nach dem Frühstück. Also noch einmal: Meilen machen, überleben und von vorne durch den Regen! Erst das Frühstück, dann die Arbeit, immer vorwärts, in die Freiheit! Das war schon besser. Noch drei Jahre mehr des Fußmarsches und ich könnte was Brauchbares haben. Übrigens: wir hatten offiziell kein Spicy Hot Chicken mehr. Das Leben ist manchmal grausam …

Bevor es los ging, mussten wir dringend etwas gegen diese verfluchte Kälte tun. Bessere Ausrüstung konnten wir nicht auftreiben, also improvisierten wir mit Zivilisationsmüll. Wir sammelten Plastiktüten ein, die überall herumlagen und schnitten sie in Bahnen. Die angefertigten Streifen stopften wir in jede Lücke unserer Klamotten. Jackenärmel und so weiter. Die Gelenke ließen wir aus. Wollten ja nicht wegen einer Plastiktüte draufgehen, wenn wir schon wie der Marshmallow-(Müll)Mann herumliefen. Insgesamt wurden unsere Methoden zum Überleben immer besser. Wir stellten fest, dass wenn wir leichte Aufwärmübungen vor dem Schlafengehen machten, wir die Wärme im Schlafsack abgaben. Das heizte die Schlafsäcke etwas auf. Und ja, ich wurde anfänglich wegen meiner Performances öffentlich ausgelacht. Aber das war mir egal, wir brauchten jedes Grad Fahrenheit!!!

Eigentlich ganz klar, aber nur fürs Protokoll: Nachts wickelten wir uns irgendwelche Kleidungsstücke um die Köpfe, damit wir so die Wärme besser halten konnten. Das erinnerte mich daran, dass wir dringend Mützen brauchten. Wir waren schon ziemliche Tölpel. Miles hatte bestimmt welche zuhause gehabt. Hatten in der Eile nur nicht daran gedacht. Immerhin hatte er in seinem Fluchtrucksack ein Zelt und zwei Schlafsäcke gepackt. Da konnte man die Mützen leicht verschmerzen. Weiterhin, wer konnte, wechselte vor dem Schlafengehen die Klamotten. Der Rest konnte dann trocknen. Und unsere neueste Entdeckung: nur zum Anheizen in den Schlafsack reinatmen. Ansonsten wurde es drinnen zu feucht. Feuchtigkeit und Kälte … Falls der Punkt kommen sollte, an dem wir es überhaupt nicht mehr aushielten, würden wir versuchen, das Trinkwasser aufzuheizen und abgefüllt mit in die Schlafsäcke zu nehmen. In der Theorie klang das schon mal sehr vielversprechend.

Unsere Fähigkeiten zu Marschieren verbesserten sich ebenso. Naja, außer die von Keller-Miles. Der wurde zwar auch langsam besser, aber zu langsam! Wie viel zu oft, beschwor er alle Dämonen, die es so gab. Praktisch den ganzen Weg bis nach *Erie*, murmelte er hinter mir gehend Flüche in seinen nicht vorhandenen Bart. Ich musste zugegeben, dass ein paar wirklich gute Sprüche dabei gewesen waren. In *Erie* wollten wir zum Haus seiner älteren Schwester Latrice gehen und nach ihr sehen. Nicht, dass sie unplanmäßig zuhause geblieben war. Kurz vor *Erie* kamen wir an einer Schneise aus Erdreich vorbei. Sie war gewaltig. Irgendetwas hatte dort die Erde vier Stockwerke hoch und mindestens zehn Schulbusse lang zusammengeschoben und aufgetürmt. Es lag ein umgestürzter Schulbus neben der Aufschichtung auf der Seite. Daher meine treffende Schulbus-Schätzung. Ich wollte unbedingt auf den Bus klettern, um zu überprüfen, ob es darin irgendetwas Brauchbares gibt. Miles half mir bei meinem Unterfangen mit einer Räuberleiter aus. Oben angekommen rappelte ich mich auf und begann langsam über die Seite des Busses hinwegzulaufen. Ein flaues Gefühl breitete sich in meiner Magengegend aus. Es war bestimmt keine gute Idee, mir den Inhalt des Busses anzusehen. Mit jedem Schritt knackte das Blech unter meinen Füßen.

Die Bestätigung kam prompt: Immenser Gestank und der Anblick des Todes gruben sich durch die Ritzen und Löcher der zerborstenen Fensterscheiben. Abertausend Fliegen versammelten sich auf dem Grund des Buses. Überall lagen kleine Körper und Schulranzen. Blutverschmierte Schulbücher, Getränkeflaschen, Lunchboxen und Schuhe. Die Flaschen und Lunchboxen hätte ich nur zu gerne geborgen. Aber auch ich hatte meine Grenzen. Innen sah es aus, als ob jemand den Schulbus als Mixer benutzt und grobes, klumpiges, zu Feinpüriertem, für das Mittagessen gehäckselt hätte. Jedes Mal, wenn sich ein Teil der schwarzen Fliegenmasse hob, wurde der Blick auf die Katastrophe darunter freigegeben. Als es das erste Mal passierte, hatte ich sofort quer über eine Fensterscheibe des Busses gekübelt und mir die Schuhe etwas dreckig gemacht. Mit jeder weiteren Woge Fliegen, setzte der Gewöhnungseffekt ein, und konnte so die Kotzerei letztendlich unterbinden. Nur zitterte ich am ganzen Körper Fazit: In diesem Bus gab es für mich nichts mehr zu holen. Außer den Schrecken meines Lebens. Bleich und stark zitternd machte ich mich mit Miles wieder auf den Weg. Mein Atem stank nach Kotze. Miles hatte mich freundlicherweise darauf hingewiesen. Also, Zähneputzen. Das half. Aber nicht gegen den Schock.

Bevor wir weitergingen, hatte Miles den Einfall, auf den Erdhügel zu klettern. Wir wollten uns einen besseren Überblick über die Lage verschaffen. Dies war eine gute Gelegenheit dazu. Der Aufstieg verlief problemlos. Die Aussicht war gewaltig. Wir konnten *Erie* vollständig überblicken, und weiter, zum Horizont. Es war alles komplett im ARSCH. Kein Haus stand mehr. Man konnte die einzelnen Grundstücke nur erahnen. Die Überreste der Häuser türmten sich zu gewaltigen Schuttbergen auf und überspülten die Straßen. Nach einer Weile hatten wir genug gesehen. Wir machten uns an den Abstieg. Meine Drohne wollte ich hier nicht einsetzen, da Miles die Gegend kannte und hier keine offensichtlichen Gefahren auszumachen waren. Miles wusste noch nichts von meiner Drohne.

Miles führte uns in die Straße, wo seine Schwester wohnte. Er konnte das Haus nicht gleich finden, da nichts mehr so aussah wie vorher. Alles Schutt, Asche und Asphaltfetzen. Müll, Gestank, auf dem Boden liegende Stromkabel. Leichen. Tote Haustiere. Fliegen, Ratten und Kakerlaken. Als ob der Teufel einen schlechten Tag gehabt hatte und zum Abreagieren hierhergekommen war. Das Haus war ebenso dem Erdboden gleich. Nur noch Schuttbrocken übrig. Ich sagte nichts und hoffte für Miles und seine Schwester das Beste. Mit anderen Worten, *Erie* war ein Reinfall. Er setzte sich auf den Boden und fing an zu zittern. Er vergrub sein Gesicht in seinen Händen, so dass ich zwar keine Tränen sehen, aber sein Schluchzen hören konnte. Ich setzte mich daneben und beruhigte ihn. Es dauerte lange, bis ich ihn davon überzeugt hatte, dass seiner Schwester ganz bestimmt die Flucht gelungen war. Sie würde planmäßig in *Chicago* auf ihn warten. »Miles macht Meilen, Miles macht Meilen, Miles macht Meilen«, wiederholte ich Mantra-mäßig. »Was, Mann?« - »Ach, schon gut. Kennste den? Geht ein Cowboy zum Friseur, als er wieder rauskommt: Pony weg.« Witz komm' raus, du bist umzingelt! Aber hey, immerhin hatte Miles kurz an etwas anderes gedacht. Außerdem hatte ich einen respektablen Zeitraum zwischen *Erie* und meiner großen Lachnummer eingeräumt.

Freemans Logbuch: 29 (abends)

Schon mal mitten auf einem Expressway übernachtet? Klang wie der Anfang eines noch mieseren Witzes. War aber auch unser erstes Mal. Also, eigentlich unter dem Expressway. Dort kreuzten sich zwei Straßen, die aus unserer Richtung kommend, unter dem Expressway hindurchtunnelten. Die zweite Brücke war eingestürzt und nur noch ein Schutthaufen. Unter der noch intakten Brücke übernachteten wir. Gleich, nachdem wir das Zelt aufgebaut hatten, studierte ich wie jeden Abend, sorgfältig die Karten, um unseren Standort zu bestimmen und die Marschroute einzuzeichnen. Wenn mich nicht alles täuschte, befanden wir uns direkt auf dem *Chicago-Kansas City* Expressway. Nachdem das Lager gemacht war und das Abendessen vor sich hin köchelte, kletterte ich aus dem Zelt. Miles überwachte die Flamme vom Kocher. Wir hatten wieder eine wolkenlose, sternenklare Nacht. Ich betrachtete den Mond. In der Dunkelheit wirkte er riesig. Es gab nirgends mehr künstliches Licht. Die beiden Brücken reflektierten am meisten.

Der Tumor wuchs ganz eindeutig. Der Fleck wurde größer und die Schlieren verwischten nun etwas weiter in den Mond hinein. Streckten immer weiter ihre langen, schwarzen Finger hin zur anderen Seite des Mondes aus. Was machten diese verfluchten *ALIENWICHSER* nur mit unserem Mond? Aber warum auch auf der Erde halt machen, wenn man den Mond und das ganze Sonnensystem unterjochen konnte? Okay, auf dem Mond gabs nichts zu unterjochen. Zumindest nichts Menschliches. Außer Mr. Buzz Aldrins und Mr. Neil Armstrongs Flagge, sowie ein paar Geräte. Aber was würden sie mit dem Krempel schon anfangen können? Eher waren sie hinter irgendwelchen

Rohstoffen her. Aber auf dem Mond? Der war doch aus Käse … So weit, wie sie technisch entwickelt waren, gab‘s bestimmt was aus dem Mond zu holen. Wasser? Egal, denn was dagegen machen konnten wir ohnehin nicht. Außer, einen besseren Begriff für *ALIENWICHSER* zu finden, auch wenn der schon recht passend war. Zeit für die legendäre Schlafsack-Aufheizroutine mit eingehender Perfomance von, *moi, Le Chef,* und ´ner Mütze voll Schlaf

PS: Das schlimmste an solchen Nächten sind die verdammten Läuse. Wenn sie dir über das Handgelenk den Arm hochkriechen, unter deinen ranzigen Lumpen, der sich T-Shirt schimpft, und damit beginnen, überall ihre kleinen dreckigen Hauer in dich reinzuhacken

Freemans Logbuch: 30

Frisch gestärkt, temporär entlaust und mit auf Hochglanz polierten Zähnen, machten wir uns wie jeden Morgen daran, unser Zelt einzupacken und uns marschfertig zu machen. Dieses Mal nutzte ich die Gelegenheit, ein paar Sachen aus meinem Rucksack loszuwerden. Wer schleppte schon freiwillig ein Erdnussbutterglas, eine zerschnittene Dose und eine weitere, komplett plattgedrückte Dose mit sich herum? Das mit Erde befüllte Glas erinnerte mich prompt an eines meiner *Le Chef Freéman*-Menüs, die ich aus Würmern kredenzt hatte. Bei dem Gedanken daran, wurde mir gleich ganz anders. Ich schüttelte den Gedanken schnell ab. Beim Ausmisten bekam ich das Katzenfutter in die Hände. Triumphierend lächelte ich es an. »Du kleiner Bastard …«

Schon nach kurzer Zeit erreichten wir einen See. Eine Baufirma hatte hier ihren Sitz. *Gehabt*. Die Firma gab es nicht mehr. Wobei sie jetzt mit Sicherheit sehr viel zu tun gehabt hätte … Wir sahen uns das Gelände an. Eine alte Lok stand dort herum. Cooles Teil!!! Dienstuntauglich … Aber das war ja klar. Hätten wir das vorher gewusst, hätten wir am vorigen Abend nicht das verdammte Zelt aufbauen müssen!!! Es gab eine Entschädigung: Ein Tandem! Ein rotes Tandem!! Es war noch voll funktionstüchtig und lehnte an der Lok. Wir mussten zwar ein paar Kisten und Werbetafeln beiseite heben, aber das war in Nullkommanichts erledigt. Wir diskutierten über die Gefahren, mit so einem Ding herumzueiern. Entschieden, nein, hofften, dass es keinen großen Unterschied machen würde. Zumindest war es praktisch geräuschlos. Wir verglichen es mit dem Geräuschpegel, den Stiefel auf Erde und Asphalt machten. Einen Nachteil hatte es allerdings, wir konnten nicht mehr durch die paar wenigen Wälder gehen, die am Straßenrand standen. Wir nutzten sie, wann immer möglich, als Schutz. Ein Feldversuch würde uns diese Frage beantworten. »Vorne!«, schrie Miles lauter als mir lieb war. »Von mir aus …«

Es war gar nicht so einfach. *NICHT* … so… einfach! Die Lenkstange hinten war unbeweglich. Ich musste also sofort in Miles Rhythmus einsteigen. Das war leichter gesagt als getan. Außerdem warf mich zu Beginn mein praller Rucksack hin und her. Die erste Meile verlief holpernd und im Schneckentempo, wie nach drei Flaschen Whiskey auf nüchternen Magen. Übrigens wünschte ich mir, ich hätte drei Flaschen Whiskey auf nüchternen Magen gesoffen! Wie oft wir anhalten und angefahren sind, vermag ich gar nicht zu sagen. Einmal sind wir auch voll auf die Schnauze geflogen. Miles schürfte sich das Bein auf. Ich mir die Handinnenflächen. Wir mussten zwangspausieren und die Wunden reinigen. So nah am Ziel wollten wir unter allen Umständen Entzündungen vermeiden. Lebend ankommen wäre auch ganz toll. Dann lief es plötzlich und wir flogen nur so dahin. JA!!! Trotzdem mussten wir viel zu oft irgendwelchem Schutt ausweichen, oder gewaltigen Schlaglöchern. Unterwegs kamen wir an mehreren dieser Riesenlöcher wie es in *Davenport* eins gab, vorbei.

Durch den nächsten Ort ging es bedauerlicherweise wieder schleppend. Aber unsere Moral war durch unseren neuen tandemierten Drahtesel gestärkt. Wir fluchten uns einfach vorwärts. Uns war auch egal, wie der Ort hieß, auch, wenn das im Nachhinein das Kartenlesen eindeutig erschwerte. Die Euphorie ließ uns das aber vergessen. Wir waren sogar so dermaßen abgelenkt, dass wir für eine Weile auf der völlig falschen Straße unterwegs waren. Als wir viel später an einer Kreuzung vorbeikamen, schlug uns ein Straßenschild förmlich ins Gesicht. Zum Glück war es nicht umgefallen. Wir bogen links ab, waren wieder auf Kurs und verloren nie wieder ein Wort darüber. Uns … ist … die gottverfluchte Kette gerissen. Und zwar so, dass wir sie nicht mehr reparieren konnten. Und eins kann ich versichern, wir hatten es wirklich versucht. Gesenkten Hauptes begruben wir *Roter Blitz* mit einem Tritt in die Seite und beförderten ihn in den ewigen Straßengraben. Mögest du für immer rosten …

Wir waren nicht weitergekommen, als wenn wir gelaufen wären. Nur schneller! Immer positiv bleiben. Klappe halten und einfach weitermarschieren. Beim nächsten Mal werde ich vorne sitzen.

Freemans Logbuch: 31 und 32

Die nächsten zwei Tage verbrachten wir im Gewaltmarsch. Der allgegenwärtige Höhepunkt der Reise: Verdorrte Felder. Wunderschön anzusehen. Selbst mit dem ganzen Schnee darauf, konnte man sehen, dass hier so schnell nichts mehr wachsen würde, außer mein Unmut. Sonst gab es da nichts weiter zu sehen. ALLES, jeder Knochen, jeder Muskel in mir rebellierte nach diesen zwei Tagen. Wenn es mir schon so dreckig ging, dann musste es Miles so richtig übel gehen. Und als wenn wir nicht schon genug Probleme gehabt hätten: Unsere Essensvorräte gingen zur Neige. Aber wenigstens hielten die Stiefel der Belastung durch den Gewaltmarsch stand. Der Kälte und des Schnees zum Trotz, kamen wir unerwartet gut voran. Der Schneefall verlief wellenartig, mit mal mehr und mal weniger Schnee. Unterwegs in den Marschpausen, schmolzen wir etwas von dem weißen Puderpulver zu Wasser und reinigten ihn mit den Tabletten. Sicher ist sicher. Über Actionhelden, Monster und Comics sinnierend, kamen wir auf das Thema Strahlung zu sprechen. Auffällig war, dass wir noch nicht zu atomverseuchten Monstern mutiert waren. Und Superkräfte hatten sich auch leider noch keine eingestellt. Also blieben uns nur positive Supergedanken: Die Chancen standen gar nicht so schlecht, nicht verstrahlt worden zu sein. Dass wir mit jedem Schritt näher an *Chicago* rückten, gab uns zusätzlichen Aufwind. Das war gut für die Moral der Truppe, da die Entbehrungen zunahmen. Jede gute Nachricht konnten wir dringend gebrauchen. Manchmal, während stiller Momente, da draußen auf der Straße, trauerten wir *Roter Blitz* hinterher. Der hatte Superkräfte.

Freemans Logbuch: 33

D-Dur	A-Dur	G-Dur	D-Dur
Alien wankers	you	start to	ennoy me
D-Dur	A-Dur	G-Dur	D-Dur
I will	get you with	a mighty	hammer
D-Dur	A-Dur	G-Dur	D-Dur
Droppin‘	it on your	stupid	faces
D-Dur	A-Dur	G-Dur	D-Dur
A pay-back	for	Red Flash‘s	busted chain

Ich kann nicht gerade behaupten, dass meine Texte auch nur im Ansatz besser wurden … Themenwechsel: Mann, wie mich der Mond abnervte. Das Ding wurde immer schwärzer und schwärzer. Der Tumor löste den Mond förmlich im Vakuum auf. Der einzige Hinweis darauf, dass der Mond überhaupt noch an den befallenen Stellen existierte, war, das zunehmende dunkelblaue Geblitze und die langen gleichfarbigen Streifen, die darüber hinweg flitzten. Über immer längere Strecken hinweg.

Es war nicht mehr weit. Ich konnten es fühlen. Okay, okay … Ich hatte ja die Landkarte studiert. Ich wusste also in etwa, wo wir waren. Vielleicht noch ein paar Tage des Leidens und Entbehrens. Miles erhoffte sich viel von *Chicago.* Mich selbst packte auch die Ungeduld, ich versuchte aber nicht ganz so euphorisch zu wirken. Wir hatten keine Ahnung, wie es dort aussehen würde. Stand überhaupt noch irgendetwas? Nach allem, was ich gesehen hatte, waren die Chancen nicht sehr hoch. Auch hier starb die Hoffnung zuletzt. Und die mochte ich Miles einfach nicht nehmen.

Da wir so nah dran waren, beschlossen wir, das Tempo nicht zu verringern. Miles und ich hatten mittlerweile seit zwei Tagen Schnupfen und keine verdammten Taschentücher. Gottverflucht war das räudig. Ich kam mir vor wie *Slimer* von den *Ghostbusters*, nur eben in der Nase. Der Nasengeist, der sich grün ins Freie beißt … Hoffentlich würde sich das nicht zu einer fetten Erkältung entwickeln. Fuck you, *Slimer*. Das würde uns um Tage zurückwerfen. Manchmal putzte ich mir die Nase mit Schnee. Und übrigens auch den Hintern. Bei einer minimalen Veränderung des Gesundheitszustands zum schlechteren hin, vereinbarte ich mit Miles, würden wir uns mit den letzten verblieben Vicodintabletten bis nach *Chicago* schießen. Ins andere Universum. In *Chicago* musste es einfach irgendwas geben. Ja, riskant. Aber wir konnten nichts anderes tun. Wir wollten heute unbedingt die ersten Ausläufer der Stadt erreichen

Der Schneefall nahm zu. Wir mussten öfter pausieren, als uns lieb war. Es war so richtig elend kalt. Miles machte eine kurze Inventur in einer der Pausen: sechs Schokoriegel, eine Dreier-Packung Grillwürstchen und zwei Grillsteaks. Das klang doch gar nicht Mal so schlecht. Wenn es nicht auch gleichzeitig das Ende der Fahnenstange gewesen wäre. Danach hatten wir nichts mehr zu essen. Deswegen hatten wir uns das Beste auch bis zum Schluss aufgehoben. Irgendwie traurig, da hier Ende wortwörtlich zu verstehen war. Würstchen und Steaks waren vakuumverpackt. Die hatte Miles aus seinem Kühlschrank im Keller. Der Kühlschrank war leider noch nicht vollständig bestückt gewesen. Es kam etwas dazwischen … Die Schokoriegel wollten wir entweder für eine Gelegenheit zum Feiern oder zum Tauschen aufbewahren. Es sei denn, es ging um Leben und Tod. Oder mit anderen Worten, es musste eine Entscheidung von gravierender Bedeutung getroffen werden: Katzenfutter oder Schokoriegel?

Wir hielten den Gewaltmarsch durch. Zu wissen, dass nun wirklich jeder Schritt zählte, trieb uns an. Es war der dritte Tag des Ansturms auf die Bastion *Chicago*. Miles beschwerte sich über Schmerzen in seinem rechten Fuß. Wir mussten etwas dagegen tun. Es gab nur nichts. Also gab ich ihm Schmerzmittel. Am Abend war es dann endlich so weit. Das vorletzte Abendmahl. Nachdem das Lager errichtet war, teilten wir uns die Würstchen und Gemüsebrühe. Kaffee konnten wir uns abends nicht mehr leisten. Jeder bekam nur ein Würstchen. Und scheiß drauf, einen Schokoriegel, den wir uns teilten. Wir mussten den Erfolg einfach feiern. Und tot würden uns die Riegel auch nichts mehr bringen.

Miles zeigte mir auf Verlangen den rechten Fuß, der ihm Probleme bereitete. Sein kleiner Fußzeh war an einer Stelle schwarz verfärbt. Frostbeule. Fast so, wie der Mond … Wir stellten den Fuß trocken. Es schien kein schwerer Fall zu sein, die Stelle war nicht sehr groß. Allerdings kannten wir uns damit nicht aus. Uns war klar, dass, wenn weiterhin Kälte und Feuchtigkeit auf die Frostbeule einwirken würden, dürfte es definitiv schlimmer werden.

Also umwickelte ich Miles' Schuhe mit Isolierband. Das sollte für den Rest der Reise hoffentlich reichen. Wenn nicht, ich hatte ja noch ein paar Yards Isolierband dabei. Erfahrungen oder gar Erfolge auf dem Gebiet der Amputationen hatte ich keine. Außer dem kleinen Vögelchen. Dem hatte ich so ziemlich alles gleichzeitig amputiert. Und dabei sollte es bleiben. Ich beschloss also, am nächsten Tag eine Zwangspause anzusetzen. Wir waren sowieso erkältet. Und ‚Scheiße, nach drei Tagen Marsch, hatten wir uns das auch verdammt nochmal verdient.

Das dritte der Würstchen war für das Frühstück gedacht. Zusammen mit etwas Gemüsebrühe. Brühe hatten wir seit Miles‘ Befreiung aus dem Keller, jeden Morgen und Abend. Diszipliniert zogen wir die Sache durch. Wir waren so nah dran. So nah! Trotzdem hatten wir Hunger bis aufs Äußerste, wodurch das verfluchte Katzenfutter wieder in greifbare Nähe rückte. Mit knurrendem Magen fiel ich in einen unruhigen Schlaf. Miles wälzte sich die ganze Nacht hin und her.

Freemans Logbuch: 34

Wir hatten die verfluchten Ausläufer *Chicagos* erreicht! Endlich. Angeblich lag mein Überlebensscore bei dreiunddreißig. Ich hatte das Gefühl, länger unterwegs gewesen zu sein. Hatte mich vielleicht verzählt. Manchmal war es, sagen wir, etwas hektisch. Egal. Vorerst blieb es dabei. Vierunddreißig Tage überlebt. Wohoooo!! Wie zu erwarten war, stand nicht mehr viel Urbanes. Zumindest nicht hier. Da diese Gegend viel stärker bebaut war und die Dichte noch zunehmen würde, erhofften wir uns, ab jetzt in Häusern übernachten zu können.

Kurz nach Aufbruch kamen wir am Iowa River an. Zum zweiten Mal in meiner Karriere. Das hatte ich erwartet, denn er war auf der Karte abgedruckt … Schlaues Bürschchen. Die Brücke war allerdings nur fast vollständig intakt. Auf dem allerletzten Stück war ein Brückenelement komplett und auf unerklärlicherweise pulverisiert. Ein schmales, aber sehr tiefes Loch, befand sich mitten im Fluss. Es erzeugte einen Strudel. Das Wasser floss dorthin ab. Die Brücke sah an der Stelle so aus, als ob sie einfach weggebrannt worden wäre. Das Material der Brücke sah an manchen Stellen wie verflüssigt und wieder erhärtet aus. Es übte eine ungemeine Faszination auf mich aus. Ich wollte es berühren. Miles war das egal, hielt mich aber davon ab, es zu berühren. Das wäre wahrscheinlich auch ziemlich unklug. Er wollte nur weiter und nichts wie weg von hier. Und recht hatte er. Wir mussten also über diese verfluchte Brücke. So kurz vor dem Ziel und dann SOWAS. Zur Strafe pinkelten Miles und ich von der Brücke, in den gottverdammten Alienstrudel, da unter uns. Ich kann nicht sagen, dass wir darüber nicht gelacht hätten … Wir hofften nämlich, dass sie dort unten hausten. Falls dem so war, hatten wir ihnen voll auf den Kopf gepisst! JA!! Team Freeman/Miles: Eins, Alienwichser: eine Trilliarde[2]. Es gab also noch Nachholbedarf. Immerhin hatten sie die Erde in kürzester Zeit ins *Aus* befördert. Um bei Sportterminologie zu bleiben: grobes Foul. Dies war unser Freistoß. Die Rache des kleinen Mannes!!

Wir mussten einen Weg über die Brücke finden. Auf keinen Fall konnten wir durch das Wasser. Selbst wenn der Strudel nicht wäre, es war einfach zu kalt und krank waren wir sowieso schon. Der eingestürzte Teil war zirka dreißig Fuß lang. Wir hielten Palaver und beschlossen die Umgebung nach Leitern abzusuchen. Im besten Fall fänden wir gleich mehrere. Die würden wir zusammenbinden, um die Länge zu erreichen, die wir brauchten. Wir arbeiteten bis zum Nachmittag und somit Sonnenuntergang, bis wir alles beisammenhatten.

Auf einer alten, total verrosteten Schubkarre stapelten wir die Leitern. Der Reifen der Schubkarre war platt. Wir hatten sie in einem Krater, hinter einem Haus gefunden. Sie war in den Krater gekippt. Unter wilden Flüchen, die einen Seemann hätten rot anlaufen lassen, zogen wir das Ding aus dem Loch. Irgendwo aus der Nachbarschafft hatten wir ein paar mit Schnee bedeckte Seile gefunden. Damit wollten wir die Brücke zusammenzurren. Profis im Brückenbau waren wir nicht. Wir gaben alles. Denn, WIR WAREN SO NAH DRAN! Ich würde als erstes über die *Golden Gate Bridge* klettern. Wenn sie mich aushält, dann auch Miles. Er war etwas kleiner und leichter als ich. Allerdings waren wir beide so dreckig, dass es bestimmt gewichtsrelevant war. Auf der anderen Seite der Brücke, wollten wir unser Lager aufschlagen. Wir machten uns an die Arbeit. Zusätzlich zu den Leitern arbeiteten wir lange

Holzbalken und Stämme mit ein, die hier überall herumlagen. Wir erhofften uns dadurch zusätzlich Stabilität.

Es war bereits dunkel, als wir einsehen mussten, dass wir die Brücke erst einen Tag später würden fertigstellen können. Stattdessen entschieden wir uns dafür, unser Zelt aufzubauen. Langsam wurde es anstrengend: Dieses verdammte Zelt Tag ein, Tag aus, ab- und wiederaufzubauen. Aber bei Dunkelheit die Überquerung zu wagen, kam so kurz vor dem Ziel nicht mehr infrage. Also: Abendessen. Verhältnismäßig hatten wir uns heute geradezu geschont. Die meiste Zeit verbrachten wir mit lockerem Herumlaufen und Sachen zusammensuchen. Also entschieden wir uns, ein Steak zu teilen, und etwas Gemüsebrühe dazu. Außerdem blieben wir bei der Ausgabe eines Schokoriegels, den wir uns teilen wollten. Wir steckten schon zu tief in der Schoko-Affäre, um jetzt noch einen Rückzieher machen zu können. Somit hatten wir noch ein Steak übrig und eine Portion Gemüsebrühe. Die Brühe war unser Frühstück, das letzte Steak unser letztes Abendessen.

Unser Zelt hatte ein Loch. Selten, aber manchmal doch, war die Lösung recht einfach: Mit Isolierband klebten wir das Loch ab. Zack, fertig. Der Zustand unseres Zeltes erhöhte den Druck auf uns, unser Ziel so schnell wie möglich zu erreichen. Sobald eine Scheibe eingeschmissen ist, dauert's nicht lange, bis alle eingeschmissen sind. Mein Gesundheitszustand ließ auch zu wünschen übrig. Fieber. Mit Medizin und Rettungsdecke war es dennoch auszuhalten. Miles wickelte sich tagsüber in die Rettungsdecke. Er kam mit der Kälte noch schlechter zurecht. Der Zustand seines Fußzehs war unverändert. Hoffentlich taten wir das richtige. Einen Chirurgen ohne entsprechenden Titel nennt man nämlich gemeinhin Metzger.

Jeden Abend untersuchte ich den Mond auf Veränderungen. Ein Viertel war von der schwarzen Scheiße bedeckt. Es blitzte, blinkte und fuhr darauf herum. Immerzu dieses blaue Licht. Meine Faszination dafür war kaum in Worte zu fassen. Bald schon würde der Mond verschwinden. Ein blau zuckendes Objekt würde zurückbleiben, das von oben auf die Erde herabstarrt. Auch dieser Gedanke faszinierte mich unbeschreiblich. Irgendetwas in mir wollte es unbedingt sehen, fürchtete aber gleichzeitig die daraus resultierende Konsequenz, der ewigen Mondfinsternis. Etwaige Plünderung unseres Planeten, inklusive des Trabanten. Ich möchte jetzt auf den Mond.

Freemans Logbuch: 35

»Morgen Stund hat … meine Güte, was stinkt hier so? Miles?! Was hast du getan??« - »Was'n, Mann, was willst du? Ich schlaf' noch.« - »Riechst du das nicht? Hier stinkt's nach nassem Hund.« - »Nee, Mann …« Er drehte sich wieder um und döste einfach weiter. »Wie kannst du so nur leben, Miles?« Ich verzog angewidert das Gesicht und machte mich auf die Suche nach dem eigentlichen Übeltäter. Nach kurzer Überlegung befand ich Miles für unschuldig, sagte es ihm aber nicht. Er war also nochmal davongekommen …

Nach einer Weile fand ich den kleinen Drecksack in meinem Rucksack. Der Rucksack stand fahrlässig über Nacht offen. Die Ursache des Übels war eine der beiden Dosen mit Katzenfutter. Eine hatte ein Loch im Deckel. Die Naht war aufgeplatzt und das Teufelszeug war trotz der Kälte geschimmelt. Die Dose musste schon eine ganze Weile beschädigt gewesen sein. Ich nahm das Teil zwischen Zeigefinger und Daumen, hielt es so weit von mir weg, wie ich nur konnte, öffnete mit der anderen Hand den Reißverschluss des Zelts, ohne Jacke, stiefelte ein paar Schritte durch Kälte und Schnee und warf die Dose wie eine Handgranate - so wie das Zeug roch, musste es beim Aufprall einfach explodieren - quer über die Brücke. Die Dose dotzte ein paar Mal auf, schlug dabei kleine Löcher in den Schnee, rollte ein Stück durch das blendende Weiß und kam vor der Brückenmauer zum Liegen. Daraufhin spuckte ich siegessicher auf den Boden und zeigte dem Teil zum Abschied den Mittelfinger. Nicht … mit … mir! Dann fiel mir ein, dass es Winter war und ich eilte zurück ins Zelt. Sollen sich doch die Aliens darum kümmern …

Die Gemüsebrühe und der Instant Coffee vertrieben den

Gestank weitestgehend. Nach dem Frühstück sah die Welt gleich ganz anders aus. Nur ein leichter Pelz blieb auf meiner Zunge zurück. Ich wünschte nur, wir hätten mehr zu Essen gehabt. Omeletts, Bacon, Toastbrot. Mehr nicht. Ein bescheidener Wunsch. Mein Magen zog sich aufs Unerträglichste zusammen. Wir waren so nah dran. Und auch sowas von im Arsch. Würde es in *Chicago* die begehrten Lebensmittel geben?

Bevor wir das Zelt abbauten, beendeten wir den Bau an unserer Brücke. Wir wollten unnötiges auf- und abbauen vermeiden, was eigentlich eine ziemlich törichte Idee war. Das ging nämlich direkt auf Kosten der Sicherheit. Käme es jetzt zu einem Zwischenfall, würden wir das Zelt verlieren. Mal davon abgesehen, dass wir sowieso schon in einer Sackgasse steckten … Es brauchte noch ein paar Stunden der Tüftelei, bis wir wirklich zufrieden waren. Die Brücke war, wie wir fanden, recht stabil konstruiert. Nur wussten wir eigentlich nicht, wie man eine stabile Brücke konstruierte … Wir hatten sie so gebaut, dass sie nicht einfach in der Mitte auseinanderbrechen konnte, wenn wir sie über die Lücke schoben. Dort, wo wir die Leitern miteinander verbunden hatten, waren von uns zusätzlich Baumstämme, Metallstangen und Rohre eingearbeitet worden, um ein Wegknicken der miteinander verbundenen Leitern zu vermeiden. Zusätzlich knoteten wir ans vordere Ende der Brücke, ein Seil, das ich ab einem gewissen Punkt, während des Hinüberschiebens, ergreifen würde, damit die Brücke keine Gelegenheit bekam, einen Abgang in den Strudel zu machen. Dieses Seil führten wir durch eine Y-förmige Konstruktion. So konnten wir das Ende gut stabilisieren. Nach dem Zeltabbau war der große Moment gekommen. Es funktionierte. FUCK YEAH! Es funktionierte! Die Brücke war nach einer guten Weile des Hin-

und Herrückens und Schiebens in Position. Wir schoben die Rucksäcke vor uns über die Brücke. Nicht, dass uns ein Windstoß, oder was auch immer, herunterblasen würde. Mir lief der Schweiß in Strömen. Trotz der Kälte und leichten Schneefalls. Nicht … nach … unten … schauen … Ich schaute nach unten. Genau über dem Strudel. Mir wurde sofort gefährlich schwindelig und ich fing an, hin- und herzu schlackern. Die ganze Konstruktion begann zu vibrieren, wackelte wie Götterspeise, der man einen Hieb verpasst hatte.

»Scheiße, was treibst du da vorne, Mann? Zum Schaukeln kannst du auf den Spielplatz gehen, Scheiße!!« Er hatte gut reden. Unqualifizierte Kommentare von hinten musste ich mir des Öfteren anhören. ABER DAS WAR DER DENKBAR SCHLECHTESTE MOMENT! Ich brachte kein Wort heraus. Todeskampf, Mann gegen Brücke. Ein paar Äste, an denen ich mich festklammerte, drohten unter meiner von Panik verstärkten Kraft zu bersten und knackten verdächtig. Am Ende dieser Farce gewann ich die Oberhand und konnte alles stabilisieren. Was soll ich sagen? Es … war … verdammt KNAPP! Ich wollte gar nicht wissen, was Miles hinter mir trieb. Wahrscheinlich suchte er nach einem Stock, den wir nicht verbaut hatten, und versuchte mich damit von hinten zu piksen. Nur um mich anzutreiben …

Auf der anderen Seite küsste ich den kalten Matschboden zum Zeichen meiner Freude, nahm Miles Rucksack an mich und zog ihn ans sichere Ufer. Ich ließ mich in den Schnee fallen und war fix und fertig. Miles schien es etwas besser zu gehen. Anscheinend konnte er besser kriechen als laufen …

Bald würde die Dunkelheit hereinbrechen. Wir beschlossen, das Zelt wieder aufzubauen und noch eine Nacht, bei romantischem dreiviertel Mondschein, einem halben Steak pro Nase und für jeden einen ganzen Schokoriegel, zu verbringen. So schön kann *Glamping* sein. Glamouröses Campen war eine Zeitlang voll angesagt. Um das Steak zu brutzeln, verwendeten wir unsere letzte Gaskartusche. Jetzt wurde es wirklich eng. Mit leerem Magen mussten wir morgen weiter Richtung *Chicago*. Wir hofften auf unbeschädigte Häuser und endlose Nahrungsquellen. Wein aus Brunnen und Brathähnchen die uns in den offenen Mund flogen. Ja, *Chicago* war unsere Stadt. Da gab es sowas. Herrlich. Miles zeigte zurückhaltendes Interesse am Katzenfutter … Ich ließ mich da auf keine Debatte ein. Vorerst.

Tagesbilanz: Heute hatten wir ganze dreißig Fuß Strecke geschafft … über die Brücke.

Freemans Logbuch: 36

Die vergangene Nacht war zu bewölkt gewesen, um den Mond zu sehen. Lediglich den diesigen silbernen Mondschein, der sich durch die Wolken zwängte. Das reichte gerade so, um draußen nicht auf die Nase zu fallen. MREs, Meal Ready to Eat, hatten wir keines mehr. Dafür KaFu: KatzenFutter. Auch verzehrfertig. Ach ja, und zwei Schokoriegel. Voilà, das Frühstück war serviert. Nein, natürlich ohne KaFu. Somit lebten wir den Traum eines jeden Kindes: Schokoriegel zum Frühstück. Der Plan, die Schokoriegel gegen irgendetwas anderes einzutauschen, war doch sowieso in dem Moment hinfällig, indem wir uns den ersten Riegel genehmigt hatten. Da musste sich hier niemand etwas vormachen. Wir packten wieder alles zusammen. Unsere Mägen knurrten und es war kalt. Saukalt. Es schneite. Mein Fieber war wieder fort. Hatte es verdrängt, wie früher meine Hausaufgaben. Mir ging es insgesamt etwas besser. Weit weg von gut, aber wenigstens etwas besser. »Freeman, Scheiße, Mann. Erstens, was zum Teufel machst du da?« Miles streckte seinen Kopf aus dem Zelt heraus und guckte mich angewidert an. Er ließ alle Gesichtsmuskeln spielen. »Schnee muss man erst schmelzen, bevor man ihn trinken kann«, kommentierte er besserwisserisch die Situation. Ich schmolz ihn doch, oder was wollte er von mir? Er hatte mich dabei erwischt, wie ich draußen einen Schneeball gemacht hatte und ein paar Tropfen Whiskey aus dem Flachmann darüber gekippt hatte. Selbstverständlich nur therapeutisch, um die Poren zu öffnen und nur ein bisschen für den Geschmack, versteht sich.

»Ach ne, was du nicht sagst! Ansonsten würde man ihn ja essen. Und was ist jetzt zweitens?« - »Nee, Mann, das meine ich nich'. Wie kommst du eigentlich auf die Idee, Whiskey auf 'nen Schneeball zu kippen, man? Ist zweitens.« - »Keine Panik, Mr. Miles. Ab und zu muss man halt was Neues probieren … Einfach mal etwas wagen, einen Schritt ins Unbekannte tun, das Unwahrscheinliche wahrscheinlich werden lassen, nie Gewesenes aus dem Nichts erschaffen, mutig in die …« - »Shit, hörst du dir eigentlich manchmal selbst zu?«, unterbrach mich Miles bei meinen sehr detaillierten Ausführungen. Wir mussten beide über diesen Quatsch lachen. »Der Körper braucht zum Schmelzen immer so viel … Energie, Mann. Auch um das Wasser warm zu machen, und so, man. Dadurch kann man leichter dehydrieren. Austrocknen, Mann, mein' ich doch. Und sowas können wir hier uns nich' leisten, Alter.« - »Danke für das Übersetzen der schwierigen Wörter. Ist bei mir wirklich nötig«, grinste ich breit und zwinkerte ihm dabei zu. »Und danke für: *Miles' Alien Überlebenstipps und wie Sie ihren Tod um ein paar Tage verzögern. Mit Nachwort von Freeman: Für Leute in Eile – Wie man seinen Tod beschleunigt.* Wenn wir das hier überstehen, machen wir zwei einen Podcast darüber.« - »Podcast? Mit dir? Ich glaub ja eher nich', Mann …«, er lächelte leicht verschmitzt.

Obwohl ich die Antwort bereits kannte, folgte ich meinem inneren Zwang und fragte trotzdem: »Okay, Themenwechsel: Und woher weißt du das alles?« - »Mann, mein Dad hat's mir jeden Winter immer und immer wieder rauf und runter gepredigt. Zusammen mit 'ner ganzen Menge anderer kluger Sprüche. Im Notfall musst du … bla, bla, bla. Weißt du noch, was du machen musst, wenn du bla, bla, bla, bla, bla. Wenn wir mit dem Camper unterwegs war'n, mein ich. Und nicht nur! Immer wenn er 'ne passende Situation gefunden hat, halt. Genervt hat er mich damit meistens, Mann.« Sagte ich ja bereits, wusste ich doch. Miles' Dad. Guter Mann. Ich nickte und zeigte ihm anerkennend einen Daumen hoch, den ich dann über meine Schulter warf, als Zeichen zum Abflug. Zwei Fliegen mit einer Klappe, halt.

Eine halbe Meile nach Aufbruch, erreichten wir eine Ortschaft. Direkt am Ortseingang befand sich eine Tankstelle. Irgendwo kläfften ein paar Hunde. Hoffentlich ließen sie uns in Ruhe. Die Vierbeiner hörten wir des Öfteren. Gut zu wissen, dass es da draußen doch noch eine Nahrungsquelle für den Notfall gab. Aber bis jetzt ließen sie sich nicht blicken. Es gab für sie ja auch eine ganze Menge leichter erreichbare Nahrungsquellen … Auf der Fassade war das Wort *Liquor* angebracht. Hoffentlich war der Name Programm. Das Gebäude sah noch gut aus. Das ließen wir uns nicht zweimal sagen. Miles bewaffnete sich mit einer staubigen, verrosteten Eisenstange, die er zuvor aus den Trümmern eines Hauses geborgen hatte. Ich zog mein *Remington 580.* Dieses Mal entsicherte ich es gleich. Nicht wie zuvor, bei dem Vogel. Man, war das peinlich. Es schneite seit letzter Nacht unaufhörlich. Das bot uns zwar zusätzliche Deckung, aber auch die Gefahr, dass Miles und ich uns aus den Augen verloren. Der aufgetürmte Schnee dämpfte zusätzlich alle Geräusche. Eiszapfen hingen an der Überdachung der Zapfsäulen herunter. Es war bitterkalt. Wir brauchten bessere Kleidung. Wenn wir nicht schnell eine Lösung finden würden, wären Unterkühlung und Erfrierungen gewiss. Gar der Tod. Der Schnee sammelte sich auf den Straßen und war bereits gute zehn Inch hoch. Wir hinterließen Spuren. Bei jedem Schritt knirschte der Schnee unter unseren Füßen. Miles sollte den Hintereingang der Tankstelle überprüfen. Den Vordereingang würde ich übernehmen. Alter vor Schönheit.

Ich guckte von außen durch eines der Fenster und hielt kurz inne. Hatte mich schon lange nicht mehr im Spiegel gesehen. War vielleicht auch besser so. Den Schal zog ich etwas herunter. Mein Bart war wieder ein gutes Stück gewachsen. Der Rest war von Klamotten bedeckt. Alles dunkel im Gebäude. Nur mein Spiegelbild im Fenster. Ich drückte mein Gesicht an die Scheibe und schirmte mit meinen Händen meine Augen ab. Wollte einen besseren Blick ins Tankstelleninnere erhaschen. Dabei versprühte die Kälte der Fensterscheibe ein unangenehmes Gefühl, das langsam in meine Hände und Gesicht kroch. Das Fenster beschlug sofort beim Ausatmen. Keine gute Idee. Hoffentlich versuchte mir von der anderen Seite niemand das Gehirn rauszupusten. Und gesehen hatte ich auch nichts. Niemand zuhause. Miles musste sich bereits hinter der Tankstelle befinden. Wir hatten uns darauf geeinigt, so wenig Krach wie möglich zu machen. Nur im Notfall würden wir vor Panik schrill kreischen. Der Haupteingang war verschlossen. Ich rüttelte mehrere Male. Gleiches Ergebnis. Was nun? Ich versuchte es nochmal bei den Fensterscheiben und blickte durch alle verbliebenen hindurch. Nichts zu sehen. Alles friedlich. Die meisten Fenster waren verhangen. Werbung. Mit einem Mal krachte die Vordertür auf.

»Hände hoch!! Keine Bewegung, oder ich mache von der Castle Doctrine gebrauch. Mir scheißegal ob, du der Präsident bist, oder in Disney Land als Mickey Mouse arbeitest. Also halt' die Schnauze und leg deine Waffe auf den Boden.« Die Frau sprach unaufgeregt, unmissverständlich und mit einer sehr markanten Stimme. Sie klang total verraucht, oder auch wie von jahrelangem Whiskeykonsum modifiziert. Vielleicht war sie bereits darin geübt, neugierige Leute zu verscheuchen. »Ja! Okay, okay! Ich bin von der Presse! Nicht schießen, um Himmelswillen!«, brachte ich erschrocken, mit krächzender Stimme und völlig überrumpelt hervor. Von der Presse? Sie zielte mit einem Sturmgewähr auf mich, wie es die Army verwendete. Marke und Modell waren mir aufgrund fehlender Expertise unbekannt. Ich bewegte die geöffneten Hände seitlich vom Körper weg, um ihr zu signalisieren, dass ich keine bösen Absichten hegte und kooperieren wollte.

»Ich lege es ab, muss aber den Gurt über meinen Kopf ziehen. Ist das okay?« - »Ja, aber langsam. Ansonsten kannst du dir die Mühe sparen. Und zieh dir den Schal unter das Kinn und die Kapuze ab.« »Okay.« Ich folgte den Anweisungen und legte das Gewehr in den Schnee. Wird es dadurch unbrauchbar? Mein Messer hatte sie noch nicht entdeckt. »Soso. Von der Presse also. Jacke aufmachen, anheben und im Kreis drehen. Komme ich jetzt ins Fernsehen?« Ich folgte erneut den Anweisungen. »Schmeiß dein Messer neben dein Gewehr und geh zehn Schritte da rüber.« Sie zeigte in Richtung Zapfsäulen. Damit hatte sich das mit dem Messer auch erledigt. »Okay.« - »Und halt' bitte die verdammte Schnauze!«

Im gleichen Moment, indem ich mich rückwärtsgehend und mit erhobenen Händen in die verlangte Richtung entfernte, näherte sie sich meinen Sachen. Sie bückte sich, setzte ein Knie im Schnee ab und begann sogleich das *Remington* und mein Messer zu begutachten. Dabei richtete sie ihr Sturmgewehr die ganze Zeit auf mich. »Wo kommst du her?« - »*Süd-Iowa*, ungefähr sechzig Meilen südlich von *Des Moines*. Können wir vielleicht drinnen weiterreden. Es ist saukalt.« - »Nein«, eine kurze Pause entstand, bevor sie fortfuhr: »Und damit bist du bis hier hergelaufen?«, sie sah mich komisch an und ließ mein gutes altes *Remington*

580 durch die Luft sausen. Für drei Sekunden starrte ich sie nur an. »Jawoll.« - »Die ganzen dreihundert Meilen?« - »Jawoll, genau. Ungefähr dreihundert.« - »Und was willst du hier?« Fast hätte ich tanken gesagt, aber es war noch eindeutig zu früh für blöde Witze. »Nahrungsmittel, Aufwärmen und Kleidung«, fasste ich mich kurz. »Bist du alleine?« Was jetzt? Was sollte ich jetzt sagen? Trotz der Kälte brach mir der Schweiß aus. Ich hoffte, sie bemerkte es nicht. Ansonsten wäre ich Fischfutter. Meine Denkpause musste ihr einfach aufgefallen sein. »Ja.« - »Wie heißt du?« - »Freeman.« - »Und was macht so ein hässlicher Hund wie du hier?« - »Das … das mit den Haaren kann ich erklären.«

Dabei zeigte ich leicht verlegen mit dem Zeigefinger meiner erhobenen Hand auf meinen Kahlkopf, auf dem bereits wieder ein paar Haare sprossen. »Und weiter? Herrgott, muss ich dir alles aus der Nase ziehen? Nun rede schon.« - »Also … das … das war so: Ich wollte kein offenes Feuer im Freien mach…« - »Was in Gottes Namen interessieren mich denn deine Haare?«, unterbrach sie mich ruppig. »Ach so … also, ich dachte, vielleicht sind Familie und Bekannte in *Chicago.* Deswegen bin ich hier. Was passiert jetzt? Kann ich die Jacke zu machen?« - »Ja, aber langsam. Du versuchst doch keine Dummheiten, oder?« - »Nein.« - »Und was hast du da in deinem Rucksack?« - »Nur das nötigste.« - »Das fällt dir richtig schwer, was? Sprich, wenn ich dich etwas frage. Was ist da drin?«, ihre Stimme brach am Anfang etwas ab. Um das zu kaschieren, fuchtelte sie mit Ihrem Schießkolben hin und her. »Okay, okay. Also, ähm: Wasser, Hammer, Nägel, Taschenlampe, Flachmann. Ein paar Mullbinden. Katzenfutter. Sowas halt.« - »Sowas halt … Moment. Katzenfutter? Welcher Trottel schleppt Katzenfutter mit sich ‘rum? Weitermachen!« Wenn sie schon nichts über meine Haare wissen wollte, dann mit

Sicherheit auch nichts über das Katzenfutter. Dieser Kelch sollte an mir vorbeigehen. »Okay, okay. Kabelbinder, eine Plane. Ich glaube das war's.« - »Das beurteile ich selbst. Abziehen. Hinstellen. Zehn Schritte da rüber.« Sie zeigte von den Zapfsäulen weg, ins Freie, auf den Parkplatz zwischen Zapfsäulen und Hauptgebäude. Sie hatte wahrscheinlich gemerkt, dass man die Zapfsäulen auch als Deckung benutzen konnte. Vielleicht war sie doch kein Profi und improvisierte gerade selbst. Jetzt glaubte ich, etwas Spielraum zu haben und würde es auf einen Versuch ankommen lassen. Vielleicht war sie zum Tauschhandel zu bewegen. Wenn sie mir nicht einfach alles abnahm und mich zum Teufel jagte. Oder ein Belüftungsloch in die Schädeldecke pustete. Sie hob die Waffen auf und ging zu meinem Rucksack. Gleichzeitig bewegte ich mich auf den freien Parkplatz zu. Auch jetzt war ihr Sturmgewehr die ganze Zeit auf mich gerichtet. Sie durchwühlte alles. Sie würde bestimmt alles behalten und mich durch den Schnee davonjagen. Wie ein verdammter Schneehase würde ich davonhoppeln. Scheiße. Mir blieb nichts anderes übrig, als abzuwarten, bis sie den Rucksack zumachte und eine Entscheidung traf. »Wie hast du so lange überlebt?«, fragte sie mich schließlich. »Das frage ich mich auch. Wie jeder andere, der jetzt noch lebt, denke ich. Hatte einfach Glück.« - »Du strapazierst meine Geduld: Sprich!«

Ich erzählte ihr fast meine gesamte Geschichte und gewann an Redefluss, fühlte mich mit jedem Satz etwas sicherer. Sie stand die ganze Zeit da, nickte ab und zu und ließ mich keine Sekunde aus den Augen. Manchmal stellte sie ein paar Fragen, an Stellen, die ihr unschlüssig waren. Von dem ganzen Herumstehen wurde nicht nur mir kalt, auch der Frau. Gegen Ende schlotterte ich mich durch meine Story. Plötzlich entfernte sie sich von meinem Rucksack. »Tee?« - »Ich habe keinen.« - »Oh, Mann. Ob du einen willst…« - »Oh … ja, gerne!« Ich konnte es nicht fassen! Was sie gehört hatte, schien sie überzeugt zu haben. Wo war eigentlich Miles? »HALT STOP!!«, hörte ich mich selbst schreien, noch bevor ich es realisierte.

Die recht korpulente Afroamerikanerin riss sich mit einer ungeahnten Katzenhaftigkeit herum und zielte mit ihrem Sturmgewehr direkt auf Miles. Der fror in der Bewegung ein und wusste nicht weiter. Sie musste nur kurz den Abzug berühren und hätte ihn im Bruchteil einer Sekunde zu Hackfleisch verarbeitet. »NICHT, NICHT, NICHT! NICHT SCHIESSEN. BITTE!«, schrie ich. »Ich kann das erklären«, führte ich nur minimal ruhiger fort. »Zahnstocher fallenlassen«, forderte die Frau Miles auf. »Miles, lass das Rohr fallen! Verflucht nochmal!« Er zögerte kurz. Mutig war er ja. Dann ließ er es endlich fallen. »Geh da rüber. Stell dich zu dem Affen da«, sagte die Frau und wedelte mit ihrem Sturmgewehr herum, auf mich zeigend. »Das ist Miles«, sagte ich. »Das habe ich gerade mitbekommen. Den hast du aber eben in deinen … deinen Ausführungen … nicht erwähnt. Scheiße, ich mag keine Lügner. Was mache ich jetzt mit euch beiden?« Sie zeigte mit der Mündung des Sturmgewehrs abwechselnd zuerst auf Miles, dann auf mich und wieder von vorne.

»Ich sag Ihnen was, Miss«, meldete ich mich zu Wort. Stotterte dabei mehr als mir recht war. Die Kälte half mir nicht gerade dabei, überzeugend zu klingen. Die Angst noch weniger. Sie blickte mich ungeduldig an. Im Gegensatz zu mir, hatte sie zu schlottern aufgehört. »Lassen Sie mich erklären, wo ich ihn aufgegabelt habe. Bitte.« Sie starrte mich wortlos an. Dann nickte sie. Sie schien mir diese zweite Chance zu geben. Und die durfte ich auf keinen Fall verbocken. Also ließ ich keine weitere Zeit verstreichen und berichtete ihr diesmal alles, ab dem Moment, wo Miles wie ein Gefängnisinsasse mit seiner Blechdose an den Gitterstäben geklappert hatte. Von nun an beantwortete ich ihre Fragen ohne Ausflüchte. Sie stellte Miles mehr oder weniger die gleichen Fragen, die sie mir zuvor gestellt hatte. Wo er herkam, wie er hierherkam und so weiter. »Also nochmal«, sagte sie. Also nochmal?? Miles und ich tauschten ungläubige Blicke aus. Sollten wir die Geschichte in dieser hundsmiserablen Saukälte wirklich noch einmal erzählen? »Tee oder Kaffee?« Die ganze Perspektive verschob sie schlagartig. Innerhalb von zwanzig Minuten, zwei Mal mit dem Leben davongekommen zu sein. Kaum zu fassen! Sie hatte uns abgecheckt und für glaubwürdig befunden.

Dankend und zitternd nahmen wir an.

Drinnen saßen wir unter einem Dach aus Planen, die Daphne über zwei lange Holzpfosten gelegt hatte. Die Holzpfosten waren der Länge nach über aufgestapelten Kisten gelegt, welche U-förmig organisiert waren. Also ein U mit zwei horizontalen Strichen in der Mitte durch. Noch war uns schleierhaft wieso, denn wir waren ja bereits im Inneren des Tankstellengebäudes. Im Zelt pflanzten wir uns auf ein paar Bürostühle und tranken Tee. Dort hatte sie sich uns auch vorgestellt. Die Wärme des Tees fing in meinem Magen an und breitete sich langsam über den gesamten Körper aus. Etwas Ruhe kehrte ein. Die war dringend nötig. Es gab schwarzen Tee. Konnte nicht sagen welche Marke und wollte auch nicht nachfragen. Wollte das Glück nicht weiter strapazieren. Nicht, dass sie dachte, der Tee schmeckte mir nicht, oder wir wären anstrengende Gäste mit zu vielen blöden Fragen. Kein Risiko eingehen, nichts sollte die Stimmung trüben. Miles wärmte sich zufrieden die Hände an der Tasse auf. Ich drehte mich leicht von links nach rechts mit dem Bürostuhl. Wahrscheinlich um meine Nervosität zu bekämpfen. Daphne, Mitte/Ende vierzig musste sie sein, schien es nicht zu stören. Das Sturmgewehr lag auf ihrem Schoss und konnte so schließlich für Ruhe sorgen … Plötzlich stand sie auf. »Wartet hier. Und macht keinen Scheiß.« Sie ging aus dem Zelt und verschwand hinter dem Tresen. Daphne hatte eine paar Rechtecke an die wichtigen Stellen der Zeltwand geschnitten, damit sie rundum nach draußen sehen konnte. Über die Löcher hatte sie durchsichtige Folien, als Fensterersatz, mit Gaffa-Tape geklebt. Daphne huschte mehrmals an den Fenstern vorbei und brachte erst eine kleine Heizlampe, dann mehrere Autobatterien und ein paar unterschiedlich starke Kabel mit hinein. Sie fing an, alles miteinander zu verkabeln. Das machte sie nicht zum ersten Mal. Sie war ziemlich geschickt und schnell bei der Arbeit. Autobatterien gab es hier in Hülle und Fülle. Draußen standen überall Autos mit offenen Motorhauben herum.

Sie schaltete ihre Konstruktion ein. »WOW!«, sagten Miles und ich fast zeitgleich. »Sooo klein und soooo warm«, ergänzte ich. Sie hatte eine Wärmelampe gebaut. Und genau deswegen das Zelt. Es war nicht die größte Lampe. Damit sie irgendeinen Effekt hatte, brauchte sie einen kleinen Raum. Instinktiv stellten wir beide unsere Tassen ab und hielten Hände und Füße vor die Lampe. Dabei betrachtete ich Miles Schuhwerk. Das Isolierband löste sich bereits ab. Meine Strümpfe legte ich zum Trocknen neben die Lampe. Miles machte das Gleiche. Miles Fußzeh war noch immer schwarz an der Seite. Schien sich aber nicht verschlechtert zu haben. Trotzdem ließ ich ihn das Offensichtliche wissen, nämlich, dass er dringend neue Stiefel brauchte. Aber das wusste er bereits. »Kannst du tauschen?« Die

Frage galt mir und kam von Daphne. Die Schokoriegel hatten wir dummerweise schon gefuttert. »Ja. Etwas zumindest«, antwortete ich und blickte zeitgleich zu Miles hinüber. Miles zuckte nur mit den Schultern und nahm einen Schluck aus seiner Tasse. »Wie steht's denn mit dem da? Hat er was dabei?« - »Nicht, dass ich wüsste.« - »Er hier«, sie zeigte wieder auf Miles, »könnte ein paar neue Stiefel gebrauchen.« Wir schauten sie nur an, und dachten wohl beide den gleichen Gedanken: Korrekt. »Ist nämlich so, dass ich welche habe. Einige sogar. In verschiedenen Größen.« - »Wusste gar nicht, dass Tankstellen sowas haben«, täuschte ich Unwissenheit vor.

»Haben sie eigentlich auch nicht, du Blitzmerker. Ich habe vorgesorgt. Welche Größe hast du denn?«, fragte sie an Miles gewandt. »Glatte Zehn, Mann.« - »Kannst gleich barfuß laufen, Mann«, sagte die Frau gepresst. »Ihr zwei wisst ja, keine Dummheiten.« - »Nein, Mann, äh Ma'am«, sagte Miles. Sie hielt kurz inne und drehte sich zu Miles um, presste die Lippen zusammen und zog eine Augenbraue hoch, watschelte dann aber zufrieden davon. Ich glaube, sie mochte ihn. Vielleicht hatte sie einen Bruder in seinem Alter. Oder einen Sohn. Oder was auch immer. Es spielte uns auf jeden Fall in die Karten. Ein paar Minuten später kam sie mit ein paar Militärstiefeln in der Hand zurück. Wo sie die her hatte, konnte ich mir denken. Draußen lagen nicht nur tote Zivilisten herum … Daraus würde ich ihr keinen Vorwurf machen. Wir versuchten alle zu überleben.

Sie warf sie Miles zu. Er fing sie unbeholfen und verschüttete etwas Tee dabei. Nachdem er die Tasse abgestellt hatte, betrachtete er das Schildchen mit der Größe. »Größe Zehn«, murmelte er. »Glaubst du, ich kann keine Zahlen lesen, oder was?«, fuhr sie ihn an. »'tschuldigung, Ma'am.« Sie nickte zufrieden. »Was willst du dafür? 'tschuldigung, Ma'am, meine ich doch«, fragte ich sie. Sie blickte mich kurz, aber durchdringend an. »Ich bin zwar gottesfürchtig, aber gegen einen ordentlichen Drink hatte ich noch nie was einzuwenden«, stellte sie ihre Forderung, mit rauer, tiefer Stimme klar. Ich begann, in meinem Rucksack zu wühlen. Kurz darauf fand ich, wonach ich suchte und übergab ihr den Flachmann. Zum Glück war das Teil noch fast bis zum Rand gefüllt. Alkohol war dieser Tage eine Multifunktionsflüssigkeit und somit eine clevere Wahl. Sie verschwand wieder. Diesmal ohne etwas zu sagen. Kurz darauf kam sie mit Militärhandschuhen für den Wintereinsatz wieder.

»Für die Hälfte der Reinigungstabletten, gebe ich jedem von euch ein paar Handschuhe.« - »Deal, Ma'am«, sagte ich, ohne weiter darüber nachzudenken. Jetzt konnten wir endlich unsere Lumpen wegschmeißen. Miles hatte immerhin richtige Handschuhe an. Die behielt er als Ersatz. Hatte sie aus seinem *Graf Dracula Kellerverlies* mitgebracht. Unsere Finger waren die meiste Zeit kalt und steckten vergraben in unseren Jackenärmeln. Das war natürlich nicht so gut, wenn man schnell schießen muss oder an irgendetwas arbeitet. Die meisten Klamotten, die die Leichen im Freien anhatten, waren ziemlich zerschlissen, oder vom Verwesungsprozess aus wärmeren Tagen völlig versifft und an die Leichen gefroren. Das konnten wir uns auf keinen Fall antun. Deswegen konnten wir unsere Sachen immer nur Stück für Stück austauschen und nicht im Ganzen wechseln. Wir feierten den gemachten Deal mit etwas Kaffee und Whiskey. Ihr Name war Daphne McLean. Lebte hier um die Ecke. Arbeitete an dieser Tankstelle. War ihr zweiter Job. Hauptberuflich war sie Physiklehrerin. Naja, bis vor kurzem zumindest. Jetzt lebte sie hier. Ihr Haus war ein Schuttberg. Sie hatte aber den Tankstellenschlüssel, wie jeder ihrer Kollegen und Kolleginnen. Dort zog sie dann ein und verbarrikadierte sich. Ihre Kollegen hat sie seitdem nicht mehr gesehen. Nach einem Moment der Stille, der gelegentlich vom Geschlürfe aus den Tassen und dem Geklapper der Löffel darin unterbrochen wurde, drang ein Crescendo-artiges Stöhnen aus dem Lagerraum, das zu einem leisen Wimmern hin abflachte und wieder von vorne einsetzte. Zuerst dachte ich, ich hätte mich verhört. Aber dann stöhnte wieder jemand und das leise Wimmern kehrte zurück. Daphne hatte meinen Blick bemerkt, der Richtung Lagerraum gewandert ist. »Das ist mein Mann, Doug.«

Miles schlief bereits von der Wärme der Lampe, den trockenen Füßen und dem winzigen Schluck Whiskey, den er zu sich genommen hatte, seelenruhig im Bürostuhl. Der Junge konnte echt überall schlafen, aber Whiskey trinken musste er erst noch lernen. Miles hatte sich eine Kiste zurecht geschoben und die Füße darauf abgelegt. Eigentlich wollte ich es ihm nachmachen, denn unser Plan sah vor, gleich am nächsten Morgen mit dem ersten Tageslicht aufzubrechen und ordentlich Meilen zu machen. Praktisch pferdemäßig gaszugeben und die Gastfreundschaft nicht weiter zu strapazieren. Wir sind so nah am Ziel. »Was hat er?«, wollte ich wissen. »Wurde von einem Trümmerteil am Fuß getroffen. Es geht ihm nicht gut. Wir sind seit achtundzwanzig Jahren verheiratet.« Nach einer Pause, sagte sie: »Wir haben keine Medikamente mehr.«

Mit einem Mal war sie niedergeschlagen und sehr traurig. Als ob jemand einen Knopf gedrückt und alle Energie, mit einem Mal abgelassen hatte. Zuerst sagte ich eine Weile nichts. Sie auch nicht. Irgendwann hielt ich es nicht mehr länger aus und bot ihr meine Hilfe an. Ich fragte sie, ob ich mir den Fuß mal ansehen dürfte. Sie hatte nichts dagegen. Ich wusste nicht, welcher Anblick mich erwarten würde, und bereitete mich mit einem kräftigen Schluck Whiskey auf das Bevorstehende vor. Dann schritt ich zur Visite. Sie stand hinter mir, hatte ihr Sturmgewehr mit einem Gurt umhängen, hielt es locker in beiden Händen und beobachtete mich. Der Raum wurde etwas von einer weiteren, improvisierten Wärmelampe erhellt. »Dachte, du bist von der Presse.« - »Ja, dass stimmt auch. Kulturbereich. Manchmal auch woanders am Aushelfen.« - »Soso, Kulturbereich. Aber nur zu. Etwas Kultur hat der Kerl bitter nötig.« Sie lachte gackernd in Dougs Richtung. Schien auf eine typische Gegenreaktion zu warten. Leider blieb sie aus. Ich sah mir Doug an. Das schwache Licht der Wärmelampe zeichnete Daphnes Silhouette ab. Ihr Schatten drang in den Raum. »Geh mir aus dem Licht, bitte.«

Doug war mit unzähligen Decken gegen die Kälte bedeckt. Vorsichtig schob ich ein paar Laken beiseite. Der Fuß war komplett zertrümmert. Kein Knochen war verschont geblieben. Ein angeschwollener Fleischklumpen. Er lag verdreht auf der Pritsche, wie ein fetter, toter Wurm, dem das meiste bereits abgestorben war. Da würden wir mit ein paar Tabletten auch nicht weiterkommen. »Wie lange liegt er schon da?« - »Schon viel zu lange.« Das klang gar nicht gut. Da konnte die Sepsis nicht mehr weit sein. So wie das aussah, würden wir nicht drum herumkommen, den Fuß zu amputieren. Ich hatte nur keine Ahnung, wie man das anstellte. Ich bezweifelte, dass Miles und Daphne klüger wären … »Daphne, wenn er es schaffen soll…«, ich brachte es kaum über die Lippen. »Ich glaube … wir … dann … dann müssen wir ihm den Fuß abnehmen.«

Erst schaute sie mit leerem Blick irgendeinen Punkt am Boden an. Dann schrie sie mir die Ungerechtigkeit der Situation entgegen und schlug wie aus dem Nichts mit ihren Fäusten auf mich ein. Erstaunlich viele Beleidigungen schleuderte sie mir dabei um die Ohren. Für eine gottesfürchtige Frau, meine ich. Also, deutlich mehr als vorher. Ich wusste gar nicht, wie mir geschah. Es ging alles sehr schnell. Miles wachte von dem Lärm auf und kam in den Lagerraum gestürzt. Jetzt blieb er in der Tür stehen und verdunkelte den Raum. Da er nichts sah und seine Augen zu lange brauchten, um sich an die Dunkelheit zu gewöhnen, tat er das, was jeder tun würde, und trat zur Seite. Zum Glück hatte sie mich nicht über den Haufen geballert. Miles baute sich hinter Daphne auf. schlang seine Arme um ihren Körper und hielt sie fest. Er war für seine siebzehn Jahre ziemlich kräftig. Von athletischer Statur und hochgewachsen und nur etwas kleiner als ich. Daphnes Arme noch festhaltend, sah Miles Doug mit seinem zertrümmerten Fuß auf der Pritsche liegen. Es dauerte eine Weile, bis sie sich auf ein annehmbares Level abreagiert hatte und wir den Gesundheitszustand Dougs erörtern konnten. Kurzzusammenfassung: Doug hatte Fieber und es ging ihm miserabel. Wir diskutierten über die Möglichkeiten, bis kurz vor Sonnenaufgang. Am Ende sah Daphne es ein. Doug würde es so nicht schaffen. Doch zuerst brauchten wir alle eine Mütze Schlaf. Und mussten ausnüchtern. Niemand mag besoffene Ärzte. Oder Piloten.

Freemans Logbuch: 37

Doug schrie vor lauter Schmerzen und hielt uns den halben Morgen wach. Kurz danach driftete er wieder in Fieberträume ab und schlief endlich ein. Deswegen wachten wir erst am späten Vormittag auf. Der Faulpelz, Miles, brauchte am längsten, um in die Puschen zu kommen. Wir mussten es hinter uns bringen. Und zwar noch heute. Das war der schrecklichste Tag überhaupt. Weder Daphne noch Miles würden das Zeug dazu haben, einem Menschen den Fuß zu amputieren. Ich auch nicht. Doch an mir blieb es hängen. Ich wusste einfach, dass Daphne es nicht fertigbringen würde und redete mir ein, dass Miles zu jung dafür sei. Es musste so sein. Das wusste ich einfach. Hätten wir doch nur die nächste Tankstelle genommen … Auf Nachfrage stellte sich heraus, dass Miles leider keine Ambitionen gehabt hatte, Chirurg zu werden. Dafür würde er mir, so gut er konnte, assistieren. Das versprach er. Er fühlte sich wegen der Befreiungsaktion in meiner Schuld. Und das hier war definitiv der richtige Moment, diese Schuld zu begleichen, fand ich. Davon abgesehen konnte ich wahrlich jede Hilfe gebrauchen. Daphne würde ich wegschicken. Nahrung beschaffen. Ganz egal wohin. Ich wollte sie aus der Tankstelle haben.

Erstens: Wir mussten Doug unbedingt betäuben. Zweitens: Wir brauchten etwas, um den Fuß abzutrennen. Drittens: Wir mussten die Wunde anschließend versiegeln, die Blutung stoppen. Viertens: Wir brauchten Krücken für später. Und Viertens sollte Daphne erst einmal nur Hoffnung geben. Ob Doug sie nach meiner Behandlung wirklich brauchen würde, war fraglich. Das könnte ich als Argument verwenden, um sie aus der Tankstelle zu bekommen. Falls sie Probleme machte. Brainstorming zu möglichen Lösungen: Zu Eins: Alkohol? Den hatten wir auf jeden Fall da. Gab es hier ein Krankenhaus? Ich würde Daphne danach fragen. Zu Zwei: Säge. Wirklich, ich hoffte inständig, dass es hier ein Krankenhaus gab. Wir konnten doch nicht einfach Nachbars Laubsäge verwenden? Würde ich im Krankenhaus die richtige Säge erkennen? Ich musste es einfach. Irgendwie. Zu Drei: Ausbrennen. Dafür brauchten wir einen Bunsenbrenner oder Ähnliches. Eine Feuerquelle würde es natürlich auch tun. Und eine Pfanne, oder sowas. Die Pfanne würden wir erhitzen. So hätten wir eine größere Fläche zur Verfügung, die Wunde auszubrennen. Keine Ahnung, ob das so nur in Filmen funktioniert, glaubte aber, mal in einem Historischen Museum ein Schild gelesen zu haben, auf dem Stand, dass dies, die übliche ärztliche Methode im achtzehnten Jahrhundert war. Achtzehntes Jahrhundert, wenn ich das schon höre … Zu Vier: Viertens, war mir an diesem Punkt sowas von scheißegal.

Ich unterbreitete Miles und Daphne, was ich vorhatte. Daraufhin hatte Daphne gute Nachrichten für uns. Es gab ein Krankenhaus. Zirka dreieinhalb Meilen von hier. Das *Northwestern Delnore*. Laut Daphne war dieses Krankenhaus sehr gut aufgestellt. Wir würden es also versuchen. Meine restlichen Medikamente überließ ich Daphne, überzeugt davon, im Krankenhaus meine Vorräte wieder auffüllen zu können. Daphne war sichtbar dankbar. Trotzdem sollte sie so sparsam damit umgehen, wie sie konnte. Vielleicht gab es das Krankenhaus gar nicht mehr. Dann würden wir die Sache anders regeln müssen. Gott, ich hoffte inständig, dass es so weit nicht kommen würde. Und wo hatte sich der Drecksack eigentlich versteckt? Falls unsere unwerten Gäste aus dem All Götter überhaupt nicht kannten, wäre der alte Mann mit seinem weißen Rauschebart und alle seine Amtskollegen gleich mit obsolet. Wie konnte der Allmächtige in seiner Allmacht nicht auf anderen Welten von sich wissend machen? Was für ein Lutscher. Ein weiteres Allmachtsparadoxon, wie die Sache mit dem Stein … Genug von dem Gequatsche. Zeit zu gehen. Blaulicht an und ab ins Krankenhaus. Wir hatten immerhin sieben Meilen und eine gigantische Hausdurchsuchung vor uns. Falls es das Krankenhaus noch gab. Doch bevor wir gingen, ließ ich mir noch Miles Metallstange und mein gutes, altes *Remington* aushändigen. Und als ich uns dann so völlig unvorbereitet sah, konnte ich nicht anders als: »Daphne?«.

Wir standen vor der Kasse im Verkaufsraum. Hinter dem selbstgebauten Zelt, in dem wir uns am Vorabend an der Wärmelampe gewärmt hatten. »Nichts für ungut. Ich dachte nur, da du ja vorgesorgt hast, wollte ich dich was fragen.« - »Eh-hm, ja? Was denn?« Kurz bevor ich etwas sagte, zeigte ich zuerst auf Miles und dann auf mich. Eröffnend hob ich Miles Zahnstocher hervor und ging nahtlos über zum Alter meines Schießeisens. Danach folgte ein kleiner Exkurs zu meinen Schuhen über meine Socken, sowie ein paar kleinere Erörterungen über die Makel unserer restlichen Ausrüstung. Glücklicherweise verstand sie den Wink mit dem Zaunpfahl. »Als du Stiefel und Handschuhe und so, da draußen eingesammelt hast, hast du nicht zufällig ein paar neue Gewehre mitgebracht, oder? Den guten Shit, mein' ich. Wenn wir da rausgehen, die Sachen für Doug holen, wäre ich wirklich gerne, gut vorbereitet. Und würde natürlich auch gerne in einem Stück wieder zurückkommen. Du Verstehst?« - »Soso, den guten Shit.« - »Sorry, Ma'am« - »Schon gut … Wer sagt eigentlich, dass ihr zwei überhaupt wieder zurückkommt?« - »Was soll das heißen?« Kurze Pause. Keine Gegenreaktion. »Ach so, jetzt weiß ich, was du meinst. Naja … du hättest mir da draußen den Arsch wegschießen können … Sorry Ma'am. Hast du aber nicht. Das Gleiche gilt für Miles. Zusammengerechnet sogar zweimal nicht. Hast uns sogar im Anschluss hier aufgenommen, bei Kaffee, Tee, Whiskey und gutem Essen. Und Wärmelampe! Das rechne ich dir hoch an. Und ich glaube auch für Miles sprechen zu können. Die Vernunft wohnt dir inne, wenn ich das mal so sagen darf. Ich sag dir was: Wir machen das für dich und Doug, dürfen die Sachen im Gegenzug behalten und sind danach quitt. Abgemacht, Ma'am?« Ich hielt ihr meine Hand hin. Sie zögerte und schien gut abzuwägen. Dann schlug sie ein.

Freemans Logbuch: 37 (später Vormittag)

Daphne gab Miles und mir jeweils ein Sturmgewehr der Army. Dazu drei Clips Munition. Jeder Clip fasste sechzig Kugeln. Also einhundertachtzig Schuss pro Mann. Das sollte uns doch wohl die insgesamt sieben Meilen zum Krankenhaus und zurückbringen, oder nicht? Trotzdem behielt ich mein gutes altes *Remington 580,* machte es aber an einer Halterung außen am Rucksack fest. Jaja, es war gesichert. Zu guter Letzt erklärte uns Daphne noch, wie die Sturmgewehre überhaupt funktionierten. Sie hatte ihre Hausaufgaben gründlich gemacht. So eine wollte man nicht zur Feindin haben!!!

Der Weg zum Krankenhaus war vom üblichen Stadtbild der Moderne geprägt: Umgestürzte Ampeln und Straßenlaternen. Müll und Ratten in umgestürzten und verbeulten Mülltonnen, die sich bei der Saukälte noch raus trauten und davonstoben. Tote Hunde und Katzen. Autotrauben, ausgebrannte Autowracks. Autos mit offenen Türen. Leichen hier, Leichen da. Gestank, der trotz der Kälte kaum zu beschreiben war. Wäre ich es nicht längst gewöhnt, hätte ich eine dreieinhalb Meilen lange Kotzspur hinter mir hergezogen. Wie eine Schnecke, die einen besonders schleimigen Tag hat. Miles war gelegentlich bei der einen oder anderen Leiche recht grün im Gesicht geworden. Konnte es ihm nicht verübeln. Wenn er so aussah, tat er mir die meiste Zeit einfach nur leid. So eine riesen Katastrophe mit Siebzehn ertragen zu müssen, war ein starkes Stück. Aber so sah es nun einmal aus. Das Einzige, was wir dagegen machen konnten, um diese Welt verschwinden zu lassen, war, die Augen zu schließen. Nur aufmachen durfte man sie dann nicht mehr.

Der Tag fing zwar verflucht beschissen an, und für kurze Zeit dachten wir auch, er würde so richtig beschissen enden, denn das Krankenhaus sah so aus, als ob es eingestürzt wäre. Aber auf den zweiten Blick, war es nur der Haupteingang, Parkplatz und Urologie, die in Trümmern lagen. Der Rest stand noch. Auf zur Chirurgie! Ich wollte schon immer mal in die heiligen Hallen der Knochensäger. Nein, das war gelogen. Eigentlich wollte ich viel lieber einen RIESIGEN Bogen darum machen. Schon immer. Daphne hatte uns ein paar Konserven und zu unserer Freude, ein paar Corned Dogs mit ihrer Lampe angewärmt und ordentlich in Aluminiumfolie eingepackt. Warm waren die nicht mehr. Den genauen Aggregatzustand von diesen Dingern, konnte ich überhaupt nicht beschreiben, ohne die Köchin aufs Übelste zu beleidigen. Unter normalen Umständen würde ich mir sofort nach dem Verzehr den Magen auspumpen lassen, im Krankenhaus waren wir ja schon. Aber heute war es ein Festmahl!

Wir fanden einen Weg ins Krankenhaus. Über irgendein Nebengebäude. Wir mussten nicht mal die Tür einschlagen. Es war alles dunkel und kalt. Unsere Schritte halten durch die dunklen Flure. Da ich zwei Taschenlampen hatte, gab ich eine Miles. Ich hatte sie aus *Washington, Iowa,* von dem Psycho. Er nahm sie entgegen und sah mich komisch an. Er sagte kein einziges Wort. Dann schaltete er sie an. »Gib mir deine«, sagte er. »Vergiss es.« - »Das … ist … eine Kindertaschenlampe, die rosa leuchtet … Und du hast mir schon die Kinderzahnbürste aufgenötigt.« - »Kannst dir ja eine neue suchen. Hast du eine bessere Taschenlampe?« - »Nee, Mann.« - »Schön, dass wir das geklärt hätten … Schalte einfach auf rotes Licht. Kannst damit besser sehen.«

Er schaltete einmal durch die Farbpallette. War wohl doch neugierig. Am Ende wählte er rot aus. Und na klar, durfte er sie auch behalten. Sie hatte immerhin hübsche Einhörner, und Regenbögen, und goldene Sterne und sowas drauf … ganz tolles Teil! Mit Siebzehn ist man halt noch eitel … Jaja, ich weiß schon. Ich hatte meine ja behalten. Wir hielten uns an die Beschilderung. Immer Richtung Chirurgie. Der Staub wirbelte durch den Lichtkegel unserer Taschenlampen, untermalt vom Knallen unserer Stiefel auf den Fußboden und eingerahmt von der Kälte, die durch die Ritzen in den Wänden sickerte. Leise geht anders, aber es war keine Menschenseele zu sehen, oder zu hören. Vielleicht versteckten sie sich. Vielleicht war auch einfach niemand mehr da. Das war wahrscheinlicher. Wenn es so blieb, wären wir in Nullkommanichts wieder draußen. Wir hatten uns zwei Mal verlaufen. So viel zum Thema Nullkommanichts. Beide Male hatte Miles recht gehabt und die richtige Richtung angegeben. Aber ich wusste es natürlich besser. Das kostete uns Zeit. Er arbeitete sich karrieretechnisch steil nach oben. Von Keller-Miles zu Parterre-Miles. Schon bald musste ich ihn ernster nehmen. Spätestens dann, wenn er in den ersten Stock ziehen würde … Aber umso besser. Alles, was unser Leben verlängerte, war mir doch sehr willkommen. Damit konnte ich also gut leben. Wir erreichten die Chirurgie, hatten aber überhaupt keine Ahnung, wo im Gebäude wir uns befanden. Wir nahmen uns Zeit und durchwühlten alles. Wir nahmen alles mit, wovon wir dachten, dass wir es brauchen konnten. Messer, Mullbinden, Betäubungsmittel, Nadel und Faden, Sägen aller Art, Antibiotika, Medikamente. Miles wusste, welche davon Antibiotika und Betäubungsmittel waren. Zwar nicht von allen, aber immerhin ein paar. Hatte er von seinem campingaffinen Vater gelernt. Beim Betäubungsmittel war er sich nicht allzu sicher. Bei einer Packung konnte er sich aber an den ersten Teil eines Wortes erinnern, das ich bereits wieder vergessen habe. Das war ein Antibiotikum. Die anderen Sachen kannte er nicht. Und auch Bücher, die wir fanden, nahmen wir mit. Die meisten Sägen und andere Geräte waren Batterie betrieben. Sahen aus wie elektrische Zahnbürsten. Das waren wirklich gute Nachrichten. So zertrümmert wie der Fuß aussah, mussten wir hoffentlich den Löwenanteil der Sägerei gar nicht erst machen. Vielleicht war der Knochen schon so zerbröselt, dass ich mich nur noch durch Haut und Knochensplitter fräsen musste. Man wird ja wohl noch träumen dürfen. Meine Überlegung ging dahin, am oberen Teil der Verletzung mit dem Sägen zu beginnen. Dabei ließ ich eine Säge von der linken in die rechte Hand wandern, um das Gewicht abzuschätzen. Miles und ich stopften uns die Taschen voll. Sogar diese grünen Operationsdecken nahmen wir mit. Dann traten wir den Rückzug an.

Es dauerte eine Weile, bis wir es aus dem Krankenhaus herausgeschafft hatten. Auf dem Weg nach draußen, grollte Donner über uns hinweg. Ein Gewitter klang anders. Wir kauerten uns in eine Ecke und warteten ab. In der Ferne explodierte etwas. Der Inhalt unserer Rucksäcke klirrte. Die Erschütterung hielt nur kurz an. Es kam nichts nach. Nur die Kälte, unser Atem und klopfende Herzen teilten sich mit uns den Korridor. Kurz danach beschlossen wir aufzubrechen. Mein Rucksack war noch nie so voll gewesen. Ich kam kaum voran. Das Tageslicht blendete uns beim Verlassen des Northwestern Delnore. Und der Schnee. Wir brauchten Sonnenbrillen. Hätten unsere Smartphones noch funktioniert, hätte ich eine Topp-Rezension für die Ausrüstung des Krankenhauses verfasst. Nur der Service ließ ein bisschen zu wünschen übrig. Wo waren die verfluchten Ärzte?? Wie schon auf dem Hinweg blieben wir weitestgehend in Deckung. Dadurch dauerten die dreieinhalb Meilen ewig. Und natürlich noch wegen des zusätzlichen Gewichts, das auf unseren Schultern lastete. Es kam mir vor, als ob ich einen riesigen Stein auf meinen Schultern schleppte. Sicherheit hatte Vorrang. Tot brachten uns die besten Straßen nichts. Wir waren zwei Stunden unterwegs, da bemerkte ich etwas.

»Miles, bleib doch mal stehen. Merkst du das auch?« - »Was'n Mann, nee, Shit. Ich merk, dass es arschkalt is'.« - »Nein, warte doch mal. Leise jetzt. Psst.« - »DAS! Da war es wieder!«, sagte ich aufgeregt. Die Erde vibrierte erst ganz leicht. Dann immer schneller, immer stärker. Alles verdunkelte sich, so, als ob, mit einem Mal die Nacht über uns hereinbricht. Auf einmal befanden wir uns in der Mitte eines Sturms. Brocken aus Dreck, Eis, Schnee und Schutt krachten um uns herum zu Boden. Schnee und Dreck spritze mir ins Gesicht. Es stank fürchterlich nach Schwefel und Öl. Ich warf mich hustend auf den gefrorenen Boden und vergrub mich im Schnee. Gierig sog ich die Luft aus den Löchern im Schnee ein. Ohrenbetäubendes Kreischen und dumpfes Grollen toste über uns hinweg. Alles drehte sich. Meine Ohren schienen zu explodieren. Mein Gehirn konnte das schrille, metallische Kreischen kaum verarbeiten. Ich drehte mich auf den Rücken. Blickte nach oben. Der Himmel war schwarz. Blaue Punkte und Streifen schossen über mich hinweg. Umhüllt von schwarzem Dampf. Meine Haare standen am ganzen Körper zu Berge. Koloss. Dann wurde alles dunkel.

Es war genauso plötzlich vorbei, wie es angefangen hatte. Völlig benommen stand ich auf, blickte in die Richtung, in die das Ungetüm getrottet war. Eines seiner Beine hat uns nur um Haaresbreite verfehlt. Die Schneise der Verwüstung gab mir die Blickrichtung an. Der Boden vibrierte noch immer. In der Distanz konnte ich den Koloss verschwinden sehen. Mit seinem riesigen Bewegungsapparat bewegte er sich schnell vorwärts. Mensch gegen Mikrobe, dachte ich mir. Wieso hatte es uns verschont. Wahrscheinlich waren wir ihm einfach egal. Die wussten doch, dass wir zwei ihnen nichts anhaben können. Das Ding verschob seine eckigen Aufbauten. Er schien sich ständig in sich selbst zu verschieben. Bizarr. Wie ein gewaltiger, stark deformierter Rubik's Cube-Würfel. Die ersten beiden Kolosse, denen ich begegnet war, hatten ihre Aufbauten wie verschobene Türme angeordnet. Dieser hier verschob sich zu einer Art M-Form, mit einem merkwürdigen Auswuchs auf dem rechten Teil des Ms, wo Diagonale und Vertikale aufeinandertreffen. Er bewegte sich wie ein Gorilla auf zwei Armen fort. Da er aber mehr als zwei Beine verwendete, schaukelte dieser M-Koloss bei jedem Schritt vor und zurück. Punkte und Streifen blitzten wie verrückt über die Oberfläche. Fast hätte es uns zerquetscht. Ein paar Fuß neben uns sah ich, dass die Erde an mehreren Stellen eingedrückt war und nach unten abfiel. Vom Gewicht des Riesen. Kleine Erdinselchen standen im Abdruck. Schnee fiel an den Rändern herunter. Überall verliefen gewaltige Risse, von den Inselchen und dem Abdruck ab. Russel. »HEILIGE SCHEISSE MILES!!! WOOOOOHOOOOO!!!! HAST DU DAS GESEHEN, VERDAMMT NOCHMAL???? Das … SCHEISSE!! MILES … DAS WAR DER ABSOLUTE WAHNSINN!!!« Keine Antwort. Mit mir ging es durch. Die Aktion hatte mich definitiv ein paar Latten am Zaun gekostet. Mir pfiffen immer noch die Ohren. Der Puls wollte mir ein Loch in die Schädeldecke hämmern. »MILES??« Nichts.

Ich geriet in Panik und fing an zu suchen. Eben stand er doch neben mir. Ich rief und rief. Dann sah ich etwas aus dem Schnee herausragen. Ein dunkler Fleck. Ein Jackenärmel. Ich ließ mich sofort daneben auf den Boden fallen und fing an, wie verrückt zu graben. Miles war verschüttet. Ich befreite ihn. Entfernte Schnee und Eis aus Mund und Nase. Wischte ihm mit meiner Hand über das Gesicht. Dann klatschte ich ihm mit der flachen Hand voll eine auf die Backe. »Scheiße, Mann, wofür war'n das jetz'?« Ich musste lachen und drückte diesen kleinen Trottel an mich. Schön, wenn die Klassiker auch mal funktionieren. »Schön, dich wieder zusehen.« - »Ich hab' einen gut, Mann.« Wir tranken etwas Tee. Wärmten uns auf. Der Adrenalinspiegel sank merklich. Ihm ging es gut, aber er zitterte noch vor Schock und Kälte. Mir ging es nicht besser. Als wir uns wieder beruhigt hatten, machten wir uns auf den Weg. Gottverdammter Schnee. Gottverdammter Weg.

Auf dem Weg zur Tankstelle dachte ich über den Gestank und den schwarzen Dampf nach, den diese … diese *ALIENWICHSER* da hinter sich herzogen. Vielleicht versuchten sie die Atmosphäre zu verpesten, oder zu verändern. Das glaubte ich zwar nicht, denn dafür stießen sie viel zu wenig von dem Shit aus. Meine Annahme basierte auf Unwissen. Ich blieb bei meiner Reaktionstheorie. Als wir endlich an der Tankstelle bei Daphne und Doug ankamen, war es bereits Dunkel. Für die Operation benötigten wir Tageslicht. Jedes kleine Prozent, das sich positiv auf das bevorstehende Unterfangen auswirken würde, würden wir bitter nötig haben. Ich hatte aus dem Krankenhaus zwar Bücher über Füße und Beine mitgenommen, die waren aber leider alle in Fachsprache verfasst. Das war grundsätzlich auch gut so … vorausgesetzt man verstand sie. Wenn die Sache nicht so verdammt mies aussehen würde! Den Rest des Abends verbrachten Miles, Daphne und ich damit, die Bücher zu studieren. Meine persönliche schulische Bestleistung. Daphne sah ab und zu nach Doug. Flößte ihm in Wasser aufgeweichtes Weißbrot ein. Wir begnügten uns mit noch mehr Corned Dogs und Chili con Carne aus Dosen. Dazu eingelegtes Obst und Softdrinks. Es war ein berauschendes Abendessen. Auch wenn es kalt serviert wurde. Wir mussten für den kommenden Tag fit sein. »Daphne, hast du was aus *Chicago* gehört?« - »Nein, leider nicht. Tut mir leid. Du?« - »Schon okay … Nein, ich auch nicht. Trotzdem, danke.« Miles hatte mitgehört und sah etwas betrübt aus.

Freemans Logbuch: 38

Tag der Operation. Mir war jetzt schon schlecht. Und ich war erst seit einer Minute wach. Ich hatte kaum geschlafen. Wir hatten die ganze Nacht an den Büchern gesessen, bis Miles und Daphne mich zwangen, es gut sein zu lassen.

Vor der Tankstelle machten wir ein Feuer, um alles zu sterilisieren und reinigten die Sachen anschließend mit Desinfektionstüchern. Konnte ja nicht schaden, oder? Spielten den Plan zusammen immer und immer wieder durch. Dabei zogen wir alles, bis auf die Unterwäsche aus und legten uns Arztkittel an, die wir mitgenommen hatten. Normalerweise würde ich damit ja herumalbern … Auf dem gleichen Feuer zauberte Daphne uns auch eine Traummahlzeit, die ich aber nicht genießen konnte. Ich kaute nur lustlos vor mich hin. Die Verbindung zwischen Frühstück und sterilisierten Operationsbesteck, verursachte Kurzschlüsse, die das Frühstück wie Pappe schmecken ließen und nur schwer erträglich waren. Miles ging es nicht anders. Und Daphne brachte gar nichts herunter. Danach reinigte sie die Pfanne mit Schnee und stellte sie zurück ins Feuer. Damit würden wir die verdammte Wunde ausbrennen. Das wir die gleiche Pfanne verwenden würden, verursachte ebenfalls ein paar Kurzschlüsse. Es musste einfach funktionieren. Ich bot Daphne an, in eine der Häuserruinen zu gehen und nach einer anderen Pfanne oder Ähnlichem zu suchen. Sie wollte es aber nicht. Sie wollte, dass wir es so schnell wie möglich hinter uns brachten, bevor es zu spät war. Damit hatte sie recht. Es könnte Stunden dauern, bis wir was Brauchbares hatten. Es gab einfach keine Garantien mehr. Für nichts.

Nachdem die Vorbereitungen getroffen waren, schickte ich Daphne weg, die Vorräte auffüllen und nach einem Rollstuhl oder Krücken suchen. Ich wollte sie auf keinen Fall dabeihaben. Miles würde genügen müssen. Auf ihn war Verlass. Das hatte er mehrmals bewiesen. Ich testete die Geräte, von denen ich dachte, dass ich sie heute einsetzen würde. Verfluchte Scheiße, ich hoffte es waren die richtigen. Was war das neulich noch für ein Gedanke? Einen Chirurgen ohne Titel nannte man Metzger. Und da stand ich nun … In meinem weißen Metzgerskittel … Die Sägen arbeiteten gut. Die Akkus waren voll. Was nun? Ich sah erstmal nach Doug. Miles blieb die ganze Zeit an meiner Seite. Doug schlief und schwitzte. Sein Fieber war gestiegen. Daphne wickelte ihn ständig mit nassen Lappen ein. Wir mussten ihn bewegen, aus dem Lagerraum heraus, ins Licht. Wir bereiteten den Verkaufsraum dafür vor und wollten das improvisierte Indoor Zelt zum Operationssaal umfunktionieren. Daphne hatte in stundenlanger Arbeit alles geputzt.

Vorsichtig schnitt ich Dougs Hosenbein an der Seite auf und entfernten es. Anschließend säuberten wir das ganze Bein so gut es ging, mit Seife und trockneten es ordentlich ab. Als nächstes schüttete ich einen viertel Kanister Jod darüber und verteilte es über das Bein und den Fuß. Am Fuß mussten wir besondere Vorsicht walten lassen. Es war kaum durchführbar. Bei der kleinsten Berührung schrie Doug auf. Mir wurde schlecht. Wir entschieden uns dafür, ihn erst zu betäuben und dann den Fuß zu fixieren. Vorher fixierten wir das Bein, so gut es ging, mit Gürteln. Direkt an der Stelle, an der wir amputieren mussten, legten wir einen Gürtel bereit, den wir nach der Betäubung so fest wie möglich zurren würden. Um die Blutzufuhr zu unterbrechen. Die Prozedur wurde immer wieder von Dougs

Gewinsel unterbrochen. Es jagte mir jedes Mal eiskalte Schauer die Wirbelsäule hinunter. Miles und ich schwitzten rekordverdächtig. Wir einigten uns darauf, dass er mir die Stirn abtupfen würde. Wir brauchten ein paar Anläufe, um den Gürtel richtig einzustellen. Wir mussten ein paar extra Löcher hineinbohren, bis alles passte. Am Ende ging es. Während wir warteten, bis der Blutfluss unterbrochen war, versuchten wir erneut, den Fuß zu fixieren. Doug war mittlerweile komplett weggetreten. Hoffentlich hatten wir weder über- noch unterdosiert. Mir entwich die Gesichtsfarbe. Miles verschwand hinter einem Regal und übergab sich ausgiebig. Daraufhin teilte ich ihm mit, dass er in Windeseile einen neuen Arztkittel holen, seine Sachen sterilisieren musste und neue Einweghandschuhe besorgen sollte.

Am Fußgelenk wollten wir den Schnitt setzen. Alles darunter war geschwollener Brei. Und gute zwei Inches darüber nur minimal besser. Aber der Schienbeinknochen war noch intakt. Im Fuß selbst, waren die Knochen so zertrümmert, dass ich als Laie gar nichts ertasten konnte. Ich legte den gesunden Fuß daneben und verglich. Mit einem Stift markierte ich die Stelle an dem betroffenen Bein. Dort wollte ich entlangschneiden. Keine Ahnung, ob das was brachte. Beim Heimwerken hatte es funktioniert …

Es war so weit. Ich nahm die Säge in die Hand. Sie erinnerte an eine Bohrmaschine. Ich drückte den Anschalter. Meine Hand zitterte. Kein guter Start. Das musste ich zuerst in den Griff bekommen. Die Säge sprang sofort an. Das Geräusch war leiser als ich dachte. Ausgerechnet jetzt, fing Doug an, sich zu bewegen, trotz des Betäubungsmittels. Wir warteten. Er stöhnte kurz. Dann beruhigte er sich wieder. Und ich mich auch. Wenn Doug das konnte, konnte ich das auch. Der Fuß war vorbereitet, die Pfanne saß noch auf der Flamme und wartete geduldig auf ihren Einsatz. Wir warteten ein paar Extraminuten. Jetzt musste es geschehen. Ich schaltete die Säge wieder ein und setzte an. Miles war neben mir und verzog keine Miene. Er war voll bei der Sache. Miles stand am Fußende, ich seitlich am Bein. Ich ließ die Säge langsam zu meiner Markierung gleiten. Sie schnitt in das Fleisch. Aus dem kleinen Schnitt wurde ein immer größerer. Am Anfang ging es recht einfach. Ich schnitt durch Haut. Die Muskeln waren zäher als ich dachte, aber es ging irgendwie. Ich ruckelte zwei, dreimal hin und her, bevor mir Miles mitteilte, dass das mit Sicherheit keine gute Idee ist. Keine Ahnung, ob ich irgendwelche Folgeschäden verursachte. Würde mich wundern, wenn nicht. Die Alternative war schlimmer. Ich arbeitete mich durch den Klumpen und drang immer weiter vor. Stück für Stück, Schnitt für Schnitt. Ich gab mein Bestes. Etwas Blut quoll aus der Wunde und erschwerte mir die Sicht auf meine Arbeit. Hoffentlich hatte ich keine Hauptarterie erwischt, oder sowas. Das Blut wurde von unseren sorgefältig ausgebreiteten Tüchern aufgesogen. Miles wischte mir den Schweiß unaufhörlich von der Stirn. Daphne kam zurück. Viel zu früh. Sie kam herein, stellte sich vor uns. Ich war gerade dabei, das letzte Bisschen Haut und Gewebe zu zerschnippeln. Dann fiel sie mit einem hohen, aber dennoch bassigen, krächzigen Schrei in Ohnmacht. Miles war schnell und fing sie auf halber Strecke auf. Er legte sie auf den Boden. Sie hatte zwei Tüten und einen Rucksack voller Sachen dabei, die zu Boden gefallen waren. Woher hatte sie den ganzen Kram? Ich sagte Miles, dass er sich um sie kümmern sollte, wir waren hier fertig. Der Fuß war abgetrennt. Er lag blutend vor mir. Wie ein fetter, glänzender, schwarz, blau, roter Wurm. Er hatte seine letzte Meile gelaufen. Daphne lag noch am Boden. Miles neben ihr kniend. Ich stand da und war ein Wrack. »Miles, lass gut sein. Hol die Pfanne.« - »Okay.« Er legte Daphnes Kopf auf eine der Einkaufstaschen. Dann ging er zur Pfanne und holte sie aus dem Feuer. Wir brannten die Wunde aus. Beißender Geruch und das zischende Geräusch, jedes Mal, wenn die heiße Pfanne auf das kalte Fleisch traf, würde ich niemals vergessen. Nachdem das hier vorbei war, nahm ich mir vor, würde ich nie wieder Fleisch essen, oder Würmer … Die Blutung hörte auf, die Wunde war versiegelt. Es dauerte eine ganze Weile, bis wir die gesamte Stelle bearbeitet hatten. Wir mussten die Pfanne über dem Feuer mehrmals heiß machen. Das dauerte jedes Mal eine ganze Weile. Doug stöhnte mehrmals während der Prozedur, aber die Medikamente wirkten. Am Ende hatten wir es geschafft. Wir löschten das Feuer sofort wieder. Wir hatten es direkt neben der Eingangstür des Verkaufsraums positioniert. Damit waren wir auf mehreren Ebenen ein gigantisches Risiko eingegangen. Jetzt blieb zu hoffen, dass niemand auf dem Weg zu uns war. Außerdem: Offenes Feuer an Tankstellen klang nach einer Idee, die man nur haben konnte, wenn man ein Paar Gehirnwindungen zu wenig hatte, oder man eine Tankstelle notgedrungen zur Krankeneinrichtung umfunktionieren musste.

Nachdem all das erledigt war, ließ ich mich im Gang auf den Boden fallen und zog die Beine an meinen Oberkörper heran. Miles setzte sich mir gegenüber im Schneidersitz, an eines der Warenregale gelehnt. Sonnenstrahlen fielen mir über die Schultern und auf den Boden, vor Miles Knie. Er kniff die Augen zusammen. Zum ersten Mal nahm ich Kenntnis vom Boden: Laminat, schwarz-weiß gekachelt. Die Regalreihe, an der Miles lehnte, war mit Magazinen bestückt. Ich starrte ins nichts. Keinen Punkt fixierend. Trotzdem fiel mir irgendwann ein Cover auf. Ein Angler, der in seinem Boot auf einem See saß. Ein Fisch sprang vor ihm aus dem Wasser. Ihm hing ein fetter, langer Wurm aus dem Maul. Das war zu viel. Das war Anlass genug, mich im Eilverfahren vor die Tür zu begeben. Ich schaffte es gerade noch nach draußen zur temporären Feuerstelle und kübelte ordentlich auf die Aschereste. Ich sah dem Erbrochenem dabei zu, wie es sich mit den Ascheresten zu Klumpen verband.

Gleichzeitig dachte ich an die Fußzehen. Sogleich startete die zweite Runde von Erbrechen macht Spaß. Dort blieb ich, bis nichts mehr kam. Mit Schnee wischte ich mir den Mund sauber und ging wieder rein. »Scheiße, Mann, was zum Teufel war'n das jetz' wieder?« - »Das Magazin da«, sagte ich noch völlig farblos im Gesicht und zeigte leicht kraftlos auf eine Stelle über seinem Kopf. Miles sah den Fisch. Dann den Wurm. Er riss seinen Handrücken hoch zum Mund und musste aufstoßen, konnte sich aber gerade noch beherrschen. »Verstehe«, nuschelte er hinter seiner Hand. An diesem Tag ging ich sehr früh schlafen. Miles half Daphne auf die Beine, entfernte aber vorher diskret und fürsorglich den Fuß, stellte sicher, dass Daphne ihn niemals finden würde. Jetzt blieb nur noch Punkt Vier auf der Tagesordnung zu klären: die Krücken, oder auch einen Rollstuhl. Die würde er brauchen, falls er die nächsten Tage überleben würde.

Freemans Logbuch: 39, 40, 41

Das Frühstück schmeckte heute eindeutig besser. Sogar sehr viel besser als gestern. Es war schön, die Hölle für einen Moment mal hinter sich lassen zu können. Miles ging es sichtlich genauso. Wir entschieden uns dafür, noch ein paar Tage zu bleiben. Nicht mehr als zwei oder drei. Wir mussten wissen, ob Doug es schaffen würde. Außerdem mussten alle Klamotten ordentlich durchtrocknen. Und verdammte Scheiße, wir hatten uns eine Pause verdient. Sorry Ma'am, hörte ich mich in Gedanken zu Daphne sagen. Das erinnerte mich daran, Daphne, unserer militärischen Hauptausstatterin, nach Sonnenbrillen zu fragen. Natürlich hatte sie welche da. Sie hatte wirklich an alles gedacht. Am Morgen des dritten Tages wollten wir aufbrechen. Die eingeschobenen Pausentage waren ruhig. Wir konnten uns gut von den Strapazen erholen und verwendeten einen Teil der Zeit darauf, Krücken und einen Rollstuhl aus den umliegenden Ruinen zu bergen. Den Rollstuhl fanden wir in einem Kastenwagen, etwa zweihundert Yards die Straße runter. Ab und zu krachten Schüsse durch die Gegend. Kein Grund zur Panik. Sie waren weit weg. Es gab hier mehr Überlebende. *Chicago*, Baby, wir kommen!

Freemans Logbuch: 42

Doug hatte überlebt und ihm ging es deutlich besser, aber er war nach wie vor im Tiefschlaf gefangen. Und Daphne hatte genug Nahrungsmittel gebunkert, um die nächsten zweihundert Jahre in der Tankstelle zu überdauern. Im Gegensatz zu uns … Direkt nach dem Angriff hatte sie sehr schnell geschaltet und die zerbombten Häuser durchsucht und letztendlich alles in diese Tankstelle geschafft. Etwas später hatte es Dougs Fuß zertrümmert. Sie erzählte uns, dass sie später Doug in einer staubigen alten Schubkarre hierhergeschoben hatte. So hatte sie auch alles andere hier herbekommen. Ich für meinen Teil, hatte genau das Gegenteil gemacht. Aber wenigstens führte mich mein Weg hier her … Ein Trostpflaster. Eine Oase, inmitten des Chaos. Es stellte sich heraus, dass Daphne so viel Zeug gebunkert hatte, dass sie unsere Rucksäcke mit Wasser und leicht zu tragenden Lebensmitteln ausstatten konnte. Einen großen Teil der Vorräte, hatten Doug und Daphne schon vor dem Ereignis, an sicheren Orten eingelagert. Nach dem Angriff hatten sie sich ihre Sachen Stück für Stück zurückgeholt. Wir hatten freie Wahl, und, Mann, wir wählten. Darunter auch ein paar MREs.

»Daphne! NEIN!« - »Was? Was ist denn?« - »Gib mir das zurück!« - »Das meinst du doch nicht im Ernst?« Miles beobachtete die Szene und kam mit dem Grund der Diskussion so gar nicht klar. Er schüttelte hin und wieder vor Ungläubigkeit den Kopf. »Todernst. Gib sie mir wieder. Leg sie einfach sachte auf das Regal da. Sie ist mir nur aus Versehen aus dem Rucksack gekullert.« - »Du spinnst wohl?«, sie presste wie immer die Lippen zu einem feinen Strich zusammen und wackelte dabei leicht mit dem Kopf. Jetzt mischte sich auch Miles ein: »Ma'am bitte. Legen Sie

sie einfach wieder zurück. Er meint's ernst und wird nicht aufhören, bis er sie wieder hat.« - »Hör auf Miles, Daphne. Hör ... auf ... Miles! Es ist mein voller Ernst. Leg sie da hin. Jetzt gleich. Und zehn Schritte zurück!!«, dabei mussten wir beide wohlwissend grinsen. Endlich gab sie klein bei und legte die Dose mit dem Katzenfutter auf das Regal. »Danke schön, Ma'am.« - »Wieso in Teufelsnamen schleppst du das mit dir herum?«, sie bekreuzigte sich und richtete den Blick für den Bruchteil einer Sekunde, und nur eine winzig kleine Nuance gen Himmel. Bis heute glaube ich, dass sie das Katzenfutter bekreuzigt hatte. Um die Dämonen auszutreiben. Aber das würde nichts helfen. Damit kannte ich mich aus. »Es hat mir unzählige Male das Leben gerettet. Das Zeug ließ mich jedes Mal doppelt so hart arbeiten, damit ich es bloß nicht essen muss. Ein richtiger Motivator. Sobald das hier vorbei ist, mache ich einen Talisman daraus.« Ich konnte den Satz nur lachend beenden. Miles griff sich fremdschämend an den Kopf. Aber die Dose behielt ich trotzdem. »Mach doch was du willst, du Spinner«, sagte Daphne mit einem überbreiten Grinsen, dass sich förmlich einmal um ihren gesamten Kopf zog. Dabei tippte sie sich mit einem Zeigefinger an die Stirn. Doug bewegte sich auf seiner Pritsche. Daphne hatte sich rührend um ihn gekümmert. Den Verband gewechselt. Mit Medikamenten versorgt. Ihn saubergemacht. Das volle Programm. Zeit, die Lorbeeren zu ernten. Er wachte auf.

Daphne flog mit einem Schwung über die Regale und alle Hindernisse hinweg. Direkt auf zu Doug. Miles und ich wurden einfach mitgerissen. Widerstand war zwecklos. Alle drei knieten wir uns um die Pritsche und quatschten auf Doug ein, bis uns Daphne zur Raison brachte und uns bat, ihr einen Moment zu zweit zu geben. Diesen Wunsch respektierten wir natürlich. Wir schnappten unsere Jacken und gingen vor die Tür, eine Runde um die Tankstelle drehen. Die Gegend sichern, wie wir Berufssoldaten es nannten ... Okay, okay ... Das Wort Berufssoldat war hier vielleicht etwas stark. Ich blieb bei Presse. Hatte ja noch meine Aufnäher vorne und hinten drauf.

Etwas später, nach dem man uns gestattet hatte, wieder die Tankstelle zu betreten und wir gut gefrühstückt hatten, blieb mir nur noch eine Sache zu tun übrig. Von meinem guten alten Parka entfernte ich die beiden selbstgefertigten Aufnäher, auf denen *PRESS* stand. Ich hatte mir von Daphne vorher Flickzeug organisiert. Die alten Aufnäher mussten an meiner neuen Militärjacke angebracht werden, aber da griff Daphne ein. »Was wird denn das, Junge?« - »Na, ich nähe meine Aufnäher drauf.« - »Sind die von deiner Lieblingsband? Bist du etwa erst siebzehn?« Miles guckte beleidigt. Er sah sich das Geplänkel an und hatte keine Worte dafür übrig. »Ich kann das aber. Die haben doch vorher auch gehalten. Und außerdem habe ich doch auch D...« Ich unterbrach mich selbst, bevor Daphne mich in eine Voodoo Puppe verwandelte und aufs Übelste traktierte. Sie schüttelte nur den Kopf und wedelte mit dem Zeigefinger drohend in der Luft herum, zerschnitt förmlich die Luft damit, was so viel wie, kein einziges Wort mehr und her mit den Sachen, bedeutete. »Ja, aber doch nicht so. Wie du das Flickzeug schon hältst. Bist du etwa Linkshänder?« - »Nein, Ma'am.« - »Gib mir das doch mal. Ich mach das eben. Sieh zu und lerne.« Ich gab's auf. »Ja, Ma'am.« Nachdem sie mir professionell den großen Aufnäher auf den Jackenrücken, den kleinen vorne unter dem Kinn angenäht hatte, war der Moment des großen Abschieds gekommen. Zusammenfassend kann ich sagen, dass diese Beziehung kurz und sehr, sehr, sehr intensiv war.

Wir überprüften unsere Ausrüstung und machten uns bereit, in die Kälte zu treten. Wir hatten jetzt Sturmhauben, die uns zusätzlich gegen die Kälte schützten. Trotzdem zog ich den Schal bis unter die Augen. Scheiße, hatte Daphne uns gut ausgestattet. Und Scheiße hoch neun, sie hatte wirklich keine Gelegenheit ausgelassen. Sorry und Danke Ma'am, war nicht so gemeint. Außerdem hatten wir noch ein paar technische Spielereien dabei. Hoffentlich würde ich nicht vergessen, wie sie funktionieren. Die Chancen dafür waren gering … Doug hatte sehr lange gedient. Daher wusste Daphne so viel darüber. Daphne sagte, dass er stundenlang über das Zeug quatschen konnte. Militärmagazine stapelten sich zuhauf. Außerdem nahm er Daphne immer mit zur Shooting Ranch und zum Stützpunkt, wo Doug einen guten Ruf genoss. Und das seit vielen Jahren, fast jedes Wochenende. Ich versprach ihr, sie und Doug zu besuchen, falls ich *Chicago* wieder verlassen würde. Oder falls ich erst gar nicht hineinkam. Wir umarmten uns ein letztes Mal und wünschten uns Glück.

Es schneite. Der Wind wirbelte die Schneeflocken chaotisch durcheinander. Nebel stand ein paar Inches über der Straße und waberte knöchelhoch. Es war noch früh am Morgen. Die Eiszapfen am Dach der Tankstelle hatten sich vermehrt. Ein Rabe saß auf einem Baum neben der Tankstelle und hüpfte auf dem Geäst herum. Hoch oben in der Baumkrone. Er krähte uns ein paar Mal an. Noch vor kurzem hätte ich versucht, ihn mit meinen Scharfschützenfähigkeiten die Glocken wegzupusten und zu Mittagessen zu verarbeiten. Nicht dieses Mal, Herr Rabe, nicht dieses Mal … Mein Rucksack war dafür zu gut gefüllt. Und außerdem wissen wir alle, was beim letzten Mal passiert war. Die Gegend war gesichert. Zeit, zu verschwinden. Immer weiter, diese gottverdammte Straße entlang.

Freemans Logbuch: 42 (zirka 15 Minuten später)

Ich sage es nur ungern, aber etwas mehr als eine halbe Meile entfernt, war … die nächste Tankstelle!!! Wie anders hätten doch die letzten Tagen verlaufen können … Eine *Exxon*. Dafür war sie komplett hinüber. Ein kleines blau, weiß, rotes Schild stand noch neben der Straße. Zwei von vier Wänden waren vom Hauptgebäude eingestürzt, das Dach eingesunken. Das blau-weiße Dach über den Zapfsäulen lag im Dreck, umgeben von Schutt und Staub. Daran erkannte ich sie. Gute Werbung machte sich eben bezahlt. Hätten sie mal besser mehr in Alienabwehr investiert. Dann würde sie auch heute noch Autos betanken. Ich war eindeutig zu lange im Urlaub … Wir ließen *Geneva* hinter uns. Daphne hatte uns über unseren genauen Standort aufgeklärt.

Freemans Logbuch: 42 (mittags)

Wir erreichten die weiten Ausläufer *Chicagos*. Langsam begann ich zu verstehen, was mir der Marine im Bunker erzählt hatte. Die Trümmer der Gebäude zeigten alle in eine Richtung. Als ob der Wind aus einer Richtung geblasen hätte. Je weiter wir gingen, desto offensichtlicher wurde es, dass die Stadtmitte *Chicagos* das Epizentrum war. Nicht gut. Aber ein Paar Gebäude standen noch. Zum Beispiel dieses Haus, das in Weihnachtsdekoration zu ersticken drohte. Der Preis für das kitschigste Haus in diesem Jahr ging an das einzige im Umkreis von mehreren tausend Meilen, das noch stand, und das so was von vollgepackt mit Weihnachtsdekorationen war, dass sogar die Rentiere das große Kotzen kriegten. Ich stand kurz davor, in dem Gebäude etwas zu Essen zu kochen – mein Code für *abfackeln*. Bis heute weiß ich nicht, wieso mich das so über alle Maßen aufgeregt hat. Weihnachten ist cool! Wenigstens waren die Lichter aus … Und nein, wir würden nicht in diesem einen Gebäude übernachten! Die Deko war so hässlich, dass anscheinend selbst die Druckwelle einen Bogen um sie gemacht hatte. Stolz marschierten wir noch etwas weiter und taten so, als bevorzugten wir den uns wohlbekannten Dreck der Ruinen. Einfach ein Ort zum Wohlfühlen!!

Wem machte ich hier eigentlich was vor? Nur wenige Schritte weiter, sah ich Miles flehentlichen Blick. Und er sah meinen. Vielleicht schützte ja die Weihnachtsdeko vor Aliens. Das Haus schützte jedenfalls vor dem Wetter. Also übernachteten wir im Weihnachtshaus. Jeder in seinem eigenen Zimmer. In einem eigenen Bett. Vorher ging ich noch auf die wohl kitschigste Veranda im Umkreis von mehreren hundert bis tausend Meilen. Die Nacht war klar. Das hieß für mich, dass ich den Mond anstarren musste. Miles und ich standen einfach nur so da und starrten auf den mittlerweile riesigen schwarzen Tumorflecken. Was machten die da bloß? Bauten die einen Vorposten auf? Bauten die etwa unseren Mond ab?!?! Wie konnten die es nur wagen?? Langsam war ich bereit für ein kleines Tänzchen … auf dem Mond …

Bevor ich mich endgültig schlafen legte, musste ich die Toilette inspizieren. Sowas hatte man schließlich nicht mehr alle Tage. Auch hier rechnete ich mit maximalem Weihnachtskitsch. Ein Volltreffer! Mit Bedauern stellte ich zu spät fest, dass es kein Klopapier mehr auf der Rolle gab. Das mussten die Eigentümer mitgenommen haben. Nur ein Stapel mit Zeitschriften quoll aus einem Korb hervor. Im oberen Viertel des Stapels, blickte mir ein Gesicht entgegen. Den hässlichen Saukerl kannte ich doch. Ich zog das

Magazin heraus und murmelte zu mir selbst: »Aaaah Mr. Trump. Wie passend Sie hier zu treffen. Wusste gar nicht, dass man mit so kleinen Händen auch im Reinigungsgewerbe tätig sein kann.« Dann riss ich ihm das Toupée von seiner orangenen Scheißstirn, woraufhin Mr. Trump seiner eigentlichen Bestimmung folgte. Er war der ehemalige 45. Präsident. *Doppelnull* hätte hier besser gepasst ... »Wo waren Sie nur die ganze Zeit, Sir? Ich hätte Sie schon vor Wochen gut gebrauchen können. Aber lieber zu spät als gar nicht, sag ich immer. Ho, ho, ho.« - »Was? Was is', Mann?«, wollte Miles wissen.

Er musste meiner Konversation von außen gelauscht haben und mischte sich nun auf unqualifizierte Art und Weise ein. »Ach nichts. Nichts weiter, Miles. Mach einfach weiter.« Woraufhin ich in schallendes Gegacker ausbrach. Auf dem Weg nach draußen musste ich mir die Tränen aus dem Gesicht wischen. Ist der Kerl letztendlich doch noch zu etwas zu gebrauchen, dachte ich mir. »Was zur Hölle hast du nur da drin gemacht, man?« - »Dringende Sitzung mit einem Ex-Präsidenten. Hast du gewusst, dass Mr. Trump auch im Reinigungsgewerbe tätig war?« - »Verschon mich bitte, Mann. Shit, ich will's gar nich' wissen.« Daraufhin verzogen wir uns in unsere Gemächer und nahmen eine Mütze voll Schlaf.

Freemans Logbuch: 43

Mir wurde klar, dass ich dieses Jahr keine Geschenke bekommen würde. Aber eins machen konnte ich! Trotzdem, sehr traurig, aber wahr. Wie, viele, Milliarden, andere Menschen auch. Milliarden? Keine Ahnung. Miles wusste es auch nicht. Es war auf jeden Fall das mieseste Weihnachtsfest überhaupt. Dabei wusste ich auch gar nicht, ob wir Weihnachten schon verpasst hatten, oder nicht. Oder ob wir vielleicht sogar eine Punktlandung hingelegt hatten. Miles konnte mit Sicherheit ein Weihnachtsgeschenk vertragen. Aber was? Mir würde schon was einfallen. Das Katzenfutter? Vielleicht gar nicht so übel, die Idee. Rotes Schleifchen drum und zack, fertig. Gar … nicht … so … übel …

Wir hatten bereits gegessen und betraten im Schutze des Weihnachtskitschs die Straße. Miles ging hinter einem Rentierarsch in Deckung. Es war alles weiß da draußen. Überall Schnee, der die Ruinen bedeckte. Und nirgends Fußspuren zu sehen. Außer unserer eigenen, von vergangener Nacht. Und die waren nur noch als kleine Dellen im Schnee zu erkennen. »Freeman, guck dir das mal an, Mann.« Miles zeigte auf eine Mauer, die teilweise eingestürzt war. Etwas die Straße runter. »Da is‘ irgendwas Rotes, Mann.« Zwischen dem ganzen Schutt musste ich erst ein bisschen suchen, fand dann aber die Stelle. Auf dem oberen Teil der Mauer lag Schnee, aber die Wand war frei. An manchen Stellen war nur etwas Putz abgebröckelt, so dass man die darunterliegenden orange-roten Backsteine sehen konnte, die von grauen Fugen an Ort und Stelle gehalten wurden. »Was ist das denn für eine Schmiererei?« - »Scheiße man, kein Plan, Mann.« - »*Råidnecks*? Wer oder was soll das sein?« - »Ich hab‘ keinen Schimmer, man.« -

»Wahrscheinlich von *Rednecks*? Mit Sicherheit jemand, der nicht mehr ganz dicht ist. Nichts wie weg hier. Auf den Mist kann ich verzichten. Wir haben schon verdammt nochmal genug Probleme.« - »Ja , Mann, und ich erst ...«

Also gingen wir weiter. Wir kamen nur langsam voran. Mussten ständig allerlei Fahrzeugwracks und Schrott ausweichen. Die Stadt hatte uns eine ganze Menge Material in den Weg geworfen. Schnee sammelte sich auf den Straßen und wurde immer höher. Und nach einer Weile fielen uns nicht nur die zahlreichen Leichen auf, sondern auch Überlebende. Sie versteckten sich in den Trümmern. Es waren nicht viele, aber immerhin. Sie hielten Abstand zu uns. Vielleicht ein Beleg für meine Hypothese, dass sich die Besatzer erfolgreich so positioniert hatten, wie sie es geplant hatten und der Rest von uns, ihnen einfach scheißegal war. Die wenigen Leute, die hier noch herumliefen, waren keine Gefahr mehr. Aber war es wirklich so? Die Sonne ging langsam unter.

Ein Schuss krachte durch die Straßen. Die Kugel schlug neben uns im Schnee ein und grub sich tief ein. Ich warf mich sofort auf den Boden, in den gefrorenen Dreck am Straßenrand. Wir liefen nie mitten auf der Straße, es sei denn, es ging nicht anders. Soweit ich es aus dem Augenwinkel sehen konnte, machte Miles instinktiv das Gleiche. Aus der Deckung heraus versuchte ich herauszufinden, wo der Schuss herkam und ob Miles in Ordnung war. Beim Suchen nach dem Schützen fiel mir überall dieses *Råidnecks*-Geschmiere auf. Bandenterritorium? Wer wollte schon einen Haufen Schutt und Scheiße regieren? Die Gier der Menschen kannte keine Grenzen ... Falls der Name Programm war, wunderte mich das allerdings nicht.

»He ihr swai DAAA. Ich kann euch seN! Kommt raus un' lasdt die WaaaaaaFFN aufn Bodn liegn.« Der Kerl da hatte einen starken Dialekt aus dem Süden und war zudem auch noch völlig besoffen. Nüchtern war der jedenfalls nicht mehr. Ich suchte Miles Blick. Hoffentlich versuchte er nichts Dummes. Das war eher mein Ding. Er sah mich an und blickte zu mir. Miles kauerte nach wie vor hinter einem Vorsprung und wartete ab. Gut. Wir blickten uns an. Ich legte Daumen und Zeigefinger zusammen und deutete eine ziehende Bewegung vom Hals, über meinen Mund an. Damit versuchte ich zu signalisieren, dass er seinen verdammten Schal über den Mund ziehen soll, damit das Wunderkind an der Waffe da drüben Miles Atem nicht sehen konnte. Danach legte ich meinen Zeigefinger über beide Lippen. Was allgemein verständlich, psssssssssst bedeutet. Miles hatte verstanden und zog den Schal hoch und zeigte mir als Antwort einen Daumen hoch. Auf den Jungen war verlass. Den Schützen hatte ich immer noch nicht entdeckt. Konnte ihn einfach nicht sehen. Miles auch nicht. »HEEE ihr SWAI DA! Kommdt ihr nu RAUS? Oder muss ich meine FÄUSDE sprechn lassn. Muss isch euch HOLN kommn? Un DAS wolld ihr nich. DAS SCHWÖR ICH EUCH!!!« Der nächste Schuss donnerte in unsere Richtung, prallte aber mit einem hohen Zischen irgendwo ab. »DASS IS RÅIDNEGGS TERRIDORIHUM. IHR SEID VERHAFDED!!« Wenn dieser Trottel nicht ständig auf uns geschossen hätte, wäre die Situation wirklich ziemlich komisch gewesen. Wie aus dem nichts, flog eine riesige vierzig oz Budweiser Bierflasche in meine Richtung. Sie flog halb über die Straße und landete mitten im Schnee. Fast aufrecht, nur etwas Seitenlage. Jetzt wusste ich wenigstens, in welcher Richtung sich diese besoffene Evolutionsbremse aufhielt. Den konnten die Aliens meinetwegen gerne mitnehmen … »Ohgee das WARS! DAS …

DAS reichdt JEEETZ! Ich komm runer jetz un verHAFDE EUCH, EIN … FÜR … ALLE MAL!«

Seine Schreitiraden verrieten, dass er irgendwo oben war. Nicht mehr lange und er würde wahrscheinlich mit seiner Taschenlampe herumfuchteln, oder mit einem Feuerzeug eine Zigarette anstecken. Oder einfach aus seinem Versteck fallen und mit seinem dämlichen Gesicht unten auf die Straße klatschen. Trotzdem mussten wir uns beeilen, ehe seine Kollegen auf uns aufmerksam wurden. Der Kerl machte einen Heidenlärm. Vielleicht machte er auch vorher seine Drohung wahr und versuchte wirklich zu uns herunterzukommen. So vollgedröhnt wie er war, würde er es sowieso nur mit viel Glück auf unsere Straßenseite schaffen. Nur ein weiterer Irrer mit Waffe … Er hatte auch keine Angst vor den Besatzern. Oder war einfach zu besoffen.

Er schoss wieder auf uns. Diesmal kam er verdammt nah ran. Ich zog mein Messer und hielt es etwas an der Mauerseite vorbei, verwendete es als Spiegel, so dass ich damit in seine Richtung gucken konnte, ohne mich zur Zielscheibe zu machen. Miles erfasste die Idee blitzschnell und machte das Gleiche. Keine Bewegung. Nichts. Bis auf das anhaltende, besoffene Geschwätz. Der nächste Schuss fiel. Mündungsfeuer blitzte auf. Er zwängte seine Waffe durch ein kleines Loch, unter einem Fenster ohne Scheibe. Ein umgestürzter Deckenbalken hing quer dahinter herunter. Alles war von Schnee bedeckt. Das Loch war so klein, dass er einen sehr limitierten Schusswinkel hatte. Und so wollte er die ganze Straße überwachen? Wenn wir ihn also ablenken konnten, hätten wir gute Chancen, aus der Nummer ungeschoren herauszukommen. Was nun? Zwischen zwei Schüssen, hörte ich ein Surren. Ich erkannte es sofort.

Dieser Irre hatte es geschafft, unsere Position zu verraten. Sofort signalisierte ich Miles, dass das unsere Chance war. Dass das unsere Chance sein musste. Dabei zeigte ich Richtung Himmel. Kurze Zeit später tauchte das Fluggerät über unserem Gebiet auf. »JAAAA, DUHHH WIEDÄÄÄRL-ISCHER, FLIEEE-GEN-DER RATTENSCHISS!!! DICH PUST ICH VOM HIMMEL. YEEEEHAAAAA!!! KOMM HER!!! DU BIST VEEERR-HAAAAFDED!!!« Vier Schüsse fielen in kürzester Zeit. Nach den ersten beiden entstand eine kurze Feuerpause. Das war der Moment. Wir sprangen fast zeitgleich auf. Im gleichen Moment spuckte das Fluggerät eine schwarze Wolke aus. Genau über unserem Freund, dem Straßensheriff. In der Ruine, in der er sich aufhielt, prasselten Raupen metallisch klickend wie ein Regenschauer nieder. Wir rannten wie die Verrückten um die Deckung herum und fädelten uns durch weiteren Schutt, am Sheriff und den Raupen vorbei. Er war so damit beschäftigt, dieses Ding vom Himmel zu holen, dass er uns glatt vergessen hatte. Kurz Zeit später zerriss ein schriller Schrei die Stille. Es war vorbei, mit der Ballerei und dem besoffenen Geschwätz.

Hatte er wirklich gesagt, dass er das Ding verhaften wollte? Irgendwie hätte ich das ja gerne gesehen …

Nachdem wir außer Reichweite waren, suchten wir dringend eine Unterkunft. Hoffentlich hatten wir den Flugapparat abgeschüttelt. Diese Art von Dusche konnte ich wirklich nicht gebrauchen … Am nächsten Tag wollten wir die Stadtmitte erreichen. Vorher noch in Miles Straße vorbeischauen. Die schiere Menge an Schutt und Dreck war unglaublich. Wer es nicht mit eigenen Augen gesehen hat, glaubte es nicht. Entsprechend langsam kamen wir voran. Außerdem war es dunkel. Straßenlaternen funktionierten nicht mehr. Unsere Taschenlampen wollten wir nur im Notfall einsetzen. Das schwindende Mondlicht musste genügen. Die ersten paar Versuche eine Bleibe zu finden, scheiterten, weil die Gebäude schon besetzt oder unbrauchbar waren. Manchmal fanden wir Schuhe davor, die genau das angaben. Im ersteren Fall war das ein gutes Zeichen. Es gab nur leider nicht mehr viele Gebäude, die man noch bewohnen konnte. Uns blieb nichts anderes übrig als zu Zelten. Darin waren wir mittlerweile ziemlich gut. Unsere Ausrüstung und Fähigkeiten, hatten deutlich an Qualität gewonnen.

Freemans Logbuch: 44

Wir brachen früh auf. In der Nacht fielen oft Schüsse. Eigentlich nichts neues für *Chicago*. Nur diesmal eindeutig mehr als sonst. Auch das war eigentlich ein gutes Zeichen. Ein Indikator für Überlebende. Auch wenn sie sich wahrscheinlich selbst dezimierten … Idioten. Man kann gar nicht genug Probleme haben.

Wir fanden die Straße. Es hatte lange gedauert, da nichts mehr so aussah wie vorher. Leider trafen wir bei Miles' Familie niemanden an. Das Gebäude stand nicht mehr. Die Autos, die die Familie besessen hatte, waren auch fort. Damit versuchte ich Miles zu beruhigen. Sie hatten es damit bestimmt aus der Stadt geschafft. Es dauerte eine geschlagene Stunde, ihn so zu beruhigen, dass wir weitergehen konnte. Daraufhin versuchten wir es bei ein paar weiteren Adressen in der Gegend, aus Miles' und meinen Kreisen. Ohne Erfolg. Etwas Glück hatten wir dann doch: eine Nachbarin von einem meiner Bekannten teilte uns mit, dass meine Bekannten, ein Pärchen, abgereist waren. Sie wollten aus der Stadt. Hoffentlich hatten die anderen Bekannten und Verwandten die gleiche Idee. Nur wo waren sie dann, wenn nicht hier? Vielleicht in den Wracks, die sich stadtauswärts über den Highway schlängelten, oder in einen der zahlreichen Autotrauben feststeckend? Nichts davon erwähnte ich Miles gegenüber.

Unterwegs spielten wir alle möglichen Szenarien durch, wohin seine Familie geflüchtet sein konnte und waren sehr vertieft. Schlagartig verstummten wir. Eine Lichtung tat sich vor uns auf. Soweit das Auge reichte, stand dort gar nichts mehr. Nur noch ein Meer aus Schutt bis zum

Horizont. Soweit man blicken konnte. Er war gleichmäßig über die gesamte Fläche verteilt. Als wäre *Downtown Chicago* einfach so von einer Eiswüste verschluckt worden. Wenn ich nicht gewusst hätte, dass wir mitten in *Chicago* stünden, ja fast schon in der verfluchten Stadtmitte, hätte ich es nicht geglaubt! Es gab nichts mehr. Miles wollte wieder zurück in seine Straße. Weiter nach seinen Familienmitgliedern suchen. Ich konnte ihn gerade noch davon abhalten. Wahrscheinlich aus Selbstnutz und Egoismus. Ich musste einfach wissen, was am Ende lag. Am Lake Michigan. Ich schob ihn weiter, bevor er es sich anders überlegen konnte.

Wir wollten gerade ins Niemandsland aufbrechen, da hörten wir hinter uns Schreie. Miles und ich rissen uns ruckartig herum und gingen in Deckung. Eine kleine Gruppe Menschen rannte an uns vorbei. Sie rannten unter einem quer über der Straße liegenden Gebäude hindurch, das nur noch vom Gebäude auf der anderen Straßenseite gehalten wurde. Es war mit Schnee bedeckt und überall fehlten Stahlbetonteile. Auf die Gruppe regnete sogleich eine schwarz dampfende Wolke nieder. Die Schreie wurden immer lauter und panischer. Ein paar der Leute warfen sich auf den Boden und wälzten sich herum, so als ob sie versuchten, ein Feuer zu löschen, das sie erfasst hatte. Nur brannten sie nicht. Mit einem Mal ging von der ersten Person eine Art weiß funkelnder Punkt aus. Er entstand in seiner Hüfte. Der gleißend weiße Lichtpunkt färbte sich zu einem äußerst hellem Blau, der sich daraufhin mäßig schnell ausdehnte. Ein paar Sekunden später wurde die Person zerfetzt. Auf die gleiche schreckliche Weise starb die ganze Gruppe. Von der Wolke war nichts mehr zu sehen, außer ein dunkles Flimmern, das knapp über der Straße hing. Konnten wir helfen? Vor was liefen sie davon?

Råidnecks? Bevor ich den Gedanken zu Ende denken konnte, riss Miles mich auch schon mit.

Wir standen vor der Gruppe. »Miles, sei vorsichtig.« - »Ja, Mann …« Die Leute waren an den merkwürdigsten Stellen zerfetzt. Bei manchen konnten wir kleine schwarze Punkte ausmachen. Die kannte ich. Andere hatten riesige Wunden. »Miles, weg! Sofort zurück!«, bellte ich ihn an. Wir machten einen Satz zurück, er sah mich fragend an. Ich sah mich in der Gegend nach etwas Langem um. Eine Holzlatte. Damit gingen wir wieder zur Gruppe. Ich drehte einen der Toten mit der Latte um. Überall waren kleine schwarze Löcher. Es zuckte etwas unter der Haut des einen verbliebenen Beins. Im Hals zuckte es auch. Beulen drückten sich heraus. Mir wurde fast schlecht. Der Hals riss auf und ließ den Kopf zur Seite wegknicken. Der Mann sah fürchterlich entstellt aus. Zuerst quoll eine kleine schwarze Dampfwolke heraus, schwappte an die frische Winterluft und lief dickflüssig am Hals herunter, ehe sie sich an der Luft auflöste. Eine Raupe steckte darin. Gleißend helles Licht brach aus dem Loch und verdrängte die schwarze Suppe. In der nächsten Sekunde verschob sich das Farbspektrum des Lichts zu einem hellen Blau. Ein kleiner weißer, extrem heller Punkt tauchte auf und blieb im Zentrum zurück. Die Luft fing an zu knistern. Es stank nach Öl und Schwefel. Unsere Haare standen zu Berge. »SCHEISSE, LAUF MILES!!!«

Ich riss Miles mit mir. Wir nahmen die Beine in die Hand, rannten um unser Leben. Im nächsten Augenblick flogen uns Schutt und Leichenteile hinterher. Es prasselte nur so auf uns ein. Wie Starkregen. Die Druckwelle gab uns einen leichten Schubs. Zum Glück wurden wir nicht von den Beinen gerissen. Waren schon zu weit weg. Stille trat ein. Wir blieben stehen. Schauten zurück in die Richtung, aus der wir kamen. »Verdammter Mist! Hast du das gesehen?? Die sind explodiert! Scheiße, Mann! Die sind einfach explodiert!! Ich glaube, ich flippe aus. Diese Raupen sind anders als die anderen«, stellte ich fest. »Ja, Mann. Scheiße, Mann. Ab jetz' müssen wir noch besser aufpassen, Mann. Scheiße, war das knapp.« Wir setzten uns erst einmal auf einen Betonpfosten und erholten uns von der Shitshow, die da gerade abgegangen war. Es dauerte einige Minuten, bis das Zittern aufhörte. An mir selbst beobachtete ich, dass ich gelegentlich zitterte. Meistens in ruhigen Momenten. »Miles, ist es noch zu früh für einen guten Schluck?« - »Für mich schon, Alter. Aber mach' was du willst.«

Wir waren etwas vom Weg abgekommen, fanden aber nach einer Weile wieder zurück ins Niemandsland. Auf den ersten Blick sah alles gleich aus. Aber schon nach ein paar Yards feldein, erkannte ich die ersten Details. Metallstangen, zerquetschte, ausgebrannte Fahrzeuge. Überall Brocken eingestürzter Gebäude und versengter Müll. Das Ausmaß konnte ich nicht fassen. Der Schnee bedeckte bei weitem nicht alles. Wenigstens war die Luft nicht ganz so staubig. Die Feuchtigkeit band das Zeug. Etwas später wurde mir auch klar, warum der Schnee nicht alles bedeckte. Überall waren kleine Rauchsäulen zu sehen. Wahrscheinlich brannte es unter dem ganzen Chaos.

G-Dur
Miles is this the world's end?
G-Dur D-Dur
Or where do we go from here
A-Dur G-Dur D-Dur
Well … there is certainly a bad moon on the rise

»Freeman, das war die mit Abstand die schlechteste Textpassage, die du bis jetzt gebracht hast, Mann. Ich glaub' mir wird schlecht.« Ziemlich gekonnt ignorierte ich Miles. Darin hatte ich mittlerweile sehr viel Übung, im Gegensatz zu meinen Gesangseinlagen, würde Miles jetzt wohl sagen. Es war nur von kurzer Dauer: »Ich weiß doch, dass du leise mitsingst. Gib es ruhig zu.« - »Scheiße, niemals, Mann. Dafür sind deine lyrischen Fähigkeiten viel zu unterentwickelt, Mann.« - »Koooooomm schon. Sag es einfach. Saaaag es.« - »Jaja, okay, okay, Mann. Aber nur, wenn du dann endlich Ruhe gibst: Hiermit, gebe ich, Miles Williams feierlich zu«, dabei legte er seine rechte Hand auf die Brust, wie zum Schwur, »hin und wieder, zu den schlimmsten aller Zeiten, gelegentlich, ganz leise, und wirklich auch nicht mehr als das, mitzusingen.« - »Miles, war das nicht befreiend? War das nicht vielleicht sogar reinigend?« - »Ich treff' wenigstens die Töne, Mann, obwohl ich das Lied gar nich' kenne.«

Autsch. Es ist so schön, wenn der Schmerz nachlässt. Deckung gab es hier nur zwischen den Gebäudebrocken. Im Ernstfall mussten wir ein Loch ausheben. Und Löcher ausheben konnte ich. Frag doch die Latrinen ...

Nach einer Weile stellte ich fest, dass ich die Gebäude der Stadt nicht mehr sehen konnte. Auch die Rauchsäulen waren verschwunden. Nebel und Schnee hatten alles verschluckt. In regelmäßigen Abständen sah ich auf meinen Kompass. Mühselig kamen wir voran. Aber wir schafften es. Übrigens, brauchte ich einen neuen Song ... Ich war sprichwörtlich am Ende angekommen. Der letzte Chorus war gesungen. Und Miles hatte ihn sogar laut mitgesungen. Es gab einen Kandidaten, nämlich *REM - It's the End oft the World as We Know it.* Zeitloser Klassiker und passender könnte der Chorus nicht sein. Ich stimmte Miles auf einen sehr musikalischen Marsch ein. Er hielt sich präventiv die Ohren zu und erinnerte mich daran, dass ich Ruhe geben wollte …

Angekommen. Die Sonne versank gerade hinter dem See und tauchte den Himmel in rosa Abendlicht. Auf dem Wasser glitzerten die letzten Sonnenstrahlen. Wir standen am Ufer und sahen auf den Lake Michigan hinaus. Ich war weit über dreihundert Meilen zu Fuß gelaufen und hatte einen treuen Begleiter gefunden. »Miles, weißt du was, ich wünschte, ich hätte einen Schrittzähler dabeigehabt.« Er schüttelte nur den Kopf. Dann mussten wir beide Lachen. Wir hatten es wirklich geschafft. Die Nebelschwaden verdichteten sich. Es kühlte ab. Weiter draußen, auf dem See, rollte eine riesige Nebelbank auf uns zu. Etwas funkelte aus ihr heraus. Wir zogen unsere neuen Ferngläser über. Zeit, die Dinger zu testen. »Ach du heilige Scheiße. Siehst du das auch Miles, oder bin ich jetzt total übergeschnappt?«, brachte ich atemlos hervor.

»Shiiiiiiiiit, ich sehe es auch, Mann«, flüsterte er. Und nach einer Pause: »Und ja, bist du … Mann …« - »Danke. Aber ich hatte ja auch gefragt …« Da draußen, auf dem See, vom Nebel und von der eigenen Dampfwolke eingehüllt, stand ein Koloss. Regungslos. Mitten im Wasser. Er war fast kreisförmig und ragte gewaltig hoch in den Himmel. Der Kreis verdünnte sich an manchen Stellen. Ein Schwarm Vögel stieß von Zeit zu Zeit auf. Sie hatten sich darauf niedergelassen. Anscheinend machte ihnen der Kontakt nichts aus. Ich hoffte wirklich, dass sie das Ding von oben bis unten zukackten. Bei Autos verätzte das den Lack. Vielleicht führte es hier zum Totalschaden … Und noch einmal: Wieso in Herrgottsnamen veränderten sie ihre Form? Der Mond hatte überdies schon deutlich an Leuchtkraft verloren und drückte schwächlich silbrig durch die Nebelbank. Sehen konnte man ihn nur schemenhaft. Da draußen war alles ruhig. Nur das Rauschen der Wellen gegen die Brandung. Blaue Striche zuckten vereinzelt über die Struktur des Kolosses. Wir saßen nur da und sahen dem Spektakel zu. Ich erklärte Miles in allen Einzelheiten, wie dringend ich den Koloss bei Tageslicht sehen musste. Am Ende hatte ich ihn so weit und er willigte ein. Gleich morgen früh, beim ersten Licht, wollten wir uns das Ungetüm genauer ansehen. Als nächstes bauten wir unser Zelt auf. Fast schon stressfrei. Wir hatten Zeit, woher auch immer. Nach einiger Plackerei campierten wir an vorderster Front. Die Zeltwände wurden vom aufkommenden Wind lautstark hin- und hergerissen, so, als ob jemand von draußen dagegen schlagen würde. Schneefall setzte ein. Die Temperaturen stürzten so ganz ohne die Hochhausschluchten stark ab.

Freemans Logbuch: 45, 46, 47

Das Erste, was wir nach dem Aufwachen machten, war, aus dem Zelt zu krabbeln. Koloss. Die Spannung war kaum noch zu ertragen. Wir öffneten das Zelt. Die Sonne und der kalte Wind schlugen uns grell entgegen. Er war weg! ER … WAR … WEG! Das verdammte Scheißteil war weg!!! Wir gingen ums Zelt. Sahen in alle Richtungen. Der Koloss war nicht mehr da. Als wäre er nie dort draußen gewesen. Wir hatten es nicht einmal gemerkt. Wie konnte das sein? Gottverdammt. Wie lange und wie tief hatten wir nur geschlafen? War er weiter raus, auf den See? Er hätte schon wirklich weit draußen sein müssen, damit wir ihn nicht mehr hätten sehen können. Das Ding war immerhin gewaltig. Wir suchten noch lange weiter, bis wir es endlich einsahen und aufgaben.

Nur der weiß-schwarze Mond am Morgenhimmel, der eine Karikatur von Yin und Yang sein könnte, verriet, dass sie noch dort draußen waren und jederzeit wieder auf unserer blauen Murmel auftauchen konnten. Wir verbrachten eine Zeit lang damit, rein gar nichts zu tun. Irgendwann machten wir uns Gedanken zu unserem weiteren Vorgehen. Wir hatten folgendes geplant: Erstens: Wir wollten noch zwei weitere Tage hier an vorderster Front campieren, bis wir gerade noch ausreichend Nahrungsmittel für den Rückweg hatten, und zwar unter Berücksichtigung der nun folgenden Punkte. Zweitens: In *Gage Park, Chicago* vorbeischauen. Bei Marshal Brooks Adresse. Das war der Soldat, dessen Notizheft ich nach wie vor verwende. Ich schuldete ihm was dafür. Seiner Familie wollte ich das Bild übergeben, das ich in seinem Notizblock, beim Bunker, gefunden hatte. Wir setzten voraus, dass es die Adresse noch gab …

Und drittens: Zu Daphne, unsere Vorräte auffüllen. Das klang nach einem soliden Plan.

Wir arbeiteten gerade an den Details, da stand Miles plötzlich auf. Ging ein paar Schritte und blickte Richtung Lake Michigan. Es war Mittag. Der Nebel hatte sich gelichtet. Es hatte bereits am Morgen aufgehört zu schneien und die Temperaturen stiegen etwas. Schnee kann auch Spaß machen. Also formte ich einen Schneeball. Damit peilte ich mein Ziel an und warf mit vollem Eifer und absoluter Präzision. Selbstverständlich landete ich einen Treffer. Genau auf Miles Rücken. Die Beschwerde kam prompt: »Verdammt Freeman, du Scheißer, Mann! Das war so klar …« Es folgte eine kurze Pause, die nur von meinem Gegacker ausgefüllt wurde. Dann bemerkte Miles etwas. »Scheiße, Freeman! Guck doch mal da, Mann!« - »Was? wo?« - »Da hinten. Da draußen im See. Da, wo es so aussieht, als ob eine Eisscholle treibt. Jetzt guck doch mal durch dein Fernglas, Mann!« Und prompt traf mich ein Schneeball am Hintern. »Ey!« - »Aber jetzt im Ernst, Mann, guck doch mal!!« Mein Herz fing an den ganzen Dreck der letzten Tage nach oben zu Pumpen. Ich griff mein Fernglas und eilte zu Miles. Konnte die Stelle nicht gleich finden. Verdammte Wellen …

Miles hatte den verfluchten Koloss entdeckt. Abermals hatte er seine Form geändert. Er war fast vollständig vom Seewasser bedeckt. Nur ein paar wenige Aufbauten ragten empor. Etwas war merkwürdig. Es leuchteten keine Lichter. Nichts. Gar nichts. Es dampfte auch nichts von der Oberfläche ab. Nur an den Aufbauten, die aus dem Wasser ragten. Vielleicht band das Wasser das schwarze Zeugs. Die Gedanken wirbelten mir nur so durch den

Kopf. War es inaktiv? »Miles, der Koloss da hat sich seit Tagen nicht geregt. Und da leuchtet auch nichts mehr.« - »Oh Mann, ich weiß, was jetz' kommt, Alter …« - »Ach ja? Sehr gut. Ich dachte schon, ich müsste dich auf den Schock erst noch vorbereiten.« - »Du willst da rein, Mann. Was?« - »Ich sage ja nur, dass es vielleicht einen Weg gibt.« - »Ach, leck mich doch, Mann.«

Leider hatten wir hatten kein Boot. Falls wir uns wirklich diesem Ding nähern wollten, mussten wir warten, bis das Eis gefroren war, oder eben irgendwo ein Boot auftreiben. Nochmal in das kalte Wasser bekamen mich keine zehn Pferde. Niemand sagte etwas für eine Weile, bis: »Verflucht, Miles! Ich hab's!« - »Was'n, Mann?« - »Ich hab' 'ne Idee, die Drohne! Wollen wir doch mal sehen, wie weit das Ding wirklich fliegen kann.« - »Drohne? Was'n für 'ne Drohne? Aber okay. Shit yeah! Los, Mann!« Wir starrten beide wie gebannt auf das kleine Display, das in der Steuerung der Drohne verbaut war. Die Flughöhe betrug fünfzehn Meter und zweiunddreißig Zentimeter über der Oberfläche und, wie immer, hatte ich überhaupt keinen Schimmer, wie hoch das war. Miles auch nicht. Beim Übergang von Land auf Wasser, stellte sich die Kamera auf die neuen Lichtverhältnisse ein. Wir näherten uns zügig dem Koloss.

Entfernung zu uns: 423 Meter. Höhe: Gleichbleibend. Der Koloss wuchs etwas an. Er füllte einen kleinen unteren Teil des Displays.

Entfernung: 789 Meter. Höhe: Gleichbleibend. Der Koloss wuchs rasant. Wir hatten uns geirrt. Es ragten nicht nur Aufbauten aus dem Wasser, auch ein guter Teil des Kolosses, der von den Wellen verdeckt war. Winkel ist alles.

Entfernung: 3733 Meter. Höhe: Gleichbleibend.

Wir stoppten die Drohne und ließen sie auf der Stelle schweben. Der Koloss bedeckte nun das gesamte Display. Wir ließen die Drohne in die Höhe schnellen. Wenn der Koloss sie jetzt noch nicht in tausend Teile zerblasen hatte, dann wohl auch nicht, wenn wir sie höher steigen ließen.

Entfernung: Gleichbleibend. Höhe: Einunddreißig Meter.

Auf der abgeflogenen Strecke, die wir über dem Koloss zurücklegten, blinkte uns kein einziges Licht an. Wir waren uns nun fast sicher, dass das Ding keinen Saft mehr hatte, oder sich schlafend stellte. Warum das alles?

Entfernung: Gleichbleibend. Höhe: Siebenundfünfzig Meter.

Die Aktuelle Höhe, plus die Tiefe an dieser Stelle des Sees, war wahrscheinlich die gegenwärtige Höhe des Kolosses. Falls er nicht einfach irgendwie schwamm. Insgesamt: Absolut keine Ahnung ... Wir wurden mutiger und näherten uns dem Koloss noch weiter an, flogen sogar durch die Lücken in der Struktur. Wie eine winzige Schmeißfliege, die um einen gigantischen Haufen Kuhsch...

Den gleichen Nerv-Faktor wie eine Fliege, die eine Kuh traktierte, übten wir vermutlich auf den Koloss aus. Wir waren keiner Reaktion würdig, oder sie konnten nicht. Fenster, wie wir sie kannten, hatte er keine. Selbst unsere Weltraumvehikel hatten mittlerweile standardmäßig Außenkameras. Alles, was wir sahen, war eine ganze Menge schwarzer Dampf. Die Oberfläche der Kuben ließ sich aufgrund der schwarzen Brühe nicht genau erkennen, wirkte aber rau und schlangenledrig. Aus welchem Material sie wohl war? Mir fiel noch auf, dass dieser Koloss gar keine Trabantmaschinen hatten, die hinter ihm herzogen. Vielleicht ein weiterer Hinweis darauf, dass das Ding in eine Art Ruhezustand versetzt worden war.

Nätnätnät, nätnätnät … Nätnätnät, nätnätnät, meldete sich der Alarm. Die Batterieanzeige des Controllers blinkte rot leuchtend auf. Wir mussten sofort umkehren, wenn wir unsere Drohne nicht verlieren wollten. Und genau das taten wir.

Nach der Landung atmeten wir auf. Das war schweißtreibende Arbeit. Auch wenn wir die gesamte Zeit gesessen hatten, lief mir der Schweiß über die Stirn. Ich tauschte die Akkus aus und packte alles zusammen. Morgen früh würden wir uns die Aufnahmen nochmal genau ansehen. Wir entschieden uns dafür, unseren vorher ausgetüftelten Plan erst einmal in die Tat umzusetzen. Verhungerte eroberten keine Kolosse. »Und wann darf ich mal fliegen, Mann?«

Freemans Logbuch: 48, 49, 50, 51, 52, 53

Am Abend des fünfzigsten Tages konnte ich einen beeindruckenden Blick auf den Mond werfen. Es war Vollmond. Besser, es hätte Vollmond sein sollen. Im Kalender in der Tankstelle hatte ich es nachgelesen. Dreiviertel des Mondes waren bereits vom schwarzen Tumor befallen. Lange, blaue Striche und Punkte fuhren nach wie vor unablässig mit unglaublicher Geschwindigkeit darüber hinweg. Das letzte Bisschen der sichtbaren Mondoberfläche war mit den gleichen tintenartigen Schlieren überzogen. Es war das Beeindruckendste, das ich jemals gesehen habe. Neben den Kolossen. Miles und ich saßen die halbe Nacht vor dem Zelt, tranken den Rest aus dem Flachmann, starrten in den Himmel zum Mond. In dieser Nacht hatten wir auch den Mut, das erste, nein, das zweite Lagerfeuer im Freien zu machen.

Wir lösten unser Versprechen ein und besuchten Daphne und Doug. Die Tankstelle stand noch. Vorher machten wir einen Abstecher zu Marshal Brooks Adresse. Die Familie war tatsächlich noch da und baute ihr Häuschen wieder auf. Es traf sie wie der Schlag, als ich ihnen alles erzählte. So kreuzten sich unsere Wege. Wir luden sie zur Tankstelle ein, falls es Probleme gab. Und wann gab's die mal nicht?

In der Zwischenzeit hatte Daphne damit angefangen Leute um sich zu scharen und die Tankstelle, sowie die umliegende Gegend, zu sichern und begonnen eine Mauer zu errichten. Typisch Daphne. Doug hatte sich mittlerweile einen quietschenden Rollstuhl zugelegt. Daphne ließ das Gequietsche nie unkommentiert und wedelte die meiste Zeit mit einem Kännchen Öl vor Dougs Nase herum. Es war nicht mal Öl in der Kanne … Man konnte sehen, wie glücklich die beiden im Unglück waren. Wir konnten weder meine noch Miles Familie finden. Die Suche nach ihnen werden wir nie aufgeben. Im Sommer werden wir den Suchkreis erweitern. Jetzt mussten wir erst einmal durch den Winter kommen.

Daphne und Doug bauten eine kleine Gemeinschaft auf. Und wir halfen mit. In der nächsten Zeit werden wir uns damit beschäftigen, was wir im Falle eines weiteren Angriffs tun können.

Tja, dann bleibt mir wohl nur noch folgendes zu sagen: Und zwar, dass SETI jetzt wohl endlich den langersehnten Durchbruch hatte. Seit ziemlich genau einhundertdreißig Jahren funkten wir nun in die unendliche Dunkelheit des Alls. Und irgendwo zwischen Hitler und den Teletubbies musste dann die Entscheidung zum Angriff gefallen sein. Bei diesem Programm hätte ich nicht anders gehandelt. Bei aller Gewalt und allem Leid bleibt dennoch offen, ob man das Ganze überhaupt als Angriff werten darf. Meine Meinung bleibt, auch ich hätte in den dunklen Wald, der sich Universum nennt, hinausgefunkt.

Ach, und zu guter Letzt: Die Sache mit dem Katzenfutter. Die Dose habe ich in eine Acrylvitrine gelegt, die in meinem Zimmer steht. Hat eine Weile gedauert, bis ich jemanden von meiner Idee überzeugen konnte, Zeit dafür zu verschwenden, mir so einen Guckkasten zu bauen … Aber geschafft ist geschafft. Auf dass ich sie nie wieder brauchen werde. Und wenn ich eins gelernt habe, sag niemals nie …

Freeman

Outro

Ein paar Wochen später saßen Freeman und Miles vor ihrer Unterkunft, ein paar Bieren und Steaks auf dem Grill. Hin und wieder kam ein bekanntes Gesicht bei ihnen vorbei, grüßte sie oder verwickelte die beiden in kurze Gespräche. Freeman und Miles hatten sich von den Strapazen ganz gut erholt. Es war spät am Abend und alles war dunkel. Der Mond war vollständig eingeschwärzt, bis auf das immerwährende Lichtspiel. Freeman blinzelte für den Bruchteil einer Sekunde. Nach einem Wimpernschlag, als sich seine Augen wieder öffneten, erleuchtete ein unglaublich gleißendes, helles Blau die gesamte Umgebung. Die Nacht wurde zum Tag. Der Mann im Mond war zum Leben erwacht …

APOCALYPSO-REIHE PRONG PRESS:

Jacqueline Druga: Das Todesresort (APO, Band 1)

In einem Slum der indischen Stadt Patna bricht ein gefährliches Virus aus. Nila Carter wohnt mit ihrer Familie in einer amerikanischen Kleinstadt. Ihr Bruder, der in einem Virenlabor der USA arbeitet, warnt sie: Das Virus sei hochansteckend, zumeist tödlich und es breite sich unaufhaltsam aus. Er rät ihr, mit der Familie Zuflucht in ihrem Jagdhaus abseits der Zivilisation zu suchen. Nila befolgt seinen Rat, doch auf der Flucht dorthin wird ihr Mann von einem Infizierten gebissen …

ISBN: 978-3-906815-26-8 / Euro: 29.50; SFR. 32.00

Rolf Bächi (Hrsg.): Wenn die Welt vergeht – Kleine Anthologie der Katastrophen (APO, Band 2)

In der Luther-Bibel lesen wir über die Sintflut und die biblischen Plagen, der Prophet Jesaja und der Apostel Johannes beschworen die Apokalypse herauf, Barock-Dichter wie Gryphius und Grimmelshausen berichten von Feuersbrünsten und Kriegsgräueln, die Romantiker thematisieren den Hexenwahn und die Religionskriege, bayrische Propheten warnen vor dem Untergang, ja bis in die Moderne (Kubin oder Kafka) tauchen Katastrophen am Horizont der Literatur auf …

ISBN: 978-3-906815-27-5; Euro: 28.90; SFR: 30.00